Ana Laura (com certeza) já superou sua ex

I.K. PRADO

Ana Laura (com certeza) já superou sua ex

1ª Edição

Santa Catarina - 2024

Qualis

Esta é uma obra de ficção. Nomes, personagens, lugares, datas e acontecimentos descritos são produto da imaginação do autor.
Qualquer semelhança com a realidade é mera coincidência.

Editora Responsável	Simone Fraga
Assistente Editorial	Lara Silva
Projeto Gráfico, Produção Editorial e Preparação de Texto	Qualis Editora
Revisão Ortográfica	Jéssica Dante Adressa Avi
Ilustradora	Giovanna Pimentel
Design de Capa	Renato Klisman
Diagramação	Marcos Jundurian
Imagens Internas	Shutterstock

DADOS INTERNACIONAIS PARA CATALOGAÇÃO NA PUBLICAÇÃO (CIP)

P896a

Prado, I.K. - 1997 -
Ana Laura, com certeza, já superou sua ex / I.K. Prado. — [1. ed.] —
Florianópolis, SC: Qualis Editora, 2024.
238 p. : il. ; 23 cm.

ISBN Impresso 978-85-7027-105-1
ISBN Digital 978-85-7027-111-2

1. Literatura Nacional 2. Comédia 3. LGBT 4.Ficção

CDD – B869.3
CDU – 83.134.3(81)

1ª edição – 2024

Qualis

Qualis Editora e Comércio de Livros Ltda
Caixa Postal 6540
Florianópolis - Santa Catarina - SC -
Cep.88036-972

www.qualiseditora.com
www.facebook.com/qualiseditora
@qualiseditora
@qualiseditora
contato@qualiseditora.com

Nota do autor

Escrever esse livro foi uma das coisas mais difíceis e divertidas que eu já fiz como autor.

Falar do amor que surge nos pequenos detalhes é muito mais complexo do que daquele que vem de um ato heroico ou que nasce em um campo de batalhas, e quem me conhece sabe bem que minha zona de conforto está na segunda opção. Mas com Ana Laura, eu tive a chance de explorar as nuances, as trocas de olhares, as risadas de canto – tudo aquilo que faz do *se apaixonar* uma aventura muito maior do que conquistar reinos ou enfrentar vilões.

É para esta jornada que eu te convido hoje e, para que você se divirta da melhor forma possível, preciso esclarecer alguns detalhes antes. *Ana Laura (com certeza) já superou sua ex* é uma história que se passa em Porto Alegre, no RS, e por isso os diálogos entre os personagens acontecem com um toquezinho do regionalismo gaúcho. Ao longo deste livro, você irá se deparar com muitos momentos em que o "tu" não está de acordo com as normas cultas da língua portuguesa, porque é desse jeitinho que a gente fala por aqui e eu quis trazer uma imersão completa.

Também gostaria de mencionar que alguns dos lugares citados no livro são reais e podem ser visitados de verdade, como o bar *Drag* e o Parque da Redenção. Já os lugares *principais* – como a cafeteria onde as protagonistas trabalham –, são totalmente fictícios e qualquer semelhança a algum lugar real é pura coincidência – sério.

Dito isso, aproveite este livro como se ele fosse o meu único romance fofinho – porque ele meio que é... E obrigado por estar aqui, significa muito para mim.

Um beijo,

I.K.

Para a garota que me deu um amor digno de livros.
Essa história não é sobre nós, mas tem você em cada página.

Capítulo 1

Ana Laura

— Está atrasada — avisou Heloisa, no instante em que a porta da cafeteria abriu. — *Bem* atrasada.

Ana Laura apoiou as mãos na cintura, dobrando o corpo para a frente ao sentir o ar-condicionado gelado contra sua pele fervente. Em sua – nem tão humilde – opinião, quem dizia gostar de verão só poderia ser alguém que não precisava andar na rua em um dia de sol. Na verdade, talvez fosse alguém que não precisava sair de casa durante todo o mês de dezembro. E de janeiro. E de fevereiro.

Era a primeira vez que respirava fundo desde que deixara sua casa, mais cedo naquela manhã. Estava morta. Completamente acabada. Só o pó.

E não eram nem nove horas.

Seus dedos estavam meio trêmulos e o coração batia rápido demais. Suor escorria pela testa e pelas bochechas, e havia uma gota ordinária dele descendo bem no meio de suas costas – em um ponto no qual não conseguia alcançar para se livrar da agonia que a sensação causava. Ana Laura parecia uma confusão ambulante, sabia disso.

Deixou a mochila escorregar pelo braço e os *bottons* coloridos presos nela bateram no chão em sincronia com o estrondo da porta ao fechar.

— Peguei o ônibus errado — explicou, as palavras saindo entrecortadas com o fôlego curto.

Uma grande mentira, claro. Mas a verdade que ela ajudava a esconder era vergonhosa demais para admitir em voz alta.

O tique-taque do relógio em seu pulso zombava dos quase quarenta minutos de atraso, porém não se importava. Tinha preocupações muito maiores no momento, tipo respirar. *E Deus*, quem poderia imaginar que seria tão difícil?!

A dona da cafeteria a analisou de trás do balcão de atendimento, os braços cruzados e o vinco na testa deixando-a com um ar ameaçador enquanto ponderava a respeito do atraso evidente. Durou apenas alguns segundos, no entanto, e logo sua expressão se suavizou – *vantagens de trabalhar para sua melhor amiga*, Ana Laura supôs.

— Acho que não tem problema, na verdade — Heloisa afirmou, passando pela portinha que dava acesso ao salão da cafeteria. — Não aconteceu muita coisa desde que abrimos.

— Não aconteceu *nada* desde que abrimos — pontuou Clara, a atendente recém-contratada, sem tirar a atenção do computador em que atualizava o sistema.

Ana Laura fuzilou-a com o olhar, incomodada com a falta de necessidade do comentário – que só servia como lembrete de como a situação do lugar ia mal.

Não ia muito com a cara dela.

Quer dizer, Clara nunca tinha lhe feito nada e, se fosse sincera, era uma ótima atendente – motivo pelo qual Heloisa a tinha contratado, afinal. Mas Ana Laura sempre fora alguém que tinha muito a dizer, e a colega fazia questão de acabar com toda e qualquer oportunidade que surgia de interação. *Ela é uma mulher de poucas palavras*, sua melhor amiga refletia sempre que fazia algum comentário a respeito, no entanto, parecia algo além disso.

Introspecção não era nenhum tipo de defeito, mas os silêncios constrangedores batiam como um ataque pessoal em sua personalidade tagarela.

Helô insistia que era implicância sua, dizia que Clara só trabalhava ali fazia dois meses e que isso era pouco tempo para um introvertido fazer amizade. *Ela deve gastar toda a sua energia social sendo legal com os clientes*, argumentou uma vez.

Ana Laura, no entanto, não se deixava enganar pelo rostinho bonito – que nem era *tão* bonito assim, sinceramente. Os dias de movimento no estabelecimento vinham se tornando cada vez mais raros, o que significava que aquela tal energia social nem estava sendo usada com tanta frequência assim.

— Não achei graça do comentário — respondeu para a colega, controlando a vontade de revirar os olhos.

— Não foi uma piada. — Clara deu de ombros, dando um gole no café que estava pousado na bancada.

O Cantinho era uma cafeteria pequena, e levava este nome por estar espremido entre duas lojas de departamento enormes que roubavam toda a atenção. Era estreito e comprido, todo mobiliado em madeira antiga, e a decoração variava entre cadeiras estofadas coloridas, quadros de gatinhos usando roupas de realeza e plantas — uma quantidade exorbitante delas. Era difícil dizer se o lugar tinha sido decorado por uma lésbica de trinta anos ou por uma senhora de oitenta.

E era o lugar favorito de Ana Laura no mundo inteiro.

Esteve ao lado de Heloisa durante todo o processo de tirar a cafeteria do papel, fossem nas intermináveis noites de planejamento, fossem nos infinitos dias de reforma.

E encerraram cada um deles juntas, na companhia de uma taça de vinho – ou três. O risco de precisar fechá-la por falta de clientes espreitava na esquina, e Ana Laura era capaz de fazer *qualquer coisa* para evitar que a tragédia acontecesse. Muito embora não tivesse a menor ideia de como ajudar.

Helô aproximou-se da amiga, ajeitando com delicadeza a gola da flanela xadrez que estava toda esculhambada.

— O motorista do ônibus que te trouxe deixou tu sentar do lado de dentro ou ele veio te arrastando até aqui? — perguntou, com uma doçura que não combinava com o sarcasmo do comentário, mudando o foco da conversa.

Uma risada ecoou pelo espaço, e não era preciso ser um grande gênio para saber que vinha de Clara. Para alguém que nunca dizia nada, ela escolhia os piores momentos para dar o ar da graça.

Ana Laura esfregou uma mão na testa, frustrada, desgrudando a franja encharcada de suor e pensando nas horas de finalização tão facilmente arruinadas por meia dúzia de decisões questionáveis.

— Me dá cinco minutos — pediu, agarrando a alça da mochila caída e arrastando-a consigo até o banheiro. — Já resolvo... *eu*.

Trancou-se na cabine minúscula sabendo que sua melhor amiga e sua colega-que-só-abria-a-boca-para-debochar-dela riam nas suas costas, e atirou suas coisas sobre a tampa do vaso sanitário tentando ignorar a piada pronta que sabia parecer.

— Respira — murmurou para si mesma. — Está tudo sob controle.

Mais uma grande mentira – estava ficando muito boa com elas.

Apoiou as mãos na pia, usando o frio da cerâmica cor-de-creme como uma âncora entre ela e a realidade. Encarou-se dentro da moldura dourada e brega do espelho, percebendo que Helô tinha razão: parecia mesmo ter sido arrastada atrás do ônibus por uns cinco quarteirões. Talvez, mais. Era até meio poético como sua aparência condizia com a forma com que se sentia.

E o que sentia era: tinha ficado maluca. Depois de tanta coisa, Ana Laura finalmente tinha perdido a cabeça.

Era estranho saber disso. Era estranho ter consciência da própria loucura, e reconhecer que era a única justificativa para a sequência de decisões de caráter duvidoso que tomara naquela manhã. E era assustador na mesma proporção pensar nas decisões que ainda tomaria dali em diante.

Suspirou alto e abriu a torneira, atirando água fria no rosto vermelho e livrando-se do suor que sete quadras extras – correndo – tinham lhe proporcionado.

Sério, que ideia foi aquela, porra?

Normalmente, o nível de humilhação em suas atitudes era medido no quão envergonhada ficaria ao contar sobre elas para sua melhor amiga. Bom, não havia *qualquer possibilidade* de que contasse aquela história para Heloisa, o que era um indicativo bastante convincente de que não estava agindo com a razão.

Quem dera tivesse apenas pegado o ônibus errado. Quem dera o motorista a tivesse arrastado por uma dezena de quarteirões, puxando-a por uma cordinha amarrada na cintura, enquanto buzinava e gritava *maluca!* pela janela.

Não, claro que não.

Naquela manhã, Ana Laura tivera a brilhante ideia de ir para o trabalho... andando. Pelo trajeto mais longo possível. Apenas para garantir que não houvesse nenhum encontro desagradável no caminho – e com desagradável, claro, queria dizer *doloroso*.

Aline estava de volta.

Sua ex-namorada-bonita-para-caralho, com quem não tinha contato desde o término, estava de volta a Porto Alegre, pouco mais de um ano depois de fazer suas malas e ir para o outro lado do estado. E segundo todas as informações que conseguira coletar enquanto a *stalkeava* na última madrugada, tinha se mudado para um *studio* perigosamente perto do ponto onde pegava seu ônibus todas as manhãs.

Não que Ana Laura não a tivesse superado – porque era óbvio que tinha. Já fazia um ano inteiro, afinal. Mas a imagem de Aline dando as costas para a casa que, um dia, as duas decoraram juntas, ainda atormentava suas madrugadas insones. Mas ter superado não significava que estava pronta para vê-la de novo.

Perfeitamente normal.

Então, sim: Ana Laura escolheu o caminho mais longo até o trabalho ao saber do risco que tinha de encontrá-la indo para a parada de ônibus. E enfrentou sete quadras extras no sol com uma mochila cheia de tralhas que batia em suas costas quando corria. E chegou quarenta minutos atrasada. Era até satisfatório saber que não vira uma única sombra do sorriso torto de Aline no trajeto – e o reflexo completamente insano que a encarava no espelho era um preço baixíssimo a se pagar por tal feito.

Secou o rosto na toalha do banheiro e soltou a borrachinha que prendia seus cabelos. Os cachos castanho-escuros desceram abaixo de seus cotovelos, e qualquer definição que pudesse haver neles fora arruinada pelo combo *elástico + suor*. Parecia um leão, mas não de um jeito fofo como naquela música que Aline adorava tocar para ela no *ukulele*. Estava mais no estilo felino-ancião-do-zoológico-da-região – meio murcho e sem forma. Era um caso perdido, decidiu, e teria que se contentar com o coque. Tentou dar um jeito na franja enrolando as mechas com os dedos, e por fim esfregou os resquícios de rímel que borravam suas pálpebras com um papel higiênico.

Sorte a sua sempre ter um desodorante na mochila, e depois de abrir os botões da flanela para passá-lo, resolveu tirá-la.

Olhou-se mais uma vez: quase parecia um ser humano de novo.

Aos poucos, as bochechas voltavam para a cor normal, o vermelho dando espaço para o tom claro de sua pele negra, e a respiração já não saía em chiados desesperados. Não era sua melhor aparência, mas era o que tinha para oferecer naquele dia e teria de bastar.

Com a mochila de volta no ombro, seguiu pelo estreito corredor que a levava outra vez para o interior da cafeteria. No caminho, sentiu uma pontinha de expectativa – migalhas de esperança de que, ao chegar lá, fosse encontrar o espaço lotado. Que Heloisa e Clara a olhariam com alívio, porque não aguentavam mais um segundo sequer sem sua presença, de tantos pedidos que tinham para tirar.

Mesmo sabendo da própria ingenuidade, sentiu o golpe da decepção apertar seu peito ao encontrar o lugar vazio. Nem os aromas de café com canela e pão de queijo quentinho conseguiram animá-la.

Deixou a mochila na cozinha e armou-se com seu avental verde musgo – ou *verde lésbica*, como Helô dissera quando o escolheu – e voltou para o salão.

Sua amiga tinha se acomodado em uma cadeira na frente das janelas de vidro com vista para a calçada, o rosto apoiado na mão enquanto rolava por uma *timeline* infinita de vídeos que eram, em sua maioria, sem graça nenhuma.

Já Clara, estava tediosamente escorada no mostruário de vidro da bancada – de costas para as mesas da cafeteria. Seus cabelos castanho-claros e ondulados brincavam com a curva de seu pescoço, a terminação de cada onda saltando para uma direção diferente. De braços cruzados, segurava seu inseparável copinho ecológico com a logo do estabelecimento, e a manga folgada de sua camiseta preta mostrava o fim de alguma tatuagem colorida no lado direito – uma que Ana Laura estava há semanas tentando descobrir o que retratava, mas era orgulhosa demais para perguntar.

— Ah, bem melhor! — elogiou Helô, percebendo que tinha voltado. Ela abriu um sorriso, covinhas marcando sua pele negra retinta. — Agora o ônibus só parece ter te arrastado por dois quarteirões, ao invés de cinco.

Ana Laura mostrou-lhe o dedo do meio, tirando uma risada da amiga, enquanto ia até ela e atirava-se na cadeira à sua frente. A mulher atrás do balcão olhou por cima do ombro e ergueu o copinho enquanto acenava uma única vez com a cabeça, mas era difícil ter certeza se estava concordando com o comentário de Heloisa, se a estava cumprimentando, ou apenas brindando com alguma entidade maligna e invisível. Apostaria na terceira opção, se precisasse.

Sua atenção se voltou para a rua lá fora, onde muitos carros iam e vinham numa tentativa de fugirem do trânsito da avenida principal. Nenhum deles desacelerava, nenhum deles parava – nunca o faziam. Ninguém parecia disposto a perder alguns minutos de seu tempo tão precioso para pegar um café para viagem. Ninguém parecia capaz de reparar na fachada bordô com letreiro delicado no qual se lia *Café do Cantinho* em letras de forma – inspirada em cafeterias do Pinterest –, que pareciam tão atrativas no começo, e que agora passavam despercebidas no meio da correria e da muvuca da cidade.

Ana Laura suspirou.

— Achei mesmo que as coisas iam melhorar — admitiu em voz baixa.

Sua melhor amiga observou o amontoado de mesas e cadeiras vazias, deixando o celular de lado. Apenas seus lábios sorriam, a tranquilidade do gesto não chegando ao âmbar de seus olhos.

— Deve ter alguma coisa que a gente possa fazer — divagou, parecendo falar mais consigo mesma do que respondendo a ela.

Sempre doía quando a ouvia falar do assunto, mais do que quando pensava nisso por conta própria. Sabia mais do que ninguém o tanto de si que Heloisa tinha colocado naquele lugar – e o tanto de si que tinha aberto mão para vê-lo funcionando. A cafeteria era um objetivo dela desde sempre – um sonho que começara na adolescência e virara um projeto real durante a faculdade de Administração. E mesmo com todos os problemas, seguia sendo uma otimista incurável.

Causava inveja, até.

— Deve, sim — concordou Ana Laura, tentando soar tão positiva quanto.

Tamborilou os dedos na mesa, pensativa. A madeira já começava a ficar quente com o sol que entrava pela janela, um indicativo de que logo teriam de trocar de lugar.

— Precisamos de uma desculpa pra fazer as pessoas virem conhecer o espaço — Clara comentou, virando-se de frente para elas.

Ana Laura estava tão acostumada a vê-la em silêncio que demorou alguns segundos para processar o fato de que estava dizendo algo. E que *esse algo* não era um simples comentário sarcástico, e sim algo que merecia atenção.

Escorregou na cadeira até enxergá-la direito, escorando as costas na janela e se arrependendo no mesmo instante ao sentir a pele queimar.

— Estamos ouvindo — Helô incentivou para que ela continuasse seu raciocínio.

— Esse aqui é um lugar muito legal — Clara prosseguiu, apoiando os braços na bancada. — É aconchegante, a comida boa, a decoração bonita… O problema é que ele fica escondido. Estamos muito perto do Parque da Redenção, tem muita cafeteria e bar aqui na volta.

Aquele assunto tinha sido um debate gigantesco na hora de Heloisa escolher o ponto onde montaria a cafeteria, mas elas se convenceram de que os prós eram muito mais consistentes do que os contras. Não parecia mais ser daquele jeito.

— A gente pode tentar chegar em mais gente pelas redes sociais, talvez — Ana Laura sugeriu. — Sei lá, fazer uns vídeos mostrando o espaço, o cardápio…

— Isso não ia funcionar aqui — Clara cortou de um jeito meio irritante. — Sim, mostrar o lugar é bom e tudo o mais, mas decoração bonita tem aos montes na região. O que a gente precisa é que as pessoas *saibam* que o lugar é legal, que alguém conheça e recomende pra um amigo que vai trazer outro amigo e depois outro…

— Tipo contratar algum *influencer*? — Heloisa observou sua funcionária, atenta.

Mas Clara negou com a cabeça.

— Também não sei se daria certo. Tinha que ser algo mais orgânico, uma recomendação de alguém de confiança e não de alguma personalidade aleatória da região que escreveu *hashtag publi* no canto de um *story*.

— Uma classe trabalhadora inteira se revoltaria com esse comentário — Ana Laura retrucou.

— Ah, eu não estou desmerecendo, não! — Ela corou em cada centímetro do rosto. — Só acho que seria um investimento que não funcionaria como precisamos. Não a curto prazo, pelo menos.

— E o que tu sugere, então? — Helô a encarava com uma esperança preocupante.

— Ah… bom, aí eu não tenho certeza — Clara gaguejou. — Só consegui pensar nessa parte.

O coração de Ana Laura afundou dentro do peito. Por um milésimo de segundo, acreditou que a mulher traria uma solução de verdade, que todo aquele discurso chegaria em algum lugar. Óbvio que isso não aconteceu.

A animação da dona da cafeteria vacilou, mas ela engoliu em seco e recuperou sua postura.

— E se colocarmos música ao vivo?

— Deve ter uns dez bares com música ao vivo por aqui… — Clara mordeu o lábio inferior.

A garganta de Ana Laura se fechou com irritação. Ela já tinha descartado várias ideias de uma vez só, mas apresentar uma nova que era bom…

— O que fazemos, então? — resmungou, sem conseguir controlar o tom grosseiro.

— Relaxa. — Clara ergueu as mãos diante do corpo, na defensiva. Seu café respingou um pouco na bancada. — Estou pensando.

Ela franziu a testa, puxando o pano de prato jogado sobre o ombro e passando-o na pequena bagunça. Era a primeira vez que ocorria à Ana Laura que mantê-lo sempre ali era uma forma de lidar com seu jeito desastrado.

— Sem pressão — murmurou, pressionando-a da forma mais óbvia possível.

Heloisa passava os olhos de uma para a outra, em expectativa. Não era a primeira vez que debatiam maneiras de resolver o problema da cafeteria, porém, era a primeira vez que pareciam estar indo para algum lugar. Também era a primeira vez que Clara dava sua opinião, e Ana Laura suspeitava de que aquele era o máximo de palavras que a tinha ouvido usar em um único dia.

— E se — Clara soltou de repente. Dois pares de olhos a encararam, atentos —, aproveitarmos a ideia da música ao vivo, mas ao invés de chamar um único artista, a gente organizar um *festival*?

— Como assim? — Ana Laura ergueu uma sobrancelha, tentando não parecer esperançosa demais.

— Vários artistas — Clara afastou o corpo do balcão. Parecia animar-se cada vez mais conforme as ideias brotavam em sua cabeça —, no mesmo dia.

— E o que, exatamente, isso nos diferenciaria dos outros lugares com música ao vivo? — Helô estreitou os olhos.

Ana Laura, no entanto, estava conseguindo acompanhar a linha de raciocínio.

— A galera que se apresenta nessas coisas sempre arrasta alguns amigos junto, para dar aquele apoio moral e tudo o mais — ponderou, mordendo o lábio. Foi difícil não pensar em todos os palcos abertos nos quais assistira à Aline cantar. — Vários artistas significa vários amigos.

— E vários amigos significa gente nova conhecendo os outros artistas da mesma forma que vão conhecer a cafeteria — Clara concluiu, orgulhosa. — É tão vantajoso pra eles quanto é pra gente. Uma tarde de Cantinho lotado gera uma divulgação legal entre o público, e ainda dá conteúdo para as *sagradas* redes sociais.

Ela disse a última parte olhando no fundo dos olhos de Ana Laura, que se recusou a cair na provocação. Pela primeira vez, surgira algo que poderia realmente dar certo, e não importava *quem* tivesse pensado naquilo – por mais irritante que fosse admitir que a ideia viera de Clara.

Era até engraçado perceber que algo positivo tinha saído de um dia que começara tão mal, mas se permitiu apreciar a sensação de esperança genuína. Nem tudo precisava ser um drama, afinal de contas.

Capítulo 2

Ana Laura

O corpo de Ana Laura parecia superaquecido com a mera possibilidade de que houvesse uma solução que impedisse a cafeteria de fechar – ou de, pelo menos, ganhar mais tempo até encontrarem uma ideia mais definitiva. Era mais do que tiveram em semanas.

— Um festival de música. — Helô se levantou, olhando ao redor. — Pode mesmo funcionar, né?

— Acho que sim — admitiu, então perguntou à Clara: — E como a gente organiza isso? Onde encontramos esses artistas?

A mulher encarou o teto por um tempo, refletindo.

— Nessa parte, vamos precisar das redes sociais, na verdade.

Sentiu um gostinho de vitória na ponta da língua, até que se deu conta de que não havia nada em sua colega que indicasse problemas ao admitir aquilo. Ajeitou-se na cadeira, constrangida. Foi a primeira vez que lhe ocorreu que ela, talvez, nem soubesse que Ana Laura não ia com a sua cara. Que talvez sua melhor amiga estivesse certa aquele tempo todo.

Não que pretendesse admitir aquilo em voz alta.

— Podemos montar uma ficha de inscrição — Clara prosseguiu, alheia a todos os seus devaneios — e publicar no Instagram. Depois a gente dá uma olhada no perfil de todo mundo que se inscrever, seleciona a galera e divulga um *lineup* pro festival.

— *Lineup* — Helô repetiu. — Gosto dessa palavra, faz parecer que é um evento importante.

Ana Laura riu.

— *É* um evento importante. Pra gente, pelo menos.

Uma expressão engraçada se formou no rosto de sua melhor amiga, que observava tudo ao redor bem devagar.

Sabia o que ela via quando olhava para a cafeteria. Sabia o que ela via no lugar de cada mesinha quadrada e em cada cadeira colorida, em cada planta pendurada no painel com o cardápio preso na parede, em cada moldura de gatinho e em cada doce na vitrine. Não eram apenas coisas, tampouco apenas decorações. Tudo aquilo contava uma história – a história *dela*.

O Cantinho era uma das coisas mais importantes da vida de Heloisa, e portanto, era uma das coisas mais importantes para Ana Laura também.

— Se funcionar... — Helô disse baixinho.

— Vai funcionar — Clara afirmou, com uma segurança de dar inveja. — Não vejo motivos pelos quais não funcionaria.

— As pessoas podem simplesmente não gostar daqui.

— De todas as coisas idiotas que tu já disse — Ana Laura se intrometeu —, essa foi a mais idiota delas. O Cantinho é perfeito, as pessoas só não sabem disso ainda.

Encarou a colega, pedindo reforços.

— Ana Laura tem razão — atendeu, com gentileza. — Não tem nada que possa dar errado.

— E se ninguém se inscrever?

Entendia de onde vinham aquelas inseguranças, entendia que depois de tanto tempo nadando contra a maré era difícil aceitar que as ondas a estavam levando para o caminho certo. Se pudesse, Ana Laura pegaria toda aquela hesitação para si. Só para dar um pouco de paz para a cabeça de sua amiga.

— Impossível, também — Clara afirmou. — Festivais e palcos abertos são o delírio de todo músico.

Ana Laura sabia bem. Aline estava sempre envolvida naquelas coisas – mesmo que a música não fosse nada além de um hobby para ela. O receio de Heloisa se dissolveu pelo ar, e era quase possível vê-lo espiralando para longe.

— Então, é isso! — Ela bateu palminhas. — Vamos fazer um festival de música!

Seu otimismo incorrigível tinha voltado com força máxima, e ela parecia uma criança em uma manhã de Natal. Ana Laura respirou, aliviada.

— Vamos fazer um festival de música! — Ecoou em resposta.

— E vou deixar *vocês duas* responsáveis por organizá-lo! — Heloisa completou, como se tivesse acabado de abençoá-las com um bilhete premiado.

Organizá-lo?

— Nós duas? — Ana Laura apontou de si mesma para Clara, um pânico crescente ganhando espaço em seu peito.

— Exatamente! Vão criar a ficha de inscrição, divulgar, selecionar o pessoal... — Estava completamente eufórica. — Vou ajudar com as preparações para o grande dia, claro, mas não consigo me envolver com toda a burocracia da coisa. E também, é óbvio que vou pagar um extra por fazerem isso, né?

— Por mim, tudo bem — A voz de Clara preencheu a cafeteria antes que Ana Laura pudesse raciocinar sequer direito o que lhe era pedido.

Tentou não fazer careta.

Qualquer coisa para ajudar o Cantinho, pensou outra vez.

— Como quiser. — Sorriu para a melhor amiga.

— De quanto tempo precisamos? — Helô ponderou, esfregando o queixo.

— Quinze dias? Vinte? — Sua colega apertou os lábios, pensativa. — Uma semana com as inscrições abertas e umas duas para divulgarmos o evento. Podemos marcar o festival para o sábado antes do Natal e aproveitamos o *hype* de fim de ano, férias...

— *Décimo terceiro* — a chefe completou, refletindo.

— É mais do que tempo suficiente — garantiu Ana Laura, rezando para não transparecer que sua maior preocupação era trabalhar diretamente com Clara. Algo lhe dizia que nada bom sairia daquilo. — E ainda podemos aproveitar a decoração de Natal.

— Meu Deus, que ideia *maravilhosa*! — A dona da cafeteria estava quase dando pulinhos, e disparou pelas portas duplas que levavam para a cozinha com as tranças compridas balançando às suas costas. Nem deu chance para que Ana Laura conseguisse concordar.

Ou discordar.

— Posso ter entendido alguma coisa errada — Clara comentou, o esboço de um sorriso desenhando seus lábios —, mas acho que ela gostou da ideia.

— Claro que gostou! Esse lugar é a vida inteira dela! — Não tinha intenção de soar grossa, mas ainda que seu tom tivesse sido mais ameno, as palavras pareceram carregadas. Sentiu as bochechas arderem. — Desculpa, isso foi meio indelicado.

— Tanto faz. — A colega deu de ombros, indo atrás de mais um café expresso. — Sei que tu não gosta muito de mim.

E toda a sua teoria de que Clara não fazia ideia de como se sentia em relação a ela caiu por terra. Ela sabia, sim. A diferença era que não se importava.

— Nunca disse que não gostava de ti — defendeu-se do óbvio.

— Nem precisa. Tua cara deixa isso bem evidente.

Outra vez, o óbvio.

— O que tem de errado com a minha cara?

Clara analisou-a por alguns segundos. Segundos *demais*. Em silêncio, passeou por cada detalhe dela: os cabelos que mal conseguiu controlar quando chegou, as roupas escolhidas na pressa, a maquiagem arruinada pela corrida.

— *Nada* — respondeu com um sorriso enorme. — Te garanto que não tem absolutamente nada de errado com ela.

A confiança na provocação deixou-a em completo choque. Como alguém que nunca lhe dirigia a palavra, conseguia ser tão… tão... Bem, não importava.

— Olha só. — Respirou fundo. — Helô pediu pra gente organizar esse evento juntas, então faz o favor de colaborar comigo.

Clara deu um gole em seu novo café.

— Sim, senhora.

— E não me chame assim.

— Sim, senhora.

— *Clara*!

Ela riu.

— Parei.

— Para alguém que nunca fala nada, tu está bem tagarela hoje — resmungou, completando logo depois: — E isso não foi um elogio.

— Raramente tenho algo para dizer.

— Saudades desse tempo. — Encarou ao longe, fingindo enxergar no horizonte as memórias de uma época que não voltaria mais.

— Grossa! — Clara arregalou os olhos, mas os cantos de seus lábios tremeram, contendo um sorriso. — Tá, chega disso. Passa pro lado de cá e me ajuda a montar a ficha de inscrição. Quanto mais cedo começarmos, mais cedo me livro desse teu mau humor.

— Não estou de mau humor.

— Que sorte a minha!

Ana Laura deu uma risadinha sem graça, porque não tinha mais nada que pudesse dizer. Talvez estivesse *mesmo* sentindo falta de quando Clara não a respondia, e cogitou que o universo tivesse passado aquele tempo todo a poupando do senso de humor esquisito da colega.

Suspirando, deu a volta no balcão de atendimento e passou para o lado de dentro, onde a mulher a esperava de braços cruzados.

— Só pra ficar registrado — reforçou, indo para a frente do computador —, não tenho nada contra ti. É só que nesse tempo todo que tu trabalha aqui, nunca me deu abertura pra gente se conhecer.

Clara franziu o cenho.

— Não sabia que tu queria me conhecer.

Diferente de toda a conversa até ali, não soou como uma provocação. Era como se Clara realmente não tivesse cogitado que Ana Laura pudesse querer fazer amizade com ela.

— A gente passa muito tempo aqui. — Deu de ombros. — Não acha esquisito ficar me ignorando o dia inteiro?

— Eu não te ignoro. — Ela se defendeu. — Ouço tudo o que tu diz!

— Só não responde!

Clara abaixou o rosto, envergonhada. Envergonhada *de verdade*.

— Não sou boa lidando com gente nova.

Quis dar a ela uma resposta engraçadinha do tipo *já percebi*, mas parecia a coisa errada a dizer. Então apenas voltou sua atenção para a tela do computador enquanto abria um formulário do Google Docs.

— Bom, temos muita coisa para organizar. Suponho que até o final desse festival vou ter deixado de ser *gente nova* pra ti.

— É, acredito que sim — murmurou, quase baixo demais.

Ana Laura limpou a garganta e começou a editar o formulário.

— Ok, vamos montar esse troço logo. Do que a gente precisa?

As duas encararam o documento por alguns instantes, até que Clara se esgueirou para a frente do computador. Surpresa com a proximidade repentina, não sobrou muito mais que Ana Laura pudesse fazer além de dar um passo para trás e espiar por cima do ombro dela para enxergar a tela.

— Uma página com informações pessoais — a mulher começou a criar as seções no arquivo —, outra com informações pra contato e link das redes sociais. Não acho que precise de muito mais do que isso.

O *tec tec* no teclado enquanto ela falava ecoava pela cafeteria vazia, e Ana Laura precisou ficar na ponta dos pés para ter uma boa visão do formulário. Nunca tinha percebido como Clara era alta até tê-la como uma parede bem na sua frente.

A primeira seção da ficha de inscrições tomava forma, e ela, vez ou outra, dava pitacos sobre a identidade visual do documento. Queria que tudo fosse nas cores da cafeteria, para combinar com o espaço. Já Clara, dizia que quanto mais simples e *limpo*, melhor.

Estava pronta para lançar um argumento gigantesco sobre a imagem que estavam tentando passar com o evento, quando uma Heloisa furiosa irrompeu da cozinha balançando o celular na mão.

— Ana Laura de Carvalho! — berrou e, pelo tom, o que quer que ela pudesse ter feito, boa coisa não era.

Capítulo 3

Ana Laura

Passaram-se poucos segundos entre o momento em que Heloisa vociferou seu nome completo – o que nunca era um bom sinal – e o momento em que ela praticamente esfregou a tela do celular na cara de Ana Laura, mas foi tempo o suficiente para que repassasse em sua cabeça todas as coisas erradas que tinha feito ao longo dos treze anos de amizade que compartilhavam.

Teve aquela vez na Sexta Série em que ela perdeu a caneta de glitter em gel com cheirinho de morango favorita de Helô, e jurou de pé junto que Bianca – a patricinha da turma que elas detestavam em segredo e que foi o motivo pelo qual as duas começaram a conversar – devia tê-la roubado. Teve também aquela outra vez no primeiro ano do Ensino Médio, quando Ana Laura beijou uma garota sem saber que sua melhor amiga também queria ficar com ela e, quando descobriu, continuou beijando-a secretamente por mais uns dois meses. Ou, talvez, ainda fosse sobre aquele dia na faculdade em que…

— Por que não me contou que ela tinha voltado? — Heloisa enfiou o rosto no espaço já inexistente entre Ana Laura e Clara.

— Hum? — Franziu a testa.

Um momento mais tarde, porém, seus olhos se ajustaram ao brilho da tela que a amiga exibia e reconheceram a foto ali. Lembrava-se de cada detalhe da imagem de um pôr do sol na sacada de um prédio, pois a tinha encarado por muito tempo na madrugada anterior tentando ter certeza de que pertencia ao edifício na esquina de sua casa.

— *Ela*! — reforçou Helô. Depois olhou de um lado para o outro, parecendo prestes a contar um segredo milenar que jamais poderia chegar aos ouvidos das plantas na parede. Sua voz saiu um sussurro meio esganiçado. — Aline!

Ah, merda.

Não esperava que a notícia chegasse tão rápido aos ouvidos – e olhos – dela. Achou que teria um tempinho a mais para se preparar para a enxurrada de perguntas que sabia que acompanhariam a informação.

Ainda assim, tentou disfarçar.

— Como assim *de volta*?

Clara mal se mexia diante do computador. Parecia ter congelado no lugar e respirava bem devagar, talvez fingindo estar invisível. Ana Laura desejou que ela não estivesse ali para ouvir aquela conversa.

— Não se faça de desentendida! — Heloisa praticamente grunhiu. — Eu te conheço. Não existe nenhuma chance de que tu não soubesse disso!

Às vezes, ter alguém que a conhecia há tantos anos era uma grande porcaria.

Ana Laura esfregou as mãos no rosto, pensando em quais palavras usar e buscando formas de encarar aquele papo. Afastou-se da bancada de atendimento, dando espaço para que Clara encontrasse sua liberdade bem longe dali. Ela, porém, não se afastou tanto quanto esperava.

— Só estava tentando não pensar nisso.

Verdade.

— E conseguiu?

— Sim.

Mentira.

Heloisa encarou no fundo de seus olhos, daquele jeito que sempre a fazia pensar que tinha visão de Raio X e era capaz de enxergar até sua alma. *Deus!*, que ela não tivesse visão de Raio X, pois estava usando o sutiã de vó mais vergonhoso que tinha na gaveta – o único limpo naquela manhã tenebrosa.

— Te conheço melhor do que isso, Analá. — Ela pousou uma mão em seu ombro, afagando-o com carinho.

Conhecia mesmo. Na verdade, não havia uma alma viva no mundo que a conhecesse tanto. Helô era a única pessoa para quem um *estou bem* não funcionaria a não ser que estivesse tudo realmente bem. E ela viu de perto o estrago que a partida de sua ex-namorada causou, ajudando a limpar e reconstruir cada destroço deixado para trás.

Seria difícil mentir para ela depois de todas as madrugadas em que lhe fizera companhia, com medo de deixá-la sozinha. Depois de preencher cada espaço recém-vazio em um apartamento que fora mobiliado para duas pessoas e, de repente, era lar de apenas uma. Depois de trocar cada foto de casal em cada porta-retrato que Ana Laura arremessara longe, substituindo-as por gatinhos em roupas de festa — e prometendo que logo tirariam tantas fotos em tantas situações divertidas que teriam de comprar muitos outros mais. Promessa que ela cumprira com maestria.

Foi um período horrível para sua cabeça e em sua vida, e não queria que os fantasmas de Aline voltassem a assombrá-la. Só queria se manter o mais longe possível de tudo que envolvesse ela.

— Me pegou um pouco de surpresa. — Mas segui a minha vida e gosto de como as coisas são hoje. Me recuso a deixar que ela tire alguma coisa de mim depois de tanto tempo.

Palavras muito corajosas, porém vindas da boca de uma mulher que não foi capaz de pegar um ônibus porque ele passaria perto da casa da ex. Patética.

— Tem certeza?

— Sim. Só não quero ter que ficar revivendo isso.

O olhar analítico de Helô se sustentou por mais alguns segundos, procurando qualquer coisinha em sua expressão que pudesse denunciar uma mentira. Então ela aliviou os ombros tensionados e se deu por vencida.

— Ok. Mas fala comigo, se precisar.

— Pode deixar. Fica tranquila, é sério.

— Queria ser uma mosquinha para descobrir o que diabos ela está fazendo em Porto Alegre — sua amiga confidenciou, tirando a mão de seu ombro.

— Deve estar fugindo de alguma garota de Rio Grande. — Riu, amarga.

— Tu não presta. Enfim, que bom que está tudo bem contigo. Mas agora eu vou... — Ela olhou a hora no celular. — Meu Deus do Céu, eu não vou *nada*! Preciso levar a Helena para a escola!

Disparando como se estivesse indo apagar um incêndio, desapareceu da cafeteria tão rápido quanto surgiu.

Ana Laura soltou o ar com um ruído alto, aliviada por poder voltar a ignorar aquele assunto.

— De quem estavam falando? — Uma voz cortou o silêncio.

— *Puta que pariu*! — xingou, virando-se para o ponto de onde ela vinha. — Tinha esquecido completamente que tu estava aí!

Suas mãos pressionaram o peito, sentindo o coração disparado. Fechou os olhos enquanto tentava se acalmar do susto e, quando os abriu, encontrou Clara bem diante dela com uma expressão curiosa.

— Sério, quem é *Alessandra*?

— Aline.

— Tanto faz. Quem é?

— Ninguém.

Se não teria aquela conversa com Heloisa, *definitivamente* não a teria com sua colega de trabalho.

— Ah, qual é? — A voz de Clara saiu um pouco mais aguda que o normal. Foi engraçado. — Foi tu quem disse que a gente precisava se conhecer!

— Não quero que tu me conheça. — Forçou-se a parecer o mais desinteressada possível.

— Ah, *Analá*! — Clara repetiu o apelido de infância que Helô usara.

Aquele dia não tinha como piorar. *Sério*. Primeiro, Aline. Depois, Heloisa. E agora... uma completa estranha. Porque era isso que as duas eram: estranhas. Desconhecidas. E aquele não era um papo para se ter com um desconhecido.

— Não me chame assim.

Clara se apoiou na vitrine, erguendo uma sobrancelha e observando-a profundamente.

— É um apelido bem fofo.

— Mas é só para pessoas íntimas.

Dizer aquilo foi um erro terrível.

— Está prestes a me contar algo pessoal, isso nos faz bastante íntimas! — Os olhos dela quase brilharam.

Será que agora que tinha desbloqueado sua personalidade que sabia falar, ela nunca mais a desligaria?

— Já disse que não vou te contar nada! — Ana Laura precisou se controlar para não bater o pé no chão, tal qual uma criança.

— Não faz assim! Ajude uma fofoqueira!

O comentário a pegou desprevenida, e uma risada escapou de seus lábios à contragosto. *Merda*.

Respirando fundo, fez uma careta ao dizer.

— Ela é minha ex-namorada. — A frase pareceu queimar sua língua.

— *Muito obrigada!* — Clara abriu os braços. — E quanto tempo faz que terminaram?

— Toda fofoca tem limite — resmungou.

— Ah, para! Estamos criando laços aqui! Aposto que eu saberia da história completa se tivéssemos acabado de nos encontrar bêbadas em um banheiro de festa.

Ela era insuportável. *Deus*, o que fizera para merecer aquilo?!

— Que tal voltarmos para, tipo, duas horas atrás, quando tu não falava absolutamente nada?

Sentiu-se culpada com o comentário um segundo mais tarde, afinal, odiava quando pediam para que ela mesma parasse de falar.

Clara levou as mãos ao peito.

— Ai!

Não parecia ser alguém que desistiria tão rápido, e talvez, fosse melhor lhe dar *alguma coisa* para que parasse de fazer perguntas. Um tiro parecia bom.

— Terminamos faz um ano. Fim da fofoca.

— Um ano? — Ela praticamente gritou. — Do jeito que vocês estavam falando, pensei que tinha acontecido, sei lá, mês passado!

Ah, pronto.

— Foi uma experiência traumática, ok? — defendeu-se. Não tinha certeza do por quê, mas sentiu a necessidade de se explicar. — Ela foi bem babaca.

E, com isso, toda a expressão de deboche de Clara se desmanchou. Ela piscou seus olhos estreitos – de um formato que a fazia parecer estar sempre com sono –, abriu e fechou a boca algumas vezes e, para a felicidade de Ana Laura, encerrou o assunto.

— Tudo bem. — Ergueu as mãos em desistência. — Podemos só concordar que não gostamos dela.

Um pouco da tensão deixou os ombros de Ana Laura.

— Isso — assentiu. Então, voltou-se para a tela do computador outra vez. — Agora vem aqui pra gente terminar o formulário.

Elas se acomodaram uma ao lado da outra, voltando a trabalhar. Conversaram pouco nesse meio tempo, apenas o essencial para cumprirem a tarefa, o que deixou muito espaço para a cabeça de Ana Laura vagar por lugares que não deveria. Obrigou-se a manter a atenção no formulário, a focar no texto e nas perguntas do documento, mas era preciso apenas um piscar de olhos para que se visse outra vez perdida no mar de cabelos dourados de sua ex-namorada.

Será que os tinha mudado naquele meio tempo ou será que ainda eram como se lembrava?

Se fechasse os olhos, conseguia vê-los caindo por suas costas. Se fechasse os dedos, sentia a maciez de seu toque. Se respirasse fundo, sentia seu cheiro de shampoo de chocolate. E se…

— Qual a data limite da inscrição? — Clara interrompeu suas memórias. Ainda bem.

Ana Laura pigarreou, temendo que seu rosto estampasse cada uma das imagens que sua mente revivia em *looping*.

Tirou o celular do bolso e abriu o calendário, conferindo. Com a resposta em mãos, Clara a inseriu no formulário, e as duas começavam a debater sobre as melhores formas de divulgarem o evento quando a porta da cafeteria se abriu.

Elas ergueram o rosto em sincronia, surpresas.

Heloisa tinha acabado de sair para levar a filha para a escola, o que significava que o recém-chegado só poderia se tratar de um cliente. *Finalmente*, um cliente! O primeiro do dia, na verdade.

Mas tão logo sua animação surgiu, ela desapareceu, conforme processava o rosto parado sob o batente da porta.

Ela estava mais bonita do que nas lembranças de Ana Laura. Claro que estava. Memória alguma faria jus àquela garota.

Uma trança caía por seu ombro esquerdo, os fios dourados entrelaçados de forma preguiçosa e cheia de mechinhas soltas. Seus cabelos estavam mais compridos do que na manhã em que a vira pela última vez. Brincos de argolas prateadas e enormes se enroscavam no penteado, e combinavam perigosamente com o batom vermelho nos lábios com os quais um dia a beijara. Ana Laura engoliu em seco, quase conseguindo sentir a sensação de tocá-los com os seus. O piercing no nariz era novidade, e o vestido azul-claro de mangas caídas era diferente do estilo que tinha até um ano atrás.

O mundo inteiro parou de girar ao perceber que todo o seu esforço naquela manhã tinha sido em vão. Que todos os planos de todos os bares nos quais não pisaria mais para não correr o risco de encontrá-la estavam indo pelos ares. Tinha sido bom se iludir, mesmo que por algumas horas, que fugir dela daria certo.

Sua ex-namorada-traidora-e-bonita-para-caralho abriu um sorriso hesitante, o delineado de gatinho quase desaparecendo conforme seus olhos castanhos se estreitavam — era ridículo como eles ainda passavam a sensação de *casa*. Ela segurava as alças da bolsa transversal com força de um jeito que Ana Laura sabia que era porque não tinha ideia do que fazer com as mãos.

Não.

Não, não, não.

Aquilo não estava acontecendo. Aline não estava ali no seu trabalho – ela não teria aquela cara de pau. Devia ser alguma alucinação. Algum efeito da noite quase em claro.

Cada passo que ela dava para dentro da cafeteria ecoava uma batida de seu coração, e era difícil saber se o som em seus ouvidos era os saltos dela ou sua frequência cardíaca que saía completamente do controle. Tinha a impressão de que eles zuniam, mas já tinha perdido a capacidade de reconhecer o que estava acontecendo ao seu redor.

O mundo acontecia em câmera lenta. Seus pensamentos tentavam processar que em poucos segundos ouviria a voz dela de novo. A voz que gritara mais *eu te amos* do que era capaz de estimar. A voz que lhe contou a verdade que mudaria tudo e que lhe deixou um adeus sussurrado sem nunca mais olhar para trás.

Mas Aline nunca poderia saber que ela se lembrava de tudo em tantos detalhes. Não daria aquele gostinho para ela. E antes que conseguisse se controlar, Ana Laura envolveu o braço em torno da cintura de Clara, puxou-a para si com uma confiança louvável e subiu na ponta dos pés para sussurrar em seu ouvido:

— Organizo esse festival inteiro sozinha, se fingir que namora comigo até ela ir embora.

Capítulo 4

Clara

— *O quê?* — As palavras de Clara ecoaram pela cafeteria. Saíram mais agudas do que planejava, mas, ainda assim, menos insanas do que aquelas às quais respondiam.

Era a primeira vez que conseguia trocar mais do que algumas palavras com sua colega de trabalho – um pequeno alívio depois de semanas querendo interagir e sem saber muito como fazê-lo. Não se considerava uma pessoa necessariamente tímida, mas, por vezes, achava que seus pensamentos não eram relevantes o bastante para serem ditos em voz alta. Preferia observar a falar, e isso nem sempre era compreendido por pessoas que não a conheciam muito bem – e era por isso que sabia que Ana Laura não ia muito com a sua cara.

Não era a primeira vez que algo assim acontecia.

Naquela manhã, no entanto, elas conversaram como duas pessoas normais. Sentiu-se confortável até para fazer piadinhas como costumava fazer quando estava entre amigos.

Mas tinha acabado de descobrir que ela era maluca.

Não do tipo engraçadinho como no meme "*she's so crazy, I love her*", e sim do tipo completamente doida. Pirada. Sem nenhum parafuso preso no lugar.

— *Shhhhhhhhhh! Fala baixo!* — Ana Laura sussurrou em seu ouvido mais uma vez. — Finge que namora comigo!

Clara passava os olhos entre ela e a recém-chegada, tentando encaixar as peças de um quebra-cabeças mental complexo demais para uma segunda-feira. Ana Laura estava com a mão em sua cintura de um jeito bastante desconfortável, tão perto que conseguia sentir o cheiro de shampoo de camomila que vinha do cabelo dela. E estava pedindo para que *fingisse namorá-la.*

Que porra era aquela?

Aos poucos, no entanto, a cena bizarra começou a fazer sentido. A conversa da colega com Heloisa, a conversa delas duas, sua linguagem corporal completamente alterada e desesperada... Aquela na frente delas devia ser a tal ex-namorada que tinha voltado para Porto Alegre. Amanda? Andressa? Não conseguia se lembrar direito, mas tinha *quase certeza* de que começava com A.

Ana Laura respirava rápido, o subir e descer de seu peito muitas vezes mais acelerado que o de Clara. Esperava que ela não tivesse um ataque do coração – nem dezoito temporadas de Grey's Anatomy tinham sido capazes de ensiná-la primeiros socorros.

— Não?! — respondeu, tentando falar baixo dessa vez.

Um esforço inútil, no fim das contas. Não importava o que dissesse ou o tom que usasse, tinha certeza de que seu rosto entregava tudo o que tentava disfarçar no resto: Ana Laura precisava de uma camisa de força. Ana Laura e seus dedos compridos e trêmulos que pressionavam com cada vez mais força a cintura dela.

Clara não era muito chegada em abraços, e estava a um passo de empurrá-la para longe.

— Por favor! — A urgência no pedido de Ana Laura era preocupante. — Te dou cem reais também.

Virou-se para encará-la nos olhos. Infelizmente, isso colocou-a ainda mais dentro daquele abraço.

— Sério, eu valho *cem reais*? — sussurrou, indignada.

— É tudo que eu tenho na carteira. — Gemeu baixinho. — Por favor, por favor, *por favor*!

Talvez Clara estivesse participando de alguma simulação. Seu corpo devia estar dormindo em algum laboratório, enquanto sua mente existia em uma realidade *distópica* como naquele filme com o Harry Styles e a Florence Pugh – muito embora aquele *plot* combinasse mais com algo que se passaria na Sessão da Tarde.

— Não vou fingir que namoro contigo! — Aquela era a frase mais esquisita que já dissera na vida.

— Eu limpo a máquina de café por um mês inteiro! — Ana Laura lançou sua cartada final.

Porra, estava *mesmo* desesperada! Todos sabiam que limpar a máquina de café era a pior função da cafeteria – motivo pelo qual tinha sido passada para a funcionária recém-chegada: *ela*.

Aurora, por fim, alcançou o balcão de atendimento, encerrando qualquer oportunidade das duas terem uma conversa privada. Ela era bonita, sim, mas de um jeito meio óbvio: loira, olhos grandes, cílios longos... Tinha um belo sorriso, no entanto, ainda que bastante tímido.

O desespero de Ana Laura refletiu no aperto em sua cintura, e o sorriso que desenhou nos lábios parecia meio de psicopata – tinha quase certeza de que existia uma pintura famosa com aquela mesma expressão. Sua aflição estava deixando Clara nervosa também, porque era óbvio que nada de bom sairia daquele encontro, e só conseguia pensar que o pedido dela não fazia sentido nenhum. Quer dizer, no que as duas fingirem que namoravam ajudaria?

Ocorreu-lhe então que pudesse ser uma forma de se livrar da garota mais rápido, para intimidá-la ou algo assim. Não que isso lhe parecesse muito eficaz. Clara não fazia o tipo *intimidadora*.

Só que havia todas as promessas que ela tinha feito para que Clara aceitasse a proposta… E eram coisas tentadoras demais levando em conta que só precisaria fingir por alguns minutos. Quer dizer, ela perdia *horas* limpando a máquina de café. Era algo que merecia alguns segundos de reflexão.

Antes que pudesse mudar de ideia, ergueu o braço meio esmagado no aperto de Ana Laura e enroscou-o no pescoço dela. A mão pendendo desinteressada por sobre o ombro ficou meio esquisita, então começou a acariciar de leve com os dedos. Obrigou-se a não pensar muito na proximidade e nem no quanto elas pareciam dois bonecos de cera.

Um mês sem limpar a máquina de café, repetiu.

O alívio de Ana Laura foi visível, mas não houve tempo para que pudesse dizer qualquer coisa, pois Alice apoiou os braços em cima da bancada e as cumprimentou.

— Oi. — Sua voz era fina demais, quase parecia uma criança falando, e seu sorriso vacilou de leve ao perceber a movimentação de Clara resultar em um abraço.

— Oi — Ana Laura respondeu.

Havia tanta frieza em sua voz que ela talvez resolvesse todos os problemas de superaquecimento da Terra, e o tom veio seguido por um silêncio doloroso de tão desconfortável. Alana se mexeu, incomodada.

— Como vão as coisas? — Engoliu em seco. Ela tinha um sotaque bem forte do interior.

— Perfeitas. — Ana Laura não se deu ao trabalho de devolver a pergunta.

O clima ficava mais tenso a cada segundo, e Clara se arrependeu de não ter fugido para a cozinha no instante em que reconheceu a garota que acabara de chegar. Imóvel como uma gárgula, não fazia nada além de respirar – e não fundo demais, pois tinha certeza de que qualquer mínima movimentação poderia causar um colapso no espaço-tempo.

— Estava passando aqui perto — Ângela começou, apertando os dedos na alça da bolsa com tanta força que eles perderam a cor —, e pensei que seria uma boa ideia dar uma parada. — Ela olhou ao redor. — É mais bonito do que eu lembrava.

O maxilar de Ana Laura trincou, e qualquer sinal de polidez que havia nela foi por água abaixo.

— Continua igual. — Curta e grossa. — Mas tu não gostava de vir aqui.

Se havia alguma entidade no mundo que olhasse por aqueles que tomavam decisões ruins, era o momento certo para que desse as caras. Clara queria desaparecer, virar fumaça, esquecer que sequer tinha passado por ali. Tinha a sensação de que a cafeteria poderia explodir a qualquer momento com a tensão no ar, e não tinha a menor intenção de estar no alcance do estrago quando tudo fosse pelos ares.

Anastácia – *quem se chama Anastácia hoje em dia?* – trocou o peso de uma perna para a outra, desconfortável. E Clara fez a única coisa na qual conseguiu pensar: estendeu a mão e cumprimentou-a.

— Oi. — Simples.

Andreia encarou a palma esticada para ela, na dúvida se a tocava ou não. Por fim, aceitou o cumprimento.

— Prazer, sou a…

— Sei quem tu é. Minha namorada já me falou de ti — cortou, porque parecia algo que uma namorada responderia se a ex da atual aparecesse do nada no lugar onde o casal trabalhava. Não que tivesse muita experiência com aquele tipo de situação.

— Namorada? — Seus olhos se arregalaram de leve. — Não encontrei nada que… bem, não importa, acho.

— Vai pedir alguma coisa? — ofereceu, soando mais grossa do que pretendia.

Costumava ser muito boa com clientes, mas aquela interação exigiria muito mais de sua capacidade de socializar, e precisava economizá-la. Amélia cruzou os braços, erguendo o rosto para o painel gigante preso na parede com o cardápio completo.

Se um alfinete caísse no chão, ecoaria como a demolição de um prédio. De um lado da bancada, Angélica lia cada item do painel com uma lentidão aflitiva, evitando a todo custo olhar para as duas mulheres à sua frente. Já do outro lado, as duas mulheres em questão fitavam tudo que não fosse uma à outra. Ana Laura tamborilava os dedos em sua cintura, impaciente, e Clara analisava individualmente todos os gatos de roupinha nas molduras da parede.

Horas de silêncio ininterrupto couberam naqueles poucos minutos desde que Ariel chegara, e orou mentalmente para que Heloisa não tivesse esquecido de levar alguma coisa e entrasse por aquelas portas de repente. Seria bem difícil explicar para ela aquele abraço com Ana Laura.

Não se relacionarás com a melhor amiga da chefe, dizia um dos mandamentos lésbicos – logo abaixo de *não se relacionarás com* a chefe. Não que já tivesse feito qualquer uma das duas coisas. Clara mal se relacionava, ponto.

A voz de Ana Laura retumbou pelas paredes.

— O que tu veio fazer aqui, Aline? — Ela por fim soltou a cintura de Clara, que aproveitou a deixa para dar um pequeno passo para longe dela.

Aline? Ah, tá.

Ela desceu os olhos do cardápio até que encontrassem os de Ana Laura, talvez aliviada por poder parar de fingir que escolhia alguma coisa. Ainda hesitou por alguns instantes, mordendo o lábio inferior ao fechar os olhos e respirar fundo.

— Queria conversar contigo.

Ana Laura estremeceu.

— Não temos nada para conversar.

Clara não sabia como uma namorada deveria reagir àquilo. Não era uma grande defensora da pauta *amizade com ex*, mas a verdade era que nunca precisara lidar com aquela situação.

— Temos, sim — Aline insistiu, inclinando a cabeça de leve. — Sinto que tudo ficou tão... mal resolvido.

— Tu me parecia bem resolvida quando levou outra garota para nossa casa — Ana Laura rebateu. — Mais ainda quando foi embora na manhã seguinte.

Ô, caralho!

Então aquele era o resto da história que ela tanto se recusava a lhe contar. Não tinha se preparado para uma lavação de roupa suja bem na sua frente, mas, de repente, ficar ali não pareceu mais uma ideia tão ruim – ao menos, teria a fofoca completa.

Será que isso fazia dela uma pessoa ruim?

Manteve a expressão impassível, dedicada ao seu papel naquele teatro. Se antes queria fugir, naquele momento nada mais a tiraria dali.

É, ela realmente era uma pessoa ruim.

— Fui embora porque tu mandou que eu fosse! — Aline se defendeu, com a testa franzida.

— E sem fazer nenhum esforço para ficar. — Mas antes que a outra pudesse argumentar, balançou as duas mãos na frente do corpo, como se encerrasse o assunto. — Bom, não importa mais. Já segui com a minha vida e não tenho motivo algum pra pensar nisso agora.

Exceto pelo fato de que estava fingindo namorar uma mulher com quem conversara pela primeira vez naquela mesma manhã.

— Analá, eu... — Aline começou, e ao lembrar-se da reação de Ana Laura quando usou do apelido, Clara interrompeu-a.

— Não a chame assim.

— O quê? — Aline arregalou os olhos.

— Perdeu o direito de chamá-la desse jeito. — Usou do tom mais frio que conseguiu, mal reconhecendo a própria voz.

Uma atual ficaria irritada com uma ex que usava um apelido carinhoso, né? Não fazia ideia, porém supôs que sim. Ana Laura pareceu aprovar, aproximando-se discretamente e colando seu braço no dela – logo agora que tinha conseguido se afastar.

— Relaxa — a garota ergueu as mãos —, não vim até aqui brigar, é só que...

— Um ano, Aline. Já faz um ano. — Ana Laura esfregou os olhos. — Sério, estamos ocupadas aqui. Temos trabalho pra fazer.

Aline deu uma olhada ao redor da cafeteria vazia de um jeito irritantemente debochado, e o gesto ativou uma parte meio vergonhosa da personalidade de Clara: a necessidade de se explicar. Não devia coisa alguma àquela garota, nem mesmo a conhecia, mas ela estava desdenhando de seu trabalho e quando percebeu, já estava dizendo:

— Tiramos o dia para organizar um evento da cafeteria.

Sua colega lhe deu uma cotovelada de leve na costela, como se pedisse para que parasse de falar. *Ué.*

— Ah. — Aline apertou os lábios. — Legal. O que vão fazer?

— Um festival de música.

Ana Laura pigarreou fazendo um barulho alto. Estava a repreendendo, isso era óbvio. Só não entendeu o motivo. A resposta, no entanto, chegou logo depois: o rosto de Aline se abriu, os olhos curiosos e atiçados conforme questionava:

— Sério? Quem vai se apresentar? — Pareceu interessada de verdade.

Merda, será que tinha acabado de convidar a mulher para o festival? Era por isso que não interagia com desconhecidos, *porra*! Sempre dizia as coisas erradas.

Procurando um jeito de transformar a coisa toda em algo sem graça, explicou:

— Ninguém conhecido. — *Ótimo.* — Vamos chamar uma galera *indie* da região.

Tinha certeza de que aquilo encerraria o assunto, que Aline perceberia que a ex-namorada não queria papo nenhum com ela e, finalmente, iria embora. Estava até meio orgulhosa de si mesma pela forma com a qual contornou a situação.

Para seu desespero, no entanto, não foi esse o rumo da conversa que se seguiu.

— Como eu faço para me inscrever?

Merda. Outra vez.

Ela era persistente, isso ninguém poderia negar.

Ouviu Ana Laura resmungar ao seu lado, e surpreendeu-se com o quão ameaçadora era capaz de parecer uma criatura com não mais do que 1,60 m de altura. Sentiu-se a pior namorada de mentira da história – muito embora não conhecesse nenhuma outra.

Ana Laura cruzou os braços, encarando a ex-namorada com irritação.

— Por que está fazendo isso?

— Isso, o quê?

— *Isso*! — exasperou-se. — Forçando uma proximidade que estou dizendo que não quero. Sei lá, vai viver!

O rosto da garota pareceu magoado.

— Estou tentando. — As palavras quase sumiram de tão baixas. — Mas fiquei tanto tempo longe que todo mundo parece ter seguido em frente sem mim.

Se era uma indireta ou não, Clara nunca saberia. E o quão longe ela estivera? Ouviu Ana Laura dizer algo sobre Rio Grande, mas não tinha certeza se entendera certo.

— É assim que a vida funciona. — Ana Laura não se deixou abalar pelo olhar de cachorro perdido. Ou, ao menos, disfarçou muito bem. — Pessoas vêm, pessoas vão, pessoas ficam. E nada disso é problema meu.

— Só achei que seria um jeito legal de conhecer gente nova... Com interesses em comum e tudo o mais.

— De novo: *não é problema meu.*

Clara estava até meio orgulhosa das respostas atravessadas. O temperamento de Ana Laura era bem mais divertido quando não estava direcionado à sua pessoa.

— Qual é, *Ana Laura.* — Aline deu ênfase no nome completo. — Sabe que sou boa no palco, vai ser legal pra vocês também.

— Toca alguma coisa? — Clara intrometeu-se.

— *Ukulele* — as duas responderam em sincronia.

Claro que sim.

— Deixa eu adivinhar. — Ergueu uma sobrancelha, analisando a garota de um jeito crítico. — Canta Anavitória?

O rosto dela ficou completamente vermelho, e soube que tinha acertado perfeitamente. Os ombros de Ana Laura balançaram enquanto tentava controlar uma risada.

— Entre outras coisas — Aline admitiu, contrariada.

O combo *ukulele* + Anavitória era um clássico – uma versão sáfica daquela cena no filme da Barbie em que todos os Kens seguravam um violão e cantavam por horas e mais horas, enquanto mantinham contato visual intenso e constrangedor. Conseguia até vê-la fazendo isso.

— Certo — Ana Laura disse, séria. — Preenche a ficha de inscrição quando divulgarmos. Mas, se não vai pedir nada hoje, por favor, deixa a gente trabalhar.

Tinha sido um bom jeito de dar fim ao assunto, precisava admitir. Eram elas que fariam a seleção dos artistas, de qualquer forma. Não havia qualquer chance de Aline subir naquele palco. Aberto ou não.

— Pode me dar um expresso duplo, por favor. — E diante do cansaço evidente de Ana Laura, completou: — Pra levar.

Graças a Deus. E ouvir a máquina de café enquanto a colega preparava o pedido ainda lhe deu um último gás de energia social. Um mês inteiro sem limpar aquela porcaria e tudo o que precisou fazer foi... bom, participar daquele experimento social esquisito.

— Mais alguma coisa? — Ana Laura perguntou ao alcançar-lhe a bebida.

— Hoje, não, mas valeu. — Ela pegou o copinho fumegante e começou a se afastar, parando antes de abrir a porta e se virando uma última vez. — Foi bom te ver, Analá. *Estava com saudade de ti.*

Ela saiu da cafeteria antes que qualquer uma das duas pudesse dizer mais alguma coisa.

Capítulo 5

Clara

Clara encarou a porta recém-fechada, acompanhando com os olhos enquanto Aline se afastava pela calçada. Quando a perdeu de vista, virou-se imediatamente para Ana Laura.

— Que merda foi essa? — grunhiu, irritada.

Não costumava falar alto no trabalho – nem em qualquer outro lugar –, mas estava tão indignada que seu tom fez a colega se encolher. Controlou a vontade de se desculpar. Não tinha feito nada de errado, afinal.

— Eu não sei — admitiu, olhando para o nada.

Apesar da resposta, era difícil saber se Ana Laura tinha sequer processado a conversa com a ex-namorada. Parecia tão perdida dentro da própria cabeça que não seria surpresa alguma se tivesse dito aquilo apenas no automático.

— Foi a coisa mais ridícula que eu já fiz na minha vida. — Clara tentou controlar sua voz. — E olha que já fiz *muita* coisa ridícula na minha vida.

— Ela continua tão bonita. — O comentário, que não tinha nada a ver com o que Clara disseram, servira como confirmação de que a garota não estava ali de verdade. — Caralho, eu não lembrava que ela era tão bonita!

Não era bem o que esperava ouvir.

— Não muda o fato de que foi patético. — Cruzou os braços. Estava irritada por ter sido colocada naquela situação. O fato de ter concordado com a história não anulava a pressão que a colega tinha colocado nela para que o fizesse. — Que ideia foi essa?

Ana Laura finalmente encontrou seu rosto, pálida como jamais a tinha visto. Parecia ter tantas respostas quanto a própria Clara.

— Realmente, não sei — insistiu, com a voz fraca. — Queria que ela visse que segui em frente? Que minha vida vai bem? Sei lá.

— Não tinha um jeito melhor de fazer isso? Algo que não envolvesse… bom, *eu*?

— Eu não estava pensando direito, ok? — Exasperou-se, batendo as mãos nas coxas, frustrada. — Ela apareceu e fiquei irritada porque eu tive *todo aquele trabalho* para fugir dela hoje de manhã e tu estava ali e…

— Fugir dela? — interrompeu, com a testa franzida. — Como assim?

Corando, ela desconversou:

— Não importa. — E quando Clara começou a protestar, encerrou o assunto: — Olha, obrigada pela ajuda. Sei que foi um pedido absurdo e não faço ideia de como te agradecer por ter topado essa presepada. Mas agora a gente pode fingir que nada aconteceu.

— *Presepada* é um grande eufemismo para o que rolou aqui — argumentou, meio contrariada. — Vai me contar o que rolou entre vocês?

— De jeito nenhum. — Ana Laura foi até a máquina de café e serviu um expresso para si. Ela *nunca* bebia café expresso. — Já ouviu mais do que o suficiente pra entender o principal.

— E o que eu ouvi parece uma história cheia de drama, reviravoltas e emoção! Quero os detalhes!

Estava brincando, claro. Tentando aliviar a tensão que era evidente em cada centímetro do corpo dela. Mas Ana Laura negou com veemência.

— De jeito nenhum. Tu não precisa de detalhes, só precisa de um mês sem ter de limpar a máquina de café e se livrar da organização do festival. — Ela deu um longo gole na bebida, fazendo uma careta conforme o líquido amargo descia por sua garganta. — Detalhes não faziam parte do combinado.

— E cem reais — lembrou, rindo.

— E cem reais. — Ana Laura suspirou, tirando a carteira do bolso.

Mas Clara não queria o dinheiro dela. Quer dizer, dinheiro nunca era demais, porém não era como se tivesse feito uma grande coisa. Tinha praticamente só ficado parada ali enquanto as duas discutiam. Foi quase como assistir ao BBB.

— Esquece isso. — Fez um gesto de desdém com a mão. — Fica me devendo uma. Uma *bem* grande!

Ana Laura deu uma risada.

— Anotado.

— E não sou babaca o bastante para te fazer organizar o festival sozinha — ponderou — Vai dar um trabalho do cão.

Um brilho engraçado surgiu nos olhos dela.

— E a máquina de café? Vai aliviar essa pra mim também?

Clara riu com a cara de pau.

— *Não*! Desse aí eu não vou abrir mão.

A outra riu junto com ela, os sons se misturando e aliviando de pouco em pouco o clima pesado. O sorriso de Ana Laura se desfez em um segundo.

— Vai ser bom te ter me ajudando, de qualquer forma. Ainda mais agora que, além de tudo, vou precisar lidar com *ela*.

— Não vamos chamá-la pra cantar de verdade, né? — Clara franziu o cenho.

— Claro que vamos! Se não fizermos isso, ela vai achar que não superei ainda.

Clara juntou as duas mãos e levou-as até a boca, observando-a como se tivesse perdido a cabeça. Provavelmente, tinha.

— Tu não superou.

— Claro que superei. — Ela revirou os olhos. — Isso não significa que eu precise estar saltitante com o fato de que ela está morando a uma quadra de distância da minha casa.

— Só faltou um pequeno detalhe nesse teu plano genial para parecer que não está nem aí — comentou, percebendo que Ana Laura não estava enxergando o óbvio.

— Que seria…?

— Aline vai aparecer aqui no dia do festival e descobrir que mentiu para ela sobre a gente.

A mulher congelou conforme processava as palavras, e Clara percebeu que tinha acabado de cometer um erro. Um erro tão terrível que era difícil mensurar o tamanho das consequências que ele teria, mas acompanhou a expressão dela passar de choque para desespero e então, para…

— E se a gente… — Não. *Não.* — … fingir até lá?

— De jeito nenhum.

Aquele dia tinha saído do controle. Quando deixou sua cama para ir trabalhar, achou que o calor infernal de início de dezembro seria seu único inimigo, mas, aparentemente, a vida adicionou sua colega de trabalho, interações sociais em excesso e sua própria língua como novos dragões a serem derrotados.

— Sério! Não vai te custar nada! — ela gritou.

— Nada? — repetiu, incrédula. — São três semanas inteiras!

Ana Laura jogou a cabeça para trás, fechando os olhos. Dava para ouvir as minhocas dentro de sua cabeça indo de um lado para o outro atrás de argumentos que justificassem o injustificável.

— Não precisa ser o tempo todo — declarou, apoiando os cotovelos na bancada. — Só caso ela apareça aqui do nada outra vez. E no dia do evento, claro.

— Não vou fingir que namoro contigo. — Se Clara ganhasse um real para cada vez que precisou dizer aquilo na vida... Bom, só teria dois reais. Mas era estranho que algo daquele tipo tivesse acontecido mais de uma vez.

— Por favor! — repetiu, a voz ficando mais desesperada. — *Eu faço qualquer coisa*!

Clara a encarou, erguendo uma sobrancelha.

— Qualquer coisa?

— Que não seja ilegal — Ana Laura se corrigiu.

Tudo bem, talvez não fosse uma ideia tão ruim. Quer dizer, não parecia ter nada a perder, só ganhar. Não era como se houvesse alguma namorada por aí que pudesse ficar brava com a situação.

Juliana, sua melhor amiga, tinha razão em algo que sempre dizia, percebeu. *Todo mundo tem um preço.*

O problema, na verdade, era… *o que* Clara queria?

Se fizera aquela pergunta tantas vezes ao longo dos anos que as palavras já tinham até mesmo perdido o sentido. Queria muitas coisas. Já tinha *acreditado* que queria tantas outras. E diante daquela questão, o único desejo que lhe vinha à mente parecia um pouco fora dos domínios de Ana Laura – a não ser que ela tivesse uma vaga na federal escondida dentro do bolso. O curso de dança sempre fora seu sonho, mas ficara assustadoramente longe de seu alcance desde que precisara deixar o antigo emprego em um estúdio.

Ela arregalou os olhos, por fim sabendo o que pedir.

— Quero que me cubra aqui na cafeteria uma tarde por semana.

— Oi? — Ana Laura estreitou os olhos.

— Isso mesmo que tu ouviu — explicou, se animando conforme o plano tomava forma dentro de sua cabeça. — Vai me cobrir uma tarde por semana, que eu ainda não sei o dia, e não vai me pedir explicações.

Antes de começar a trabalhar na cafeteria, dois meses antes, Clara dava aulas de dança para crianças em um estúdio da região. O problema era que, como acontecia frequentemente quando se trabalhava com arte, o retorno financeiro não era o suficiente para que conseguisse se manter. Depois de sair da casa dos pais, precisou aceitar que a vida adulta não era sobre realizar sonhos, e, sim, sobre pagar todas as contas do final do mês — uma descoberta bastante frustrante.

Mas se Ana Laura cobrisse seu horário uma tarde por semana… Talvez Marlene conseguisse encaixá-la em alguma turma.

— Uma tarde por semana — a colega repetiu.

— E sem me pedir explicações.

Ana Laura estreitou os olhos.

— Vai assaltar um banco em horário de trabalho?

— Sem me pedir explicações.

— Vai cometer algum outro tipo de crime? — Tentou outra vez.

— Sem me pedir explicações.

— Avisei que não faria nada ilegal.

Clara gargalhou.

— Não é ilegal.

Ana Laura apertou os lábios.

— Se tu comete um crime em um horário que deveria estar aqui e tu não está aqui porque *eu* estou te cobrindo, isso faz de mim tua cúmplice!

— Não sei se é assim que as coisas funcionam...

— Nem eu! *E nem quero descobrir*!

— Não vou cometer nenhum crime. — Exasperou-se. Que mulher difícil!

Depois de alguns instantes de análise silenciosa, Ana Laura assentiu com a cabeça.

— Ok, posso fazer isso. — Uma pausa. — Mas vou depor contra ti, caso necessário. Vou ser aquela pessoa dizendo "sempre soube que havia alguma coisa esquisita nela, só não tinha certeza do quê".

Foi difícil não rir. Ana Laura era divertida, no final das contas. Maluca, sim. Porém, divertida.

— Então, certo. Namoro contigo se ela aparecer aqui. Mas só até o festival — reforçou. E conforme o rosto dela começava a se iluminar, ergueu um dedo. — E com uma condição.

A alegria dela se desfez.

— Já tivemos muitas condições...

— Essa é a última, prometo — Abriu um sorriso maquiavélico.

Ana Laura suspirou.

— Certo, o que tu quer?

— Vai ter que me pedir em namoro.

— Não está falando sério.

— Claro que estou! — defendeu-se, tentando não rir. — Sou uma princesa e mereço ser tratada como tal. Se quer namorar comigo, vai ter que pedir com jeitinho.

— Não é um namoro de verdade — lembrou.

— E daí?

— E daí que... — Ela grunhiu. — Já te pedi em namoro! Duas vezes hoje. Até disse *por favor*! O que é bastante humilhante quando se trata de um pedido desses.

Mas Clara não daria o braço a torcer com aquilo, queria ver como ela se sairia. Fez uma cara de desdém e permaneceu parada, aguardando.

Ana Laura parecia prestes a bater com a cabeça na parede. Ela murmurou alguma coisa sobre "*aquele ser o pior dia da vida dela*" e depois se recompôs, jogando os ombros para trás e abrindo um sorriso. Descolou-se da bancada e colocou-se de frente para Clara, quase grudando seu corpo no dela. Nunca estiveram tão perto uma da outra, e era a primeira vez que percebia as pintinhas que ela tinha no lado esquerdo do rosto. Formavam um desenho engraçado, um tipo muito específico de constelação.

— Clara — sua voz saiu doce como nunca antes tinha ouvido —, *meu amor*, quer namorar comigo?

Levou alguns segundos para lembrar-se de que devia respondê-la, pois ficou algum tempo perdida nas feições delicadas para as quais nunca dera bola. Ela tinha um formato bonito nos olhos. E sua boca meio que desenhava um coração. O *meu amor* que ela usou não surtiu efeito algum, como sabia que seria, porém não estava preparada para a proximidade e para o tom de voz e para *o olhar*.

— E então? — Ana Laura insistiu, diante do silêncio. Seu hálito cheirava a café expresso.

Clara piscou uma vez, limpando a garganta de repente seca. Lembrou-se enfim de que era tímida, as muitas horas de interação parecendo cobrar seu preço, afinal.

— Sim, Ana Laura — disse, tentando recuperar o tom brincalhão —, quero namorar contigo.

Querer não era o termo correto, mas viria com algumas vantagens — o que já era mais do que alguns namoros que vira por aí.

Ana Laura voltou para seu lugar diante do computador de repente, como se nunca tivesse saído dali. Clara tentou não respirar fundo demais.

— Agora que resolvemos esse problema — a mulher articulou, fazendo aquilo parecer não mais do que um item riscado em sua lista de tarefas —, vou terminar essa porcaria de formulário antes que a Helô volte e ache que não fizemos na… — Ela travou. — Ai meu Deus, como eu vou explicar isso pra Helô?

— Por que, diabos, Heloisa teria que saber disso? — questionou, em pânico.

Sua chefe não precisava saber daquilo. Sua chefe *não poderia* saber! Ia contra as regras dos mandamentos lésbicos!

— Se a Aline aparecer aqui e Heloisa também estiver presente, vamos ter que fingir na frente dela também — Ana Laura explicou o óbvio. — Não tem como fazermos isso sem ela ficar sabendo.

Ok, não tinha pensado naquilo direito. Não lhe ocorreu que um namoro falso pudesse envolver, de alguma forma, sua chefe e seu emprego. Deus, ela não poderia arriscar aquele emprego!

— Mas isso significa que, ao invés da gente fingir *se* a Aline aparecer, vamos ter que fingir *todos os dias enquanto Heloisa estiver aqui*!

Aquilo mudava tudo. Não faria uma bobagem daquele tamanho.

— Ficou maluca? — Ana Laura questionou. Chegava a ser irônico ela fazer aquele tipo de pergunta. — Ela vai saber que estamos fingindo! Vou contar pra ela.

— Ah, mas não vai, não! — Clara apoiou uma das mãos na bancada, inclinando o corpo, incrédula. — Não existe possibilidade nenhuma de eu me envolver numa coisa dessas e minha chefe ficar sabendo. Vai descredibilizar todo meu trabalho baseado em uma loucura sua que…

— Te namorar de verdade vai ser mais difícil de explicar pra ela do que te namorar de mentira — interrompeu, impetuosa.

— Que diabos isso significa?

Ana Laura não disse nada de imediato, parecendo escolher suas palavras. E pareceu desistir das primeiras que lhe ocorreram.

— Nada. Apenas que ela me conhece bem demais. — Deu de ombros. — Perceberia a mentira na hora.

Ela não tinha dito nada ofensivo, mas Clara se ofendeu mesmo assim. O que quer que tivesse pensado, não era tão educado quanto o que dissera.

— Tu é insuportável, espero que saiba.

Ela abriu um sorriso travesso.

— Ah, eu sei. Eu sei muito bem.

— Mas sério — Clara tentou explicar. — Ela não pode saber que é mentira. Não quero que isso atrapalhe no meu trabalho aqui.

Tudo aquilo seria inútil se acabasse sendo demitida. E temia, sim, que fingir um namoro com a melhor amiga de sua chefe mudasse a opinião dela sobre sua pessoa. Ana Laura refletiu o assunto.

— Ok, ok. — Deu-se por vencida. — É um ponto válido. Posso fazer funcionar.

— Obrigada.

As duas ficaram se olhando por um tempo, sem saber o que dizer. Como agiam duas pessoas que namoravam de mentira? Como se lesse seus pensamentos, Ana Laura a tranquilizou.

— Não vai ser tão esquisito quanto parece.

— Assim espero — assentiu.

Ela podia estar certa. Na prática, aquilo não mudaria muita coisa, exceto que talvez as duas conversassem com mais frequência. O que era uma coisa boa, no fim das contas. E ainda havia o combinado que tinham feito a respeito das folgas.

Clara tirou o celular do bolso, abrindo a caixa de conversa com Marlene, a dona do antigo estúdio de dança onde trabalhava. Escreveu e reescreveu a mesma mensagem várias vezes, tendo dificuldade em encontrar as palavras certas. Precisava medir o tom de seu contato, sem parecer implorar por uma vaga – embora estivesse disposta a fazê-lo – e, também, sem soar desdenhosa. O texto final, depois de muito testar, saiu simples e sem muitos floreios.

Oi, Marlene! Estou com saudades do estúdio.
Será que ainda tem um lugar pra mim aí?

Fechou os olhos ao clicar no botão de enviar, mas abriu um deles para espiar conforme a mensagem marcava dois risquinhos. Aguardou em expectativa, meio que esperando uma resposta imediata. Como se Marlene não tivesse mais nada para fazer do seu tempo.

Depois de vários minutos, bloqueou o celular e escondeu-o no bolso, tentando não ficar muito decepcionada. O que tivesse que acontecer, aconteceria, repetiu para si mesma. Sofrer por antecipação não mudaria nada.

Respirou fundo, ignorando a sensação de que o aparelho pesava toneladas em sua perna, e serviu-se do quinto café do dia.

Capítulo 6

Ana Laura

Ana Laura afastou o celular do ouvido para conferir se a ligação ainda estava acontecendo. Fazia uns bons cinco minutos que não ouvia a voz de seu pai do outro lado, o que significava que ou ele tinha desligado, ou que ela estava tagarelando tanto que não dava espaço para o coitado falar.

Normalmente, era a segunda opção, porque Fernando de Carvalho era um excelente ouvinte – ao menos, quando se tratava dela. Se ela subisse em um palanque e passasse sete horas ininterruptas falando sobre a coisa mais aleatória do planeta, ainda assim, ele estaria lá para ouvi-la – e sentadinho na primeira fila.

Naquela noite, aproveitou a ligação semanal que sempre faziam para contar-lhe a respeito do festival que aconteceria na cafeteria, e o assunto tinha saído do controle. Falou de como a ideia surgiu, das coisas que pretendiam fazer, da ficha de inscrição, de sua esperança de que aquilo solucionasse todos os problemas financeiros do estabelecimento… Deu todos os mínimos detalhes, exceto pela parte em que Aline aparecera no seu trabalho e que tinha se metido em um namoro de mentira.

O primeiro era porque não queria preocupá-lo – até hoje ele falava da época pós-término como um período obscuro na vida de todos –, e o segundo, porque, bem, era meio óbvio o porquê.

Com o aparelho no viva-voz, ela o tinha deixado na ilha da cozinha, enquanto abria e fechava os vários armários verde-escuros em busca dos ingredientes que precisava para o jantar.

Era noite de quarta-feira, o que significava que ela e Heloisa tinham um encontro *incancelável* e intransferível para jantarem, beberem vinho e assistirem a comédias românticas de roteiro duvidoso. Foi o jeito que encontraram para aliviarem a rotina, um respiro bem no meio da semana.

— E se der certo — continuou seu monólogo, arrastando uma cadeira até o armário para alcançar uma prateleira alta —, podemos fazer esse tipo de evento mais vezes.

Obrigou-se a ficar em silêncio, tentando dar sinais de que ele poderia dizer alguma coisa, se quisesse.

— Parece bom, meu amor. — A voz de seu pai preencheu a cozinha. — E tu parece bem animada com isso.

Havia um "mas" implícito em suas palavras, um que ele ainda estava decidindo se dizia em voz alta ou não. Fernando sempre se esforçou para deixar que a filha tomasse suas próprias decisões e vivesse a vida como achava que devia – ao contrário de sua mãe, que sempre tinha algo a dizer sobre qualquer coisa que ela fizesse. Quando discordava de algo, tentava escolher bem a forma como diria isso a ela, para não soar exatamente como a esposa. Porque ninguém gostaria de soar como ela.

Após quase um minuto inteiro, Ana Laura pigarreou.

— Pode falar, pai. — Já se preparando para o golpe.

Ele suspirou.

— Vale a pena?

Uma pergunta curta, apenas três palavras. Mas que colocadas juntas fizeram o peito dela pesar. Virou-se na cadeira, olhando por cima do ombro como se seu pai conseguisse enxergá-la. Sua mão esbarrou em uma caixinha de Maizena, que caiu para fora do armário e se espatifou no chão.

— *Merda* — xingou baixinho.

— Tudo bem aí? — seu pai perguntou, alarmado.

— Tudo! — tranquilizou-o. — Só derrubei uma coisa.

Resolveria a bagunça depois. Seguiu remexendo nos armários pensando em como responder Fernando. Ele voltou a falar antes que ela tivesse a chance.

— Sinto que só estão adiando algo que é inevitável.

— Vai funcionar — insistiu. — A gente só precisa atrair o público certo.

Tentou não parecer magoada, ainda mais porque sabia que ele só estava tentando ajudar.

— Odeio ter que concordar com a tua mãe, mas… — *Ah, não*. Não, não, não. — … acho que tu devia considerar voltar a trabalhar no restaurante.

Ana Laura estava exausta daquele assunto. Há meses vinha tendo a mesma discussão de novo e de novo com sua mãe, que, ao que parecia, tinha conquistado um novo aliado.

Seus pais possuíam um restaurante chique em um bairro nobre da cidade. Daqueles em que as reservas esgotavam com semanas de antecedência e que serviam pratos com quantidades tão pequenas que chegavam a ser ofensivas. Foi o projeto da vida dos dois. Um sonho que cultivaram no início do relacionamento e ao qual dedicaram todos os esforços e recursos que tinham. Morria de orgulho de onde os dois haviam chegado, mas isso não significava que queria seguir os mesmos passos.

Sem falar que já tinha cometido aquele erro uma vez.

Quando Aline foi embora da noite para o dia, viu-se responsável por sustentar todas as contas sozinha, e a proposta de seus pais para que trabalhasse na recepção do restaurante à noite pareceu uma boa ideia – e ainda não seria necessário deixar de lado o emprego que já tinha durante o dia.

Tudo ia bem até perceber que, aos olhos de sua mãe, trabalhar no restaurante deles significava *ser sustentada pelos pais*. Ela não era mais uma pessoa exercendo uma função e recebendo para isso, ela era uma pessoa cujas contas eram bancadas pela família.

O que, na cabeça de Julia, significava que ela poderia controlar todas as decisões e ações da filha. E ainda usar como justificativa o fato de que Ana Laura não tinha responsabilidade alguma porque usava todo o *seu* dinheiro em bares e festas e outras bobagens por causa de uma decepçãozinha amorosa.

Sim, ela tinha usado aquelas exatas palavras.

— Não quero reviver essa discussão, pai — pediu, respirando fundo. — Sabe que eu não era feliz lá.

Se aquela conversa estivesse acontecendo entre ela e sua mãe, a resposta que viria seria algo como "*nem sempre é sobre felicidade, Ana Laura*", ou algo igualmente desmotivador. Mas como era seu pai do outro lado da linha, as palavras foram um tanto quanto mais afetuosas.

— Só não quero que tu te decepcione — ele disse, hesitante. — Tenho medo de que as coisas não deem tão certo quanto imagina, e tu não esteja preparada para um plano B.

— Penso em um plano B quando estiver precisando de um plano B — garantiu, cansada. Aquele papo já estava lhe dando dor de cabeça, e mal tinha começado.

— *Laurinha*, eu…

Ela parou de ouvir.

Ana Laura detestava aquele apelido, muito embora nunca tivesse tido coragem de contar ao pai. Ele o usava de um jeitinho carinhoso, uma pequena forma de demonstrar afeto. Mas ouvir seu nome dito daquela forma invocava fantasmas de uma versão mais nova sua que era preocupada demais em agradar aos outros. Laurinha não dizia não. Laurinha não tinha opiniões controversas. Laurinha era uma cópia frágil e manipulável da mãe.

— … pode contar comigo, se precisar. — Fernando encerrou seu discurso ao qual ela não ouvira quase nada.

— Eu sei, pai. — Abriu um sorriso fraco que ele não conseguia ver. — Obrigada por isso. Agora preciso desligar, a Helô já deve estar chegando.

Na verdade, sua amiga ainda demoraria uns trinta minutos, mas aquela conversa sugou toda a energia que ainda tinha em seu corpo.

— Ah, é quarta-feira! — Fernando exclamou, percebendo a data.

— É, sim.

— Que filme vão ver hoje? — ele questionou, e foi difícil não respirar aliviada com a mudança de assunto.

— Não escolhemos ainda, mas existe uma chance gigantesca de acabarmos reassistindo…

— … *O diabo veste Prada* — seu pai completou, em sincronia com ela.

Os dois riram.

— Exatamente.

— Tudo bem, não vou mais te atrapalhar. Mas tenta aparecer lá no restaurante um dia desses, de qualquer forma. Estou com saudades de ti.

Seu coração ficou pesado.

Fazia alguns meses que ela e Fernando não se viam, em partes porque ele nunca saía sem a esposa e Ana Laura estava meio que fugindo dela há um tempo. Sentia-se culpada por deixar que seus problemas com a mãe atrapalhassem sua relação com ele, mas não sabia muito bem o que fazer quanto a isso.

— Vou tentar — mentiu, procurando soar o mais honesta possível. — Então, tchauzinho…

— Tchau, Laurinha — ele se despediu, doce. — Te amo.

— Também te amo, pai. Um beijo. — Esperou que ele encerrasse a ligação.

Mas o silêncio estático que a encontrou na cozinha foi mil vezes mais desagradável do que imaginou que seria.

Capítulo 7

Ana Laura

A meia hora que se seguiu pareceu demorar dias, a conversa que tivera com o pai passando de novo e de novo dentro de sua cabeça. A preocupação – que ela sabia ser genuína – acompanhada de palavras tão dolorosas: "*só não quero que tu te decepcione*".

Ele não acreditava que o festival daria certo, e era a primeira vez que Ana Laura parava para pensar naquela possibilidade. O que fariam se tudo desse errado? Que outra solução tiraria da manga para evitar que as portas do Cantinho se fechassem para sempre?

Sentia como se o lugar fosse tão seu quanto era de sua melhor amiga, o que significava que se considerava igualmente responsável por fazê-lo dar certo. Trabalhar lá pelo resto da vida estava longe de ser um sonho seu, no entanto, nunca seria capaz de desistir do espaço que fora seu refúgio – e sua salvação – quando tudo parecia estar dando errado em sua vida. Doaria tudo de si até o último instante para que o Cantinho prosperasse, para que sobrevivesse a todas as dificuldades e chegasse o dia em que estivesse indo tão bem que nem mesmo precisaria dela.

Não havia nenhuma outra possibilidade além daquele festival funcionar. Garantiria que fosse desse jeito.

O som de chave na fechadura interrompeu seus pensamentos, e a voz de sua melhor amiga reverberou pelo apartamento.

— Adivinha o que eu trouxe?!

O grito animado tirou uma risadinha de Ana Laura, que apenas jogou a lasanha para dentro do forno e passou para o outro lado da ilha que separava a cozinha da sala.

— Espero que seja vinho — brincou, enquanto Helô tirava as sapatilhas vermelhas na porta de entrada. —, porque essa era a única responsabilidade que tu tinha!

Ela mostrou-lhe a língua, ofendida.

— Única responsabilidade? Eu *sou mãe,* minha lista de responsabilidades é enorme, ok?

Ana Laura deu uma risada alta.

— Erro meu, peço desculpas. Aliás, com quem ficou a pestinha hoje?

Helena tinha cinco anos. Foi adotada por Heloisa quando ainda era um bebê, porque sua amiga tinha resolvido que não queria depender de encontrar a mulher perfeita para, só então, realizar o outro maior sonho de sua vida: a maternidade. Foram muitas e muitas noites em claro com a dupla tentando fazer aquela *minipessoinha* dormir. E não se arrependia de nada, principalmente por saber que sua melhor amiga era a melhor mãe do mundo inteirinho.

— Deixei na minha mãe — explicou, fechando a porta com o quadril. Ela parou com as duas mãos escondidas atrás do corpo de um jeito *nada suspeito*. — Agora, tenta adivinhar o que eu trouxe.

No fundo, Ana Laura esperava que fossem outras cinco garrafas de vinho, porque seria necessário muita bebida para a conversa que precisava ter com ela.

Passaram-se dois dias desde que se enfiara naquela patacoada de namoro de mentira. Namoro de mentira que tinha sido ideia *sua*.

Sério, onde estava com a cabeça? Certo, Aline tinha aparecido em seu trabalho do completo nada e isso a tinha desestabilizado. *Mas um namoro de mentira?* Aquilo ia muito além de desespero. Era burrice! E agora não havia como voltar atrás, pois sua ex não poderia nem sonhar que aquilo não era verdade.

Cogitou contar a história toda para Heloisa, dizer que era um combinado entre ela e Clara. Mas depois de pensar com calma a respeito do assunto, percebeu que isso só preocuparia sua melhor amiga. Não havia um jeito de dizer "*ei, fingi que estou namorando uma garota aleatória só para fazer minha ex-namorada, com quem terminei já faz um ano inteiro, não achar que estou abandonada às moscas*" sem parecer maluca.

O problema era que Ana Laura era uma péssima mentirosa. E seria muito difícil fazer Helô acreditar naquilo. Trocou o peso de um pé para o outro, impaciente.

— Não faço ideia... Me mostra logo!

Com uma risada alta, Heloisa tirou as mãos escondidas atrás do corpo fazendo um *tadããããã* que ecoou pela sala. Em uma delas, graças a Deus, havia uma garrafa de vinho branco. Na outra... Ana Laura gargalhou.

Um pequeno vaso de barro com uma mini espada de São Jorge estava acomodado entre seus dedos de unhas curtas pintadas de laranja.

Ana Laura olhou ao redor, encarando as outras dezenas de plantas espalhadas pela sala. Havia vasos no móvel da TV, pelo chão, no parapeito da janela, na mesinha de centro – todas trazidas por Helô.

O gesto começou como um jeito de ir preenchendo os espaços vazios deixados por Aline, mas logo virou uma brincadeira entre elas. Quando menos esperava, sua melhor amiga aparecia com uma planta nova. E não havia padrão algum para os momentos em que seria presenteada – não havia um dia da semana ou uma data comemorativa ou um combinado. Houve uma vez em que ficou dois meses inteiros sem trazer nada, fazendo-a acreditar que a moda tinha acabado. Então, um dia, do completo nada, Heloisa apareceu na cafeteria com um buquê de margaridas que era o dobro do tamanho de sua cabeça.

Margaridas eram as flores preferidas de Ana Laura.

Levou as mãos ao peito, lisonjeada.

— Eu sempre quis uma dessas! — gritou, ainda rindo. Pegou o pequeno vasinho das mãos dela e deixou-o ao lado de outros sete que eram muito — *muito* — parecidos com ele.

— E aí, vamos jantar o quê? — Helô perguntou, tirando a jaqueta jeans e pendurando-a no encosto da cadeira da bancada.

— Lasanha.

— Proteína de soja ou brócolis?

Ana Laura riu.

— Brócolis.

— Ainda bem! — agradeceu, jogando as mãos para o alto de um jeito dramático. — Quero dizer, tu é uma ótima cozinheira, sempre te digo isso. Mas aquele negócio...

— Não tenho culpa que tu seja fresca — defendeu-se, desdenhosa.

— Eu não sou fresca. Só tenho papilas gustativas que funcionam.

Revirou os olhos para a amiga – que, até onde se lembrava, elogiara sua lasanha de proteína de soja da última vez que fizera. Quando ela apenas riu, o estômago de Ana Laura se agitou. Se não pensasse em um novo assunto rápido, não restaria nada sobre o que falar além de... bem, além de Clara.

— Chega de falar mal da minha comida! Agora me diga — desconversou, como quem não quer nada —, o que vamos ver hoje?

Esperou a resposta de sempre, mas não foi o que recebeu.

— Pensei em assistirmos algo difer...

— Mas e *O diabo veste Prada*? — Interrompeu, alarmada.

Já tinha se preparado para assistir ao seu filme conforto. Deixaria todo o resto da noite mais leve.

Heloisa fez uma cara que ela não entendeu.

— Analá — suspirou —, acho que está na hora de superarmos a Anne Hathaway.

Foi a coisa mais dolorosa que Ana Laura ouviu em toda a sua vida.

— Nunca! Ela é a mulher mais bonita do mundo!

— Eu sei, é só que vimos todos os filmes dela, pelo menos, cinco vezes! E ela continua fazendo filmes hétero!

— Ela tem permissão para isso. Ela é gata!

— Sinto muito... Mas devemos seguir em frente.

Segui em frente com coisas demais essa semana, pensou.

— O quê? — Heloisa inclinou a cabeça para o lado e só então Ana Laura percebeu que dissera aquilo em voz alta.

Sentiu o rosto esquentar. Ok, agora era hora de aproveitar o assunto. Pegou duas taças no armário e limpou a garganta.

— Tenho uma coisa pra te contar.

— Ih, lá vem! — Sua amiga sentou-se no braço do sofá, observando-a desconfiada. — O que aconteceu?

Não poderia contar a história toda. Não poderia *sequer mencionar* a ida de Aline até a cafeteria. Qualquer detalhe a mais que desse, faria com que ela descobrisse tudo. Heloisa a conhecia bem demais.

Uma sensação esquisita deixou um gosto amargo em sua garganta: a de não ter ninguém com quem falar a respeito da volta de sua ex.

Sentia que aliviaria muito de sua tensão contar a alguém como foi a sensação de vê-la depois de tanto tempo, mas não conseguia pensar numa forma de fazer isso sem soar ainda apaixonada por ela. Porque, não, não estava apaixonada por ela.

Ana Laura com certeza já superou sua ex.

A questão era que superar não apagava as lembranças. Não apagava todos os beijos de bom dia e todos os fins de tarde em que assistiram ao pôr do sol pela janela da sala. E as memórias, por mais dolorosas que fossem, permaneciam em cada canto da vida de quem ficava.

Levou apenas uma madrugada para que Aline empacotasse cinco anos de relacionamento e deixasse em algumas malas na frente da porta. Uma madrugada para que decidisse que tinha sido ideia sua adotar Batatinha – a gata frajolinha que morava com elas – e que, por isso, era quem devia ficar com ela. Uma mísera madrugada para que fosse embora sem olhar para trás e seguisse em frente em uma cidade muito longe dali.

Ana Laura esperou enquanto ela pegava suas coisas e partia como se assistisse a um filme de roteiro ruim, e ficou sozinha de repente, sem saber como recomeçar uma vida que, em teoria, ainda parecia igual. O pequeno apartamento era assombrado por um amor que não tinha sido suficiente, e guardava em cada canto as lembranças de tudo o que tinha perdido.

Semanas seguiram e se transformaram em meses, até que deixou de ser perdoável fazer daquele assunto um problema para seus amigos. Era repetitivo e era cansativo e eles não eram obrigados a lidar com um término do qual não fizeram parte.

Os "*como tu tá?*" se tornaram cada vez menos frequentes, até que deixaram de ser ditos. E, aos poucos, o nome de Aline parou de ser evitado na roda de conversa, porque alguém que seguia alguém tinha visto no Instagram que ela estava fazendo *sabe-se-lá-o-que* em *sabe-se-lá-onde* junto de *sabe-se-lá-quem*.

Todos tinham superado. Era hora dela superar também.

Heloisa foi a única que ficou. A única que nunca tentou dizer a ela como deveria reagir ao término ou tentou apressá-la em seu processo de luto. E, por isso, sabia que ela descobriria toda a verdade sobre o namoro com Clara assim que mencionasse o nome da ex.

Ana Laura alcançou uma taça de vinho para ela e deu um gole enorme e demorado na sua. Engoliu em seco, tamborilando as unhas no vidro.

— Sabe a Clara? — começou, hesitante.

— Da cafeteria? — Helô bebeu também, observando-a com a testa franzida.

— Isso... — Mordeu o lábio inferior, procurando pelas palavras certas. — Então, meio que aconteceu uma coisa e...

— Ah, não! — a mulher interrompeu-a, irritada. — Não me diz que tu fez ela se demitir!

— O quê? — exclamou. — Ela não se demitiu!

— Tem certeza?

— Tenho! — Fez uma pausa. — Espera, por que tu acha que *eu* faria ela se demitir?

Heloisa soltou uma risada.

— Porque tu tem *essa carinha* de quem comeu e não gostou quando pega ranço de alguém.

— Não peguei ranço dela. — Ana Laura revirou os olhos. — Na verdade, a gente...

Sua voz sumiu. Refizera aquela conversa várias vezes em sua cabeça, mas ainda não tinha encontrado o jeito certo de contar tudo. Deus, como odiava mentir para Heloisa!

Sentindo o rosto queimar, abaixou os olhos, evitando o contato direto com os dela. O gesto disse mais do que qualquer discurso que pudesse fazer diria, e viu de soslaio a expressão corporal dela mudar.

Heloisa ergueu os braços e gritou como se tivesse acabado de ganhar na loteria.

— Puta que pariu, eu sabia!

Espera, o quê?

Capítulo 8

Ana Laura

— Como assim "*eu sabia*"? — Ana Laura pousou sua taça na bancada, apoiando as mãos na cintura. — Eu nem disse nada ainda!

— Ah, mas eu sei o que é! — Heloisa deu uma risada meio maluca. — Não acredito nisso... Não acredito nisso!

Duvidava muito. Não havia qualquer possibilidade de ela saber alguma coisa, não considerando o tanto que costumava reclamar da colega. Aquele papo de que opostos se atraíam só funcionava em livros.

— Tá, me escuta. — Tentou outra vez.

— Como aconteceu?

Os olhos dela brilhavam. Certo, Heloisa realmente sabia. Como? Não fazia ideia. Talvez fosse algum tipo de superpoder de melhor amiga.

— Ah, difícil explicar. — *E ela não fazia ideia do quanto...* — A gente passa tanto tempo juntas lá na cafeteria e...

Para sua surpresa, a história saiu exatamente como tinha planejado em sua cabeça. Não gaguejou e nem corou e nem esqueceu de nenhum detalhe crucial — foi quase como se tivesse acontecido de verdade.

Contou a ela a respeito das conversas que tinham quando estavam sozinhas – coisas bobas, do dia a dia –, e como era fácil perder a noção do tempo nesses momentos. Contou sobre as vezes em que Clara ficou até mais tarde para lhe fazer companhia enquanto fechava o caixa, e como isso logo evoluiu para esperar na calçada enquanto Ana Laura trancava os cadeados da porta. Deu a risada mais natural que conseguiu ao mencionar a mulher parada com os braços cruzados e seus vários centímetros a mais de altura, tal qual um guarda-costas de subcelebridade.

— Foi num desses fins de tarde que a gente se beijou pela primeira vez — concluiu, tentando soar sonhadora. — Depois disso, as coisas só foram *acontecendo*.

Era uma boa história — romântica, até. E o bastante para deixar sua melhor amiga satisfeita.

— Isso é… uau. — Foi o que disse, assentindo devagar com a cabeça. — Quero dizer, só estou meio surpresa que tenha dado alguma abertura para ela.

— Ei!

— Não pode me culpar por isso — defendeu-se, erguendo uma sobrancelha. — Clara é uma mulher muito bonita, obviamente, mas sei lá. Às vezes, eu chegava a desconfiar que tu nunca mais daria chance para ninguém.

Tentou não se ofender com o comentário. Entendia a preocupação dela. Tinha se fechado muito depois de Aline. Não de forma intencional, porém era difícil se manter longe da ideia de que um novo relacionamento era perda de tempo – longe da ideia de que daria tudo de si para outra pessoa e, depois, seria em vão.

Quanto ao comentário de Helô sobre a aparência de Clara… bem, não havia muito como questionar aquilo. Ela era, sim, muito bonita. Ana Laura até que gostava do jeito como seu cabelo, mesmo que liso, se enrolava nas pontinhas – e do jeito que ele caía em seu rosto quando estava distraída. Tinha olhos bonitos, também – de um tom de verde que pendia para o cinza em dias nublados –, e fazia uma careta engraçada quando estava focada limpando a máquina de café.

Careta essa que não veria por um bom tempo, afinal, tinha pegado aquela tarefa para si. *Estúpida.*

— As coisas mudam. — Esforçou-se para soar confiante.

— É, estou percebendo — ela divagou, esvaziando sua taça em um último gole. — Mas e aí, quanto tempo faz que estão saindo?

Saindo… Era uma mentira melhor do que *namorando*, não era? Cogitou adotá-la como verdade, mas teria de ter uma conversa com Clara antes para alinharem aquela nova versão da história e não tinha tempo para isso.

— Bom, a gente meio que está… — fechou os olhos, preparando-se para dar o golpe final — namorando.

Heloisa apenas piscou, processando a informação. O coração de Ana Laura batia mais forte a cada segundo que ela passava em silêncio.

— Calma — disse, lentamente, deixando a taça vazia na mesinha de apoio da sala. A cena pareceu levar horas, e Ana Laura estava prestes a implorar por uma reação quando ela prosseguiu: — Namorando? Tipo, "*eu gosto dela e ela gosta de mim*"? Esse tipo de namorando?

Não...

— Sim.

— Puta que pariu! — xingou pela décima quinta vez na mesma noite. — Puta que pariu! Achei que estivessem flertando, *se pegando*, saindo, ou qualquer que seja a gíria usada pelos jovens hoje em dia para algo casual. Mas namorando?

Ana Laura fez menção de dar mais um gole em seu vinho, tentando ganhar alguns segundos, porém a taça estava vazia. Suspirando, agarrou a garrafa em cima da bancada e serviu-se outra vez. Depois caminhou até sua melhor amiga e fez o mesmo para ela.

Evitou seus olhos o máximo que conseguiu, sabendo que cada pedacinho de seu rosto estava sendo analisado minuciosamente. Era isso, tinha envolvido Heloisa naquela mentira, e não restava muita coisa além de rezar a qualquer entidade disposta a se meter naquela estupidez para que a ajudasse a convencê-la.

— Me pegou de surpresa também. — Deu uma risadinha nervosa. — Como eu disse, as coisas só foram acontecendo e, quando vi, estávamos apaixonadas.

Apaixonadas. A piada do século.

— Não tenho palavras. — Helô estava boquiaberta. — Sério, mesmo. Estou tão, tão, tão feliz por ti! Chocada, obviamente, ainda mais com todas as tuas reclamações constantes a respeito da coitada lá na cafeteria. Mas tão feliz!

— Estava tentando disfarçar — aumentou a mentira. — Não sabia como te contar uma coisa dessas. Aí fui enrolando e enrolando e... Enfim. Agora tu já sabe e podemos parar de falar sobre isso.

A ponta de seus dedos formigava, como se seu corpo estivesse reagindo à falsidade daquela informação. Era tarde demais para voltar atrás.

— *Parar de falar sobre isso?* — Helô repetiu. — De jeito nenhum! E como assim "enrolando"? Desde quando estão namorando sem tu me contar?

— Desde segunda, calma.

— Três dias, Ana Laura! — berrou, indignada. — Que melhor amiga, hein?

— Para com isso. — Forçou uma risada. — Não é tão extraordinário assim.

— Não é? Analá, se tu soubesse o quanto fiquei preocupada quando vi que a Aline tinha voltado pra cá, não dizia uma bobagem dessas! Parabéns, meu bem!

Deus, Ana Laura era uma péssima amiga. Péssima, péssima, péssima. Heloisa tinha todos os motivos do mundo para ter ficado preocupada, e suas ações mais recentes eram uma prova disso. Toda aquela história era uma prova disso.

Forçou-se a sorrir – como uma boa mentirosa.

— Obrigada — agradeceu, baixinho, encarando a própria taça.

Como se a culpa já não a estivesse torturando o suficiente, Heloisa ergueu sua taça e ofereceu um brinde. E bem ali estava ela: sua pessoa favorita no mundo. Que era capaz de comemorar cada conquista como se fosse sua.

— Aos novos recomeços. — Saudou alegremente.

— Eu te amo. — Foi o que Ana Laura conseguiu responder.

O *timer* do forno apitou, avisando que a lasanha estava pronta. Ainda bem.

— Também te amo, gatinha. — Heloisa piscou um olho para ela. — Agora traz aquela forma pra cá que felicidade me deixa cheia de fome!

— Qualquer coisa te deixa cheia de fome — retrucou, rindo.

— Vai se foder.

Ana Laura correu até a cozinha, enrolando um pano na mão para resgatar a comida de dentro do forno. E, enquanto o fazia, uma mesma pergunta se repetia de novo e de novo dentro de sua cabeça – uma que já fazia três dias que não parava de escutar: *que porra é essa que eu estou fazendo?*

Capítulo 9

Clara

O celular de Clara pesava toneladas em seus dedos. Ela o segurava com tanta força que poderia quebrá-lo com as próprias mãos, tamanho era seu nervosismo com a mensagem que – não – vira piscar na tela.

Marlene tinha respondido. Depois de dois dias inteiros desde que enviara a ela um pedido para voltarem a trabalhar juntas, *finalmente* tinha respondido. Para ser honesta, havia perdido as esperanças na primeira noite após o contato. Imaginara toda uma cena em sua cabeça, na qual a mulher reconhecia seu nome nas notificações e o arrastava para o lado, tirando-o do seu alcance de visão. E outra ainda pior, em que a dona do estúdio nem ao menos tinha seu número salvo e não fazia ideia de quem era a garota lhe pedindo por um emprego.

Ainda em suas roupas de trabalho, estava sentada no chão do quarto com os pés descalços batendo contra o piso gelado. Não fazia ideia de há quanto tempo estava assim, tampouco de quanto tempo fazia que chegara em casa.

O universo inteiro entrou em um looping temporal esquisito desde que o nome de Marlene brotou em sua tela no caminho para casa, e manteve os olhos longe dele durante todo o trajeto do ônibus. Podia ter sido alguns minutos atrás. Ou já poderia fazer horas inteiras.

Não havia mais nenhuma desculpa com a qual pudesse procrastinar, mas continuava sem coragem de ler o que quer que a mulher tivesse lhe mandado. E se não tivesse vaga nenhuma no estúdio? E se ela não *quisesse* lhe dar uma vaga? Talvez Clara tivesse desperdiçado sua chance meses antes, quando teve que parar de dar suas aulas, e não houvesse mais como recuperar o tempo perdido. A demora para uma resposta poderia ser Marlene procurando um jeito educado de dizer "*agora é tarde, gata*".

O único motivo para ter topado aquela bobagem de namoro de mentira era a possibilidade de voltar para lá. Se não conseguisse… Porra, nem sabia o que faria nesse caso.

— É notícia boa. — Encorajou... a si mesma em voz alta. — O *não* tu já tinha, de qualquer forma.

Respirando fundo uma última vez, virou o celular para si e desbloqueou a tela. Tinha certeza de que as pessoas andando na calçada seis andares abaixo dela conseguiam ouvir seu coração batendo quando clicou no nome de Marlene.

> Oi, querida, que saudades! As tardes por aqui não são as mesmas sem ti. Me desculpe pela demora, viu? Está tudo uma correria por esses dias. Fim de ano, tu sabes bem como é. E que maravilha saber que estás disponível outra vez! Preciso dar uma conferida na agenda e fazer algumas mudanças, mas já estou ansiosa para te ter de volta! Consegues passar aqui na sexta-feira para conversarmos? Um beijo!

Uma risada alta escapou bem do fundo de sua garganta, e ela em nada tinha a ver com a sequência de frases todas enfiadas em uma mesma mensagem. Também não havia qualquer influência da gramática e das pontuações escritas com perfeição – como apenas uma senhora de idade tentando se adaptar às tecnologias era capaz de fazer. Não. A risada era de completo choque. *Já estou ansiosa para te ter de volta*, Marlene dissera. E faria mudanças na agenda para que isso acontecesse.

Faria mudanças *por ela*.

Não que Clara duvidasse de sua competência – dançava desde os cinco anos, afinal. A dança era um hobby e uma paixão que fizera parte de sua vida inteira, para a qual dedicou cada pingo da força de vontade que tinha. Era encantada pela forma com que conseguia contar histórias apenas com seus movimentos, sem a necessidade de dizer uma única palavra. Mas saber que Marlene tinha sentido sua falta era uma reafirmação da qual não fazia ideia do quanto precisava.

Clara conseguira o emprego. Sozinha. Com nada além de seu próprio talento.

Bom, e um namoro de mentira. Um namoro de mentira com a melhor amiga de sua chefe, com quem mal interagia e não sabia um único detalhe a respeito. Porra, que não se arrependesse daquilo…

Encarou a mensagem mais uma vez. Não se arrependeria, de jeito nenhum. Tudo valeria a pena quando estivesse no estúdio outra vez com sua turminha de crianças hiperativas e caóticas. Aquela patacoada era um preço mínimo a se pagar, só precisava se esforçar um pouquinho para deixar a coisa toda mais convincente.

Fechou o WhatsApp e abriu o Instagram, determinada. Observou a barra de pesquisa por um tempo, tentando adivinhar qual poderia ser o nome de usuário de Ana Laura, mas não sabia nem mesmo o seu sobrenome para testar.

Felizmente, havia um caminho mais fácil. Procurou pelo perfil da cafeteria, sabendo que a encontraria por lá.

O *feed* do Cantinho era repleto de fotos tiradas pela própria Clara – cafés, *cappuccinos*, crepes, fotos do sol entrando pela janela –, mas não era ali que pretendia fazer sua busca. Abriu a lista de contas que o perfil seguia, encontrando logo de primeira a pessoa que procurava.

— Ahá! — gritou em vitória para o quarto vazio.

Com o perfil de Ana Laura aberto, começou sua investigação.

A foto de perfil mostrava apenas a sombra dela. Tirada contra o sol, marcava sua silhueta em uma parede de tijolinhos alaranjados no que parecia ser um fim de tarde. Sua biografia era tão sucinta quanto a imagem: mostrava sua idade – vinte e cinco anos – e uma sequência aleatória de emojis – uma samambaia, uma taça de vinho, uma xícara de café, uma fita cassete e um novelo de lã. Bastante autoexplicativo.

Bastou uma olhada rápida no *feed* para perceber que ela aparecia em, no máximo, cinco das quase cem fotos publicadas. Havia registros de paisagens, de prédios e do pôr-do-sol em vários lugares diferentes. Plantas de todos os tipos. Vinhos em todos os formatos de taças.

Seu rosto, porém, era pouco mostrado.

Clara abriu a publicação mais recente, postada cinco dias atrás. Tinha sido tirada na própria cafeteria, e Ana Laura estava atrás do balcão de atendimento com os braços apoiados na madeira, como fazia quando estava entediada. Exceto que não havia tédio algum em seu rosto. Na verdade, desenhava um sorriso que nunca tinha visto nela, daqueles que mostravam todos os dentes e apertavam os olhos.

Ficou perguntando-se o que poderia tê-la feito sorrir daquele jeito. Se Heloisa teria contado alguma piada ou se algo muito bom tinha lhe acontecido. Tentou até mesmo puxar na sua cabeça como foi o dia na cafeteria na data em que a foto foi publicada, mas sua memória era pouco confiável.

Mal se lembrava do vestido que Ana Laura usava na imagem – turquesa e com as alças finas –, o que era uma prova de sua desatenção por si só, afinal, era um vestido muito bonito. Ao fundo da foto, as plantas e o cardápio do Cantinho coloriam ainda mais a cena.

Seus olhos desceram até a legenda: *one day, life will be kind* – um dia, a vida será gentil. A frase não lhe era estranha, muito embora não a reconhecesse de lugar nenhum. Uma pesquisa no Google, porém, foi tudo de que precisou para encontrar sua resposta: o trecho pertencia a uma música que tocava com frequência na playlist da cafeteria. Clara até que gostava da voz da moça – Aurora, ainda de acordo com sua pesquisa –, e a julgar pela frequência com que aparecia nos alto-falantes do trabalho, era de se imaginar que Ana Laura gostasse dela. Considerou a descoberta uma pequena vitória: tinha uma possível cantora favorita.

Avançando em sua investigação, percebeu que Heloisa parecia a verdadeira dona do perfil. Não que houvesse muitas fotos nas quais se destacasse, mas seu rosto era um cenário desfocado para vários drinks coloridos e sua presença marcava os cantos de outras tantas paisagens da cidade. As legendas eram sempre carinhosas, e se Clara só as conhecesse pela internet, acharia com toda a certeza do mundo que formavam um casal – quase um pré-requisito para considerar alguém sua melhor amiga.

Foi na seção de Destaques do perfil de Ana Laura, no entanto, que encontrou seu ouro. Separados pelos mesmos emojis da biografia, havia um acervo gigantesco de fotos de cafés e mais fotos de plantas e uma coleção interminável de vídeos assistindo filmes com Heloisa. Pausou cada um deles, tentando identificar o que elas assistiam, e percebeu sem muita surpresa que se tratavam – em sua maioria – de comédias românticas. Era óbvio que alguém capaz de sugerir um namoro de mentira só poderia ser viciado em comédias românticas. Deu uma risadinha para o rosto da Anne Hathaway que aparecia com muita frequência, podendo apenas deduzir que *O Diabo Veste Prada* era o filme favorito delas.

— Previsível — murmurou, ainda rindo.

Mesmo assim, considerou como outra vitória.

O último conjunto de Destaques, no entanto, foi o que mais lhe chamou atenção: o do novelo de lã. E sua risada baixa se transformou em uma gargalhada que ecoou pelo quarto.

— Ok, bem menos previsível.

Ana Laura fazia crochê. Havia vídeos dela *crochetando* na cafeteria, em parques, na Orla do Guaíba, na sala de casa e até mesmo dentro do metrô, logo seguidos de fotos das obras prontas. Uma infinidade de objetos que Clara nem ao menos sabia que eram possíveis de serem feitos de lã. Gatos, cachorros, porquinhos. Cactos em um vasinho. Todos surpreendentemente bem feitos.

— Comédias românticas e crochê. — Balançou a cabeça. — Ela devia mudar sua idade na biografia de vinte e cinco para setenta.

Estava pronta para apertar em *Seguir* quando alguma coisa tocou sua canela.

Clara gritou com o susto, o celular voando de sua mão e indo de encontro com o piso cinzento. Berenice miou fraquinho, meio rouca, e pediu desculpas.

— Se tu me matar do coração, quem é que vai te dar sachê? — resmungou para a bola de pelos laranja, enquanto tentava normalizar sua frequência cardíaca.

Para um estranho, devia parecer maluca por conversar com a gata, mas Clara sabia que ela entendia cada uma de suas palavras. Não apenas entendia, como respondia do seu próprio jeito. Berenice encarou no fundo dos olhos de sua humana de estimação e capotou para o lado, deixando a barriga exposta e pedindo carinho.

— Cara de pau. — Riu, esfregando a ponta dos dedos ao longo do corpinho macio dela.

Ficaram assim por mais uns cinco minutos, até que Clara resgatou o celular caído e se levantou.

Berenice reclamou com o fim de sua massagem, rolando de um lado para o outro como se dissesse "*mas, mamãe, eu ainda estou aqui*". Normalmente, aquilo seria uma boa desculpa para ignorar todas as suas obrigações e se atirar outra vez no chão para continuar a dar atenção para a filha peluda, no entanto, iluminou a tela do celular e se deparou com o horário.

Eram nove horas da noite.

Já estava em casa há duas horas e não tinha feito, bem, *nada*.

Ainda sob protestos da gata – que seguiu miando atrás dela conforme andava pelo quarto –, separou suas roupas para tomar um merecido banho de comemoração pelo novo emprego. E distraída, sonhando com a sensação de finalmente voltar a ensinar, nem percebeu que colocara uma *playlist* da cantora favorita de Ana Laura para tocar.

Capítulo 10

Clara

— Não vai mesmo me contar? — Ana Laura reclamou, pela décima quinta vez naquela manhã.

— Não. — Clara soltou o ar com força, começando a ficar irritada.

Tinha acabado de avisar à colega que começaria a desfrutar das vantagens daquele namoro de mentira, informando que passaria a tarde fora para resolver algumas *questões pessoais*. Fazia duas noites que mal pregava os olhos para dormir, refazendo em sua cabeça o discurso que daria à Marlene – como boa ansiosa que era –, e mal conseguia acreditar que o dia da reunião finalmente havia chegado. Sua animação, no entanto, estava sendo soterrada pela enxurrada de perguntas feitas por Ana Laura, e seu novo estado de humor já não combinava tanto assim com aquele grande momento.

— Mas eu queria tanto saber aonde tu vai! — a mulher insistiu, encarando-a emburrada de sua mesinha do outro lado da cafeteria. Estava de braços cruzados e cara amarrada, tal qual uma criança birrenta.

— E eu não me importo nem um pouco com isso — retrucou, enchendo seu copinho de café da forma mais desinteressada que conseguiu. — Tenho certeza absoluta de que tu concordou em *não questionar o motivo* quando fizemos esse acordo ridículo.

— Pois tenho uma certeza *mais absoluta ainda* de que nós duas sabíamos que eu falava apenas da boca pra fora.

Ela cruzou as pernas, a barra das calças cor-de-creme erguendo-se e mostrando os tênis com meias brancas. Estava bonita naquele dia: a combinação de camiseta marrom com calças de alfaiataria a deixavam bastante elegante, e os tons conversavam muito bem com o verde do avental do uniforme. Estava com os cabelos soltos – o que não acontecia com muita frequência –, e os cachos compridos foram enfeitados com uma tiara vermelha.

Clara esfregou as mãos no rosto, frustrada. Não queria dar detalhes sobre seu novo emprego a ela, não antes de conversar com Heloisa. Sabia que a redução de horários não passaria ilesa em seu salário, e não tinha sido esse o motivo de pedir ajuda à Ana

Laura – só achou que seria melhor que, quando apresentasse a ideia para sua chefe, tivesse todas as soluções das quais ela precisasse. E era por esse mesmo motivo que ainda não tinha lhe contado nada. Queria se encontrar com Marlene primeiro, ver certinho *quando* e *em que horários* precisaria das folgas, para então conversar com a dona da cafeteria.

Contar para Ana Laura significava que Heloisa acabaria sabendo da história por outra pessoa – porque é claro que a mulher diria tudo a ela –, e não queria que a chefe pensasse que tinha usado sua namorada para suavizar a situação.

Sua namorada *de mentira*.

— Só preciso dar uma saída — choramingou, as mãos ainda no rosto abafando a voz.

— Pode dar tua saída. — Ana Laura abriu um sorriso zombeteiro. — Só me conta para onde é, primeiro.

Que inferno de garota!

— Não vou te contar! — praticamente gritou.

— Te odeio, sabia?

— Posso conviver numa boa com essa informação.

— Babaca.

— Com essa também. — Seu sorriso foi tão cínico quanto o de Ana Laura, o que tirou dela uma risada esganiçada.

Não devia ter ficado tão admirada ao ouvi-la rir, Ana Laura ria o tempo inteiro. De qualquer coisa. Mas era a primeira vez que ria *por sua causa* e foi bastante satisfatório. "Ser idiota faz ela dar risada", adicionou em sua lista mental de *Coisas que Ana Laura gosta*.

Porque era óbvio que tinha feito uma lista. Era como organizava todas as suas tarefas para não esquecer-se de nada, e no fundo, aquele namoro não passava disso: mais um item em sua lista de obrigações do mês.

Sempre anotava listas de deveres para a casa, para o trabalho, os livros que gostaria de ler, os filmes que desejava assistir... Cada tópico era visto como um desafio, e não havia nada mais divertido do que riscá-los depois de completos. Transformar Ana Laura em uma destas foi inevitável. Tinha que saber como agradá-la para, mais tarde, poder riscá-la com uma caneta preta.

Apenas mais uma tarefa concluída.

— Então, é isso. — Ana Laura suspirou. — Vou passar a tarde inteira aqui sozinha, *abandonada* pela minha própria namorada.

— Não sou tua namorada de verdade — lembrou-a, erguendo uma sobrancelha. — E tu pode aproveitar esse tempo pra publicar o formulário e o *card* do evento. Te mandei por e-mail ontem de noite.

— Não vai mudar de assunto tão fácil assim.

— Já mudei. — Clara sorriu. — Porque essa discussão está encerrada.

Ana Laura encarou-a por mais alguns segundos. Parecia querer desintegrá-la com seu olhar. Mas Clara não se daria por vencida, estava decidida a não falar a respeito de sua entrevista. Nem mesmo seus melhores amigos – Sam e Juliana – tinham ficado sabendo daquilo por enquanto, e contar a outra pessoa antes de contar a eles era um tipo muito imperdoável de traição.

— Ok, não quer me contar, não conta.

Ela era uma péssima mentirosa.

— Ótimo. Ah, quando publicar o *card*, pode me marcar também. Para eu compartilhar e tal.

— Eu não deveria fazer nada do que tu me pede — Ana Laura resmungou —, mas tudo bem.

Deu uma risadinha para o drama.

— Meu Instagram é...

— Sei qual é — interrompeu, surpreendendo Clara.

— Sabe?

Será que ela também tinha pesquisado seu perfil? Será que também procurou saber do que ela gostava para...

— Sim, tu me *stalkeou* essa semana — Ana Laura concluiu, com um ar de vitória. — Aí, fui ver teu perfil.

Clara congelou. Como era *possível* que soubesse daquilo? Será que durante todos aqueles anos, os sites que prometiam mostrar as pessoas que visualizavam sua conta – e que tinham *muita* cara de golpe – estavam falando a verdade? Ana Laura parecia alguém maluca o suficiente para gastar dinheiro naquele tipo de bobagem.

— Não *stalkeei*, não — defendeu-se o mais categoricamente que conseguiu.

Os olhos de Ana Laura brilharam e ela desapoiou as costas da parede, levantando-se e caminhando até o balcão de atendimento. Parecia Berenice no seu modo caçadora, analisando até mesmo o movimento das sombras nas paredes.

— Ah, *stalkeou* sim. — Estava claramente se divertindo. — Viu meus *stories* na quarta-feira, e como tu não me segue, a explicação que resta é...

Clara parou de ouvir o que ela dizia. Não tinha, de fato, chegado nem perto dos stories. Assistiu aos Destaques mais de uma vez, rolou pelo *feed* inteiro procurando qualquer coisa que pudesse indicar algo de que ela gostava, mas sabia que se abrisse coisas recentes, Ana Laura saberia que tinha passado por ali. Tomou todo o cuidado do mundo para que não deixasse rastros, e agora não fazia ideia de como tinha descoberto.

— Eu realmente não sei do que está falando — admitiu contrariada.

Sentia seu rosto inteiro em chamas, e as palmas de suas mãos começaram a suar de nervosismo.

— *Adoráveis Mulheres* — Ana Laura soltou, como se aquilo explicasse tudo.

Diante da menção, lembrava-se sim de ver um *story* do filme no perfil dela. Mas tinha certeza absoluta de que era na seção de Destaques e...

— Era o Destaque mais recente — concluiu em voz alta, ainda que falasse mais consigo mesma.

Aquilo explicaria tudo. Ana Laura devia ter adicionado a foto aos Destaques no mesmo momento em que a publicou, o que significava que o nome de Clara apareceria, sim, nas visualizações.

Um erro estúpido, de iniciante.

— Não te preocupa — a mulher estava triunfante —, todo mundo *stalkeia* todo mundo, hoje em dia. Não vou te considerar uma perseguidora de verdade, só uma curiosa.

Ficou se perguntando de onde Ana Laura tirara o dom de deixá-la irritada. Clara não era uma pessoa que se estressava fácil, mas aquela garota parecia conhecer todas as técnicas para tirá-la do sério. Sua timidez sempre levava a melhor quando era confrontada em interações sociais, e sua cabeça parecia completamente vazia enquanto tentava encontrar uma resposta para dar a ela.

— Tu é ridícula, Ana Laura. *Ridícula*.

— Relaxa. — A mulher deu uma risadinha, passando para a parte de dentro da bancada de atendimento e se apoiando na superfície, ao lado da colega. — Também aproveitei a oportunidade para olhar teu perfil. Não que tivesse muita coisa pra ver por lá...

Estranhamente, o comentário suavizou a situação. Deu uma risadinha, meio sem jeito.

— Sou mais do tipo *low-profile* — ela se justificou.

— Ah, eu percebi. Aquela gatinha é tua?

Foi impossível não sorrir ao lembrar da foto de Berenice em seu *feed* – uma das duas únicas publicações no perfil inteiro. Estava dormindo no sofá de seu apartamento, enrolada igual a uma rosquinha na única pontinha do estofado que pegava sol. Foi tirada em uma manhã de domingo no último inverno, e Clara estava bem ao seu lado escondida sob sua mantinha azul bebendo um café forte demais. Tinha sido um dia muito bom.

— É, sim. Se chama Berenice.

Ana Laura sorriu.

— Parece muito simpática.

— E é. — Clara sorriu também. — Nunca vi um gato tão carinhoso na minha vida. Tu tem algum?

Percebeu imediatamente que tinha sido a coisa errada a se perguntar. O sorriso de Ana Laura murchou quando respondeu:

— Tinha.

Ah.

— Sinto muito.

Ela arregalou os olhos.

— Não! Batatinha não morreu, não! — Sua voz soou meio desesperada. — Ela só não mora mais comigo.

Havia algo em sua expressão que era difícil de decifrar.

— Parece que tem uma história aí por trás. — Incentivou para que continuasse.

— Tem, e é bem interessante. — Atiçou, inclinando o corpo na direção de Clara. — Mas eu não vou te contar… A não ser que me diga para onde vai hoje à tarde.

Aquela garota era terrível.

— Não estou tão curiosa assim.

— Não custava tentar. — Ela deu de ombros.

Clara riu mais uma vez. Era engraçado como, em questão de alguns dias, tinha saído de alguém que mal conversava no ambiente de trabalho para alguém capaz de passar uma manhã inteira rindo.

Capítulo 11

Ana Laura

Ana Laura nunca foi uma celebrante assídua do Natal.

Não era nenhum *Grinch*, claro. Até comemorava a data com a família de Aline em Rio Grande, enchendo-se de comida gostosa e músicas de qualidade duvidosa. Mas costumava participar do *ajuntamento* só porque era uma opção melhor do que jantar com sua mãe – que tinha o péssimo hábito de se aproveitar do clima de paz do feriado para passar dos limites com suas perguntas inconvenientes –, e não porque era contagiada com a *magia do Natal*.

Naquele ano, porém, seria seu segundo Natal desde o término, e ainda evitava as lembranças do primeiro por conterem momentos constrangedores demais – que envolviam ela, três garrafas de espumante e muitas lamentações em meio aos parentes de sua melhor amiga. Estava pouquíssimo animada para encontrar algo com que se ocupar na tão esperada noite de vinte e quatro de dezembro e, se não fosse por Heloisa, teria ignorado por completo a existência da ocasião.

— A cafeteria precisa de um pinheiro — Helô tinha insistido. — E de luzinhas! E enfeites no balcão e nas mesas e na entrada e…

— Ok, ok! — Desistiu de argumentar. — Traz a caixa de enfeites pra cá e eu arrumo tudo.

E foi assim que ela acabou empoleirada na escada dupla de metal pouco confiável da cafeteria, esticando festões que imitavam folhas em torno do cardápio já emoldurado por plantas na parede. Havia lacinhos vermelhos por onde quer que olhasse, e um cordão com pés de meias em todo o entorno da bancada. O pinheiro era responsabilidade de Clara, que estava lá embaixo lidando com as consequências de ser uma péssima fofoqueira.

— Se vai me deixar sozinha na cafeteria mais tarde, vai ajudar com os enfeites antes de ir. — Confrontou-a, em tom de brincadeira.

Estava morrendo de curiosidade para saber aonde ela iria, mas era questão de tempo até que descobrisse. Cedo ou tarde, Clara teria de conversar com Heloisa sobre suas folgas e, então, Ana Laura teria sua tão esperada resposta. Devia ser algo importante, para deixar que impactasse em seu trabalho – e em seu salário.

Prendeu a última pontinha do festão com fita Durex e suspirou, olhando lá para fora. O sol entrava pelos janelões de vidro, já quente demais, e seus raios desenhavam as sombras das cadeiras e mesas pelo piso da cafeteria. Era quase meio-dia e não havia aparecido ninguém. Nem uma única alma viva além daquelas que trabalhavam ali.

Era bom que o festival desse certo. Era bom que enchesse aquele lugar de clientes e que eles continuassem voltando depois. Não estava em condições de lidar com mais nenhuma perda no momento.

No chão, Clara cantarolava a música que tocava nos alto-falantes, balançando a cabeça no ritmo da batida. A voz de Phoebe Bridgers preenchia o espaço em coro com a dela, que, distraída, colocava as últimas bolinhas coloridas no pinheiro que dava na altura de seu queixo. Seus cabelos curtos demais escapavam do rabo de cavalo no qual tentara prendê-los, e a camisa de botões vermelho-vinho de mangas curtas parecia pouco confortável para executar tal tarefa. Estava completamente distraída, perdida no seu próprio mundinho natalino.

Será que era do tipo *fã do Sr. Noel*?

O celular no bolso de Ana Laura começou a vibrar.

Talvez fosse Heloisa querendo saber como ia a decoração, já que só passara lá naquela manhã para deixar a caixa de enfeites e depois saiu. Ela não trabalhava nas sextas-feiras, era seu dia sagrado de levar a filha para o cinema – porque era vazio e as duas gostavam de conversar sobre o que acontecia no filme.

Mas, quando pegou o aparelho, não foi o nome de sua melhor amiga que encontrou na tela. Era uma palavrinha muito menor – e bem mais assustadora. Ana Laura arrastou o dedo para baixo e cancelou a ligação de sua mãe.

O que será que ela queria? Ela nunca – nunca mesmo – ligava. Seu pai era o único que fazia contato, que se esforçava para manter algum resquício de relação familiar – não que Ana Laura fizesse sua parte, de qualquer modo. Ligava para sua mãe com a mesma frequência que o contrário acontecia. Tinha lá seus motivos, mas eles só tornavam a existência daquela ligação ainda mais esquisita.

— Prontinho! — Clara interrompeu seus pensamentos, posicionando a estrela no topo do pinheiro. — Mais alguma coisa, madame?

Revirou os olhos para a provocação, mas sorriu para a árvore bem enfeitada.

— Ficou ótima — elogiou, logo se distraindo com o celular que voltou a vibrar. Ignorou a nova ligação também, percebendo então que já passava do horário do almoço. Enquanto descia da escada, sugeriu: — Olha, se tu quisesse ir buscar almoço pra gente...

Tinha o hábito de levar comida de casa, porém não teve tempo de preparar nada na noite anterior.

Clara jogou a cabeça para trás e deu uma risada.

— Pois fui arrumar logo a namorada de mentira mais mimada que tinha por aí.

Ana Laura levo as mãos ao peito, ofendida.

— *Mimada?* Querer que minha namorada me alimente é ser mimada?

— Namorada de mentira — repetiu, erguendo um dedo. — Suponho que as minhas obrigações sejam um pouco mais flexíveis nesse caso.

— Alimentação é inegociável. — Ela cruzou os braços, inflexível.

— Tudo bem, tudo bem. Vou atrás de comida pra gente. Tem um restaurante que faz marmita vegetariana ali perto da Redenção que acho que tu vai gostar.

— Como sabe que sou vegetariana?

— Não é uma suposição tão difícil considerando que tu ignora todas as coisas com carne que temos no cardápio.

O comentário significava que ela a observava com frequência. Há mais tempo do que aquele combinado de namoro, inclusive. Mas antes que pudesse fazer alguma piadinha sobre perseguição, o celular de Ana Laura tocou uma terceira vez.

— Mas que porra…? — deixou escapar, não tão baixo quanto pretendia.

Puxou o celular do bolso na esperança de que fosse outra pessoa, mas não era.

— Não vai atender?

Não.

Sim?

Talvez devesse. O contato, com toda a certeza do mundo, não tinha intenção nenhuma em saber como iam as coisas ou em saber se estava tudo bem. Esse tipo de atualização ela recebia das ligações semanais que tinha com o pai. E se algo tivesse acontecido com ele?

Não. Nada tinha acontecido.

Lá no fundo, Ana Laura sabia exatamente o que sua mãe queria. E não estava nem um pouco no clima para tocar naquele assunto pela segunda vez na mesma semana.

— Ainda não decidi — admitiu, tentando soar tranquila.

Algo em sua postura deve ter servido como um sinal de alerta, pois a mulher se mexeu desconfortável e não fez mais nenhuma pergunta.

— Bom — Clara limpou a garganta —, vou atrás da nossa comida, então. Volto em uns quinze minutos.

— Obrigada. — E esperava que ela entendesse que o agradecimento se referia também ao fim do assunto.

A colega não se demorou com despedidas, apenas buscou a carteira em sua mochila na cozinha e partiu atrás de alimento, deixando Ana Laura sozinha na cafeteria que parecia ter sido cuspida de um filme de Natal da Netflix. Heloisa trouxera *muita* coisa para enfeitar o lugar, e não era nada perto da quantidade de penduricalhos que ela colocava na própria casa – e na de Ana Laura, o que sempre a fazia questionar a decisão de te dado uma cópia da chave para a amiga.

O tempo foi passando, mas as ligações não cessaram. Chamada atrás de chamada, Ana Laura se mantinha ocupada com atividades da cafeteria que nem precisavam estar sendo realizadas de verdade. Varreu o chão já impecável. Limpou as mesas que já estavam limpas, e passou um pano com álcool no balcão de atendimento já higienizado. Os minutos corriam e o nome de sua mãe ainda piscava na tela do celular. Cinco. Oito. Dez chamadas perdidas.

Quando as ligações, por fim, pararam, a sensação de alívio não veio. Conhecia Julia bem demais para acreditar que ela tinha simplesmente desistido. Ela nunca desistia de nada.

E foi encarando a tela repentinamente quieta do celular que percebeu que Clara estava dez minutos atrasada. E Ana Laura estava com fome.

Abriu o grupo da cafeteria no WhatsApp, procurando pelo contato dela. Não poderia reclamar da demora, claro, ela estava sendo legal de ir atrás do almoço para as duas, mas isso não a impedia de perguntar por onde andava.

Clara não tinha foto de perfil, deu-se conta. Quer dizer, não tinha foto de perfil *para ela*. Nem o horário de última visualização.

— Nem para salvar meu contato — resmungou, clicando no nome dela.

Já está voltando?, enviou.

Impaciente, porém educada.

Apenas o risquinho de envio apareceu. A querida devia ter ficado sem dados móveis na rua. Revirou os olhos e voltou a organizar a cafeteria.

Mais quinze minutos passaram sem nenhum sinal da colega – ou de sua mãe –, e os cenários mais dramáticos começaram a se formar em sua cabeça.

Sentiu-se naquela música da Clarice Falcão em que o cara não ligava para ela e, automaticamente, ela supunha que ele tinha sido atropelado e que então *levantou cambaleante e deu de cara com um poste e quebrou catorze dentes e aí foi assalto por três caras gigantescos* e… bem, mais uma sequência de acontecimentos trágicos que eram muito mais fáceis de aceitar do que ele só não estar tão interessado assim.

Mas Ana Laura nunca saberia se algo ruim tinha acontecido, porque Clara simplesmente *não recebia suas mensagens*! Não que tivesse mandado muitas. Apenas coisas saudáveis como *está atrasada e cadê o nosso almoço*?

Normal.

Conferiu o horário mais uma vez e prometeu a si mesma que se ela demorasse mais quinze minutos, seria aceitável ligar para ela para saber se estava tudo bem. E se não tivesse resposta, então para a polícia.

Ana Laura olhou para a calçada além da cafeteria, meio que esperando encontrar Clara chegando, mas até mesmo se esqueceu da existência da colega conforme acompanhava uma movimentação diferente do outro lado da rua.

Alarmada, guardou o celular no bolso.

Conhecia o carro que acabara de estacionar lá fora – assim como conhecia a mulher de cabelos pretos perfeitamente presos em um rabo de cavalo alto que descia dele.

Ah, não.

Não mesmo.

Julia de Carvalho estreitou os olhos por causa do sol forte, levando a mão cheia de pulseiras e anéis dourados até a testa para fazer-lhe sombra, enquanto olhava para os dois lados antes de atravessar. Antes de atravessar *na direção da cafeteria.*

O que sua mãe estava fazendo ali?

O coração de Ana Laura deu três saltos mortais dentro de seu peito, e seguiu martelando sincronizado ao bater dos saltos dela no asfalto. Sua mãe nunca tinha aparecido na cafeteria. Nunca. Nem mesmo antes da filha começar a trabalhar lá, quando as visitas eram apenas para prestigiar o empreendimento de sua melhor amiga.

Aquela semana estava sendo muito esquisita. De repente, o mundo inteiro parecia ter saído do eixo. Primeiro, Aline. Depois, o namoro com Clara. E agora, sua mãe. Não queria nem pensar no que viria depois.

Talvez um terremoto bem no centro de Porto Alegre.

Agradeceu em silêncio por ter vencido o cansaço na noite anterior e finalizado o cabelo, e pela força de vontade naquela manhã ao escolher uma roupa bonita para usar. Vê-la ali fez com que todas as memórias desagradáveis desaparecessem, e sentiu uma repentina necessidade de agradá-la – como sempre acontecia, desde criança.

Passou a língua pelos lábios, tão secos que parecia não beber nada há dias, e acompanhou a aproximação de sua mãe meio que em câmera lenta. Os poucos segundos se tornaram longas e agoniantes horas. Endireitou os ombros e conferiu pela décima quinta vez se a saia não estava amassada, esquecendo-se de que era uma mulher adulta e que não tinha nada para provar a ninguém.

A porta se abriu e a cafeteria foi inundada por um silêncio pesado. Era como nos filmes que retratavam o espaço: uma quietude absoluta e desagradável. E sua mãe era uma supernova.

A expressão séria dela combinava com o vestido cinza clássico, que se moldava ao corpo como se tivesse sido costurado especialmente para ela. Provavelmente, tinha. E os saltos pretos a deixavam vários centímetros mais alta que a filha.

Respirando fundo, Ana Laura forçou um sorriso no rosto.

— Oi, mãe — disse, em sincronia com o *click* da porta ao se fechar.

Capítulo 12

Ana Laura

— Como estão as coisas? — Ana Laura foi de encontro à sua mãe.

Ficou na dúvida se deveria abraçá-la, apertar a mão, fazer um aceno de cabeça ou qualquer coisa do tipo. Sentiu-se com dez anos de novo, quando era a vez dela em lhe buscar na escola e não tinha certeza se a mãe sentira saudades suas ou não.

Julia facilitou as coisas, porém, indo na direção de uma mesa encostada na parede para acomodar-se ali.

Certo, sem cumprimentos.

Ela cruzou as pernas ao se ajeitar na cadeira, o vestido justo exibindo uma fenda discreta na lateral esquerda.

— Não atendeu as minhas ligações. — Foi a primeira coisa que disse, pousando uma bolsinha preta de vinil sobre o tampo da mesa.

Ana Laura trocou o peso de uma perna para a outra. Talvez devesse se sentar também, pois tinha a sensação de que sua pressão caía um pouco mais a cada segundo que se passava. Era meio deprimente que aquele fosse o efeito causado pela presença de sua mãe.

— Estava ocupada — defendeu-se, no tom de quem se sentia culpada.

— Suponho que sim — a mulher respondeu, passando os olhos bem devagar em torno da cafeteria vazia.

O rosto de Ana Laura se esquentou. Era a segunda vez naquela semana que alguém questionava diretamente o movimento do estabelecimento.

— Estava preparando a decoração de Natal — continuou com as explicações que ninguém tinha pedido.

Recomponha-se, pensou, *tu é uma mulher adulta. Não uma adolescente precisando de aprovação.*

Era mais fácil falar.

— Ficou... *simpático*. — *Simpático... que merda de elogio era aquele?* — Contratamos uma decoradora para arrumar o restaurante.

Foi difícil não revirar os olhos. Era óbvio que sua mãe daria um jeito de parecer melhor até com uma banalidade daquela.

— Deve ter ficado bonito — comentou, aproximando-se da mesa onde Julia estava e arrastando para si uma cadeira do lado oposto. Cruzou os dedos sobre o tampo e encarou-a. — Mãe, o que tu veio fazer aqui?

— Tentei falar contigo e tu não atendeu o telefone — respondeu como se fosse óbvio —, então, vim atrás de ti.

Ana Laura piscou.

— Veio até aqui... *porque eu não atendi o telefone?*

— Exatamente. Precisamos ter uma conversa séria e tu estava se esquivando de mim.

Ana Laura detestava aquele tom de voz. Sua mãe o usava desde sempre, quando fazia algo de um jeito diferente do que ela teria feito.

— Eu não estava me esquivando de nada. — Estava sim. — Como eu disse, estava ocupada com minhas coisas aqui na cafeteria.

— E este é, precisamente, o assunto sobre o qual quero falar.

Quem usava *precisamente* em uma conversa normal?

— A cafeteria?

— Sua teimosia.

— Minha... *teimosia*? — Ana Laura estreitou os olhos, observando-a.

Estava se fazendo de desentendida, mas sabia o rumo que aquela conversa estava tomando — sabia desde que as ligações começaram. Queria fingir o máximo que conseguisse que Julia não havia atravessado a cidade só para colocá-la contra a parede.

— Precisa voltar para o restaurante.

Fechou os olhos, respirando fundo.

— Já tivemos essa conversa — disse, devagar. — E minha resposta foi *não*.

— Precisa voltar para o restaurante — repetiu Julia, parecendo nem tê-la ouvido.

— Estão precisando de alguma coisa lá? — Tentou outra abordagem. — Está faltando pessoal? Dinheiro? Alguém se demitiu?

— Claro que não. — Ela franziu a testa, o máximo de expressão facial que tivera desde que chegou. — O problema não está no restaurante, está aqui.

Raiva fez a garganta de Ana Laura arder. Já era de se esperar que a conversa fosse para aquele lado, mas o tempo tinha deixado sua mãe ainda mais indelicada do que se lembrava – e com mais pressa, também.

— Não tem problema nenhum aqui. — Obrigou-se a manter a voz em um tom ameno. Erguê-la faria com que perdesse toda a razão. — O lugar onde vou trabalhar não é uma decisão tua.

— Mas deveria ser — Julia descruzou as pernas e apoiou os cotovelos na mesa, encarando até o fundo de sua alma —, considerando que está decidindo errado.

E lá estava outra vez o problema que sempre tivera com sua mãe.

— Não é uma decisão errada só porque não é a decisão que *tu* tomaria.

— Eu só quero o melhor pra ti, sabe disso. — Ela parecia falar com uma criança: em um tom de voz lento e calmo que quase soava como deboche.

— Acredito nisso, mãe. De verdade. Mas quem entende o que é melhor pra mim sou...

A porta da cafeteria se abriu, empurrada pelas costas de Clara. Suas mãos estavam ocupadas demais com sacolas para que conseguisse usá-las e ela assobiava distraída a mesma música que ouvia antes de sair.

Tinha se esquecido completamente dela! Ainda bem que nada havia lhe acontecido, pois se dependesse de Ana Laura, estaria em algum hospital sozinha e sem ninguém procurando por ela.

Aquilo não tinha sido muito *namorada* de sua parte. De mentira, ou não.

— Está um pequeno inferno lá fora, não recomendo que saia daq... — Ela se virou conforme a porta se fechava, e encerrou sua frase na metade ao perceber que Ana Laura não estava sozinha. Sua pele inteira estava vermelha pelo calor, e suor escorria por suas bochechas. Os cabelos tinham escapado quase completamente da borrachinha e voavam ao redor de seu rosto.

Ana Laura se levantou apressada para ajudá-la, arrastando a cadeira pelo chão de forma exagerada. Sua mãe estava em completo silêncio, aguardando por apresentações que a filha não estava nem um pouco ansiosa para fazer.

— Clara, essa é a minha mãe — explicou, tentando parecer tranquila enquanto tirava duas embalagens de isopor dos braços da colega. — Mãe, essa é a Clara, minha...

— M-mãe? — Clara lhe lançou um olhar desesperado.

Não a culpava pela preocupação. Se sua colega com quem fingia estar em um namoro de mentira apresentasse a mãe do nada, também entenderia errado. Mas era óbvio que Ana Laura não pretendia envolver a família – principalmente sua mãe – naquela história. Jamais apresentaria Clara como sua namorada.

— É. — Deu um sorriso forçado. — Ela passou aqui para resolver umas questões comigo, mas já estava de saída, né?

Julia ergueu apenas uma das sobrancelhas, sua atenção passando de uma para a outra.

— Na verdade, não. — Curta e grossa.

Ana Laura quis gritar. Não era possível que ela tivesse qualquer intenção de continuar aquela conversa na frente de uma desconhecida. Ou era? A tensão no ambiente era clara, e sua colega pareceu perceber também. Ela passou a língua pelos lábios e caminhou na direção da mesa onde Julia estava sentada.

— Vai almoçar com a gente, então?

Com a maior naturalidade do mundo.

Ela não tinha como saber que fazia séculos que Ana Laura não almoçava com a mãe. Ela não tinha como saber que as duas eram incapazes de manterem uma conversa por mais de dez minutos sem transformarem tudo em uma discussão.

— Vou, sim — Julia respondeu, para o choque e o desespero de sua filha.

Como assim, *sim*?

Tinha certeza de que todas na cafeteria conseguiram ouvir seu coração pular dentro do peito. Pânico se formou dentro dela pensando nas inúmeras formas com que aquilo poderia dar errado. Em todas as discussões que ela e sua mãe teriam na frente de uma estranha. Nas possíveis crises de choro de Ana Laura – porque sua única reação diante de situações de estresse e raiva e qualquer outro sentimento intenso era... chorar. Descontroladamente.

— Legal. — Clara ergueu o rosto e estendeu uma mão para ela. — Muito prazer, dona...?

— Julia — a mulher apresentou-se, levando alguns segundos para aceitar o cumprimento.

E Ana Laura apenas assistiu, paralisada, a sua mãe e sua namorada de mentira trocarem um aperto de mãos, tendo certeza de que nunca em toda a sua vida fizera parte de uma situação tão bizarra.

Capítulo 13

Clara

Mães não gostavam de Clara. Historicamente.

Conhecer a família de alguém com quem estava saindo significava uma enxurrada de perguntas sobre ela e sobre sua vida – perguntas com as quais já não gostava de lidar nem quando vinham de pessoas próximas. E sentia que suas respostas, mesmo que sinceras, nunca eram satisfatórias o bastante.

Quais são teus planos?

Mas… dança?

Por que largar a Arquitetura? Ela te traria certa estabilidade enquanto tu te dedica para esse hobby.

Sempre os mesmos questionamentos, sempre as mesmas expressões de incômodo. E era inevitável que reações tão negativas aos seus sonhos erguessem uma parede entre ela e quem as demonstrava. Assim como era inevitável que as famílias de seus amigos temessem que suas decisões interferissem nos caminhos de seus filhos. Clara era sempre vista – e tratada – como aquela influência duvidosa que tiraria todos do rumo certo.

E ainda que mães não gostassem de Clara, ali estava ela: almoçando com sua namorada de mentira e, bem, a mãe dela.

Era uma péssima ideia – coisa que teria feito questão de pontuar caso Ana Laura a tivesse avisado a respeito da visita. Aquilo ia contra qualquer regra de namoro falso da história. Não precisava ser um gênio para saber que envolver a família em uma mentira daquele tipo só atrapalharia tudo.

Talvez aquele fosse o problema: não tinham criado regras. E enquanto a mãe de Ana Laura servia-se da comida vegetariana como se manuseasse um objeto radioativo, Clara montava em sua cabeça uma nova lista – *Argumentos Para Usar Ao Tentar Convencê-la A Criarem Uma Lista De Regras.*

Só precisava que ficassem sozinhas outra vez.

O silêncio constrangedor deixava óbvio que algo estava acontecendo entre mãe e filha. Ana Laura – que escolhera se sentar ao seu lado na mesa, ao invés de ao lado da mãe –, empurrava a comida de um lado para o outro pelo prato, usando-a mais como distração do que como refeição. O comportamento não condizia em nada com a garota esfomeada que, mais cedo, tinha implorado para que ela buscasse o almoço, e era quase um crime contra a seleção impecável que fizera no restaurante *self-service*.

Queria ter percebido o clima esquisito antes de entrar na cafeteria. Teria preferido almoçar sozinha na mureta do canteiro de flores no lugar daquilo. Mas ao ver Ana Laura pelo vidro conversando com outra pessoa, seu primeiro pensamento foi: *um cliente!* E queria muito estar presente naquele evento que se tornara tão raro.

Outro fator que não ajudou em nada foi o fato de elas não terem semelhança alguma. Nunca passaria pela sua cabeça que eram sequer parentes, muito menos mãe e filha.

Julia tinha cabelos lisos e pretos – exceto por algumas mechas grisalhas –, enquanto o rosto de Ana Laura era contornado por cachos longos e cheios. Uma era pálida como papel, a outra, tinha uma pele negra de tom claro. E havia o sorriso: Julia não parecia alguém que sorria com muita frequência. Ana Laura carregava nas bochechas as marcas dos sorrisos infinitos.

O bater de talheres era o único som no ambiente, e Clara não aguentava mais.

— Tinha uma fila desumana no restaurante — comentou, despretensiosa, erguendo um guardanapo para esconder a boca meio cheia. — Achei que não ia conseguir voltar a tempo.

Sua colega pareceu aliviada com a quebra do silêncio.

— Tentei te mandar mensagem — respondeu, empurrando almôndegas de carne de soja de um lado para o outro no prato —, mas tu nem recebeu.

Tirou o celular do bolso e conferiu a tela. Havia várias mensagens e um aviso de 2% de bateria.

— Devo ter ficado sem internet — explicou, puxando todas as *quinze* mensagens dela para fora da aba de notificação. Foi impossível não fazer piada. — Isso tudo era fome?

Ana Laura corou.

— Achei que tu pudesse ter sido sequestrada ou atropelada por uma bicicleta.

— Ninguém é atropelado por bicicletas...

— Conheço um cara que foi. — Ela deu de ombros. — Ele desmaiou e tudo.

Clara deu uma risada, já bloqueando a tela do celular para guardá-lo no bolso outra vez. O nome de Marlene saltou nas notificações um instante antes da luz se apagar, mas ao tentar acendê-la de novo, o aparelho se desligou por falta de bateria.

Merda.

O que será que ela queria? Esperava que não fosse um pedido para que adiantassem a reunião, pois, nesse caso, estaria muito – *muito* – atrasada. E se estivesse cancelando tudo? Se tivesse pensado melhor e resolvido que não queria Clara trabalhando com ela?

Balançou a cabeça, afastando aqueles pensamentos. Estava agindo como uma maluca.

— Está tudo bem? — Ana Laura perguntou, talvez percebendo algo estranho em seu rosto.

— Uhum. — Só preciso...

Fez menção de se levantar para colocar o celular para carregar, mas a mão de sua colega pousou em sua perna, seus olhos parecendo suplicantes.

— Por favor, não vai, não... — pediu baixinho.

Ela parecia incapaz de ser deixada sozinha com a mãe, o que atiçou um pouco sua curiosidade a respeito de *o que diabos* estava acontecendo. Aquela garota tinha um monte de problemas, aparentemente.

Queria explicar que só precisava colocar o celular para carregar, mas as palavras desapareceram de sua conforme processava o toque em sua perna. Os dedos, firmes e quentes em sua coxa, soltaram-se de repente, como se só então Ana Laura tivesse percebido que os tinha colocado ali.

O movimento chamou a atenção de Julia que, em vez de observar a filha, começou a analisar *as duas*.

Opa.

A situação serviu para que Clara voltasse para o mundo real, ignorando completamente o formigamento no lugar onde a colega a tocara momentos antes.

— Preciso carregar o celular — explicou, balançando o aparelho. — Volto em dois segundos, prometo.

Afastou-se em passos largos, marchando na direção da cozinha. A sensação da mão dela em sua coxa desaparecendo conforme tomava distância, mas a lembrança de que estivera ali, não.

Conectou o aparelho no carregador, mas não esperaria até que ele ligasse outra vez. A impressão era de que, se ficasse muito tempo longe, algo explodiria lá fora.

Aquilo era loucura, percebeu. Não deveria estar preocupada com qualquer que fosse o problema entre Ana Laura e sua mãe. Deveria estar focada em Marlene e na mensagem que mandara e na reunião que ditaria o rumo de sua carreira como dançarina. Não em algum problema familiar de uma garota que nem conhecia direito.

Ainda assim, seu impulso foi voltar para o salão. O olhar de desespero de Ana Laura estava gravado em seus pensamentos e não conseguia se livrar da sensação de que deveria estar lá.

Suspirou. Só mais alguns minutos, só até terminar de comer. Então, voltaria para a cozinha, leria a mensagem de Marlene e seguiria com seu plano do dia como se nada tivesse acontecido.

Uma conversa alta começou na cafeteria. Alta demais.

— Não vamos ter essa discussão aqui! — A voz de Ana Laura se destacou. Nunca a tinha ouvido falar daquele jeito. Soava irritada e suplicante ao mesmo tempo. E Clara soube que, qualquer que fosse a tensão entre elas, tinha acabado de explodir.

Capítulo 14

Clara

Ouvir uma conversa pela fresta da porta era, tranquilamente, uma das coisas mais patéticas que já tinha feito – isso baseado nas feitos de alguém que estava em um relacionamento de mentira. Mas, com as vozes altas e os tons nada amistosos, achou sensato descobrir – antes de se meter no meio – do que se tratava aquela confusão.

— Era só ter atendido minhas ligações — Julia dizia, com os cotovelos sobre a mesa e o queixo apoiado nas mãos. Sua voz era muito mais contida que a da filha, mas a entonação era bastante intimidadora. — Essa conversa poderia ter acontecido por telefone.

Ana Laura esfregou as mãos nos olhos, irritada.

— E eu estava ocupada! — quase gritou. — Trabalhando! Eu teria atendido o telefone e dito "nos falamos outra hora, agora não posso". E tu apareceria aqui do mesmo jeito, porque é incapaz de ouvir um *não*!

— Não fale assim comigo — advertiu a mãe.

— É que tu não escuta o que eu falo. — Ela controlou sua voz. — Nada do que eu faço te agrada, a não ser que seja exatamente do jeito que tu quer. Fica muito difícil conversar assim.

A dinâmica, aos poucos, foi se fazendo mais clara. Julia falava com a filha como se ela fosse uma criança de oito anos, e Ana Laura respondia à mãe parecendo uma adolescente rebelde. Qualquer que fosse o motivo do conflito, nenhuma das duas soava disposta a ceder.

O estômago de Clara roncou, lembrando-a de que estava morrendo de fome. Merda, teria de voltar para lá. Abrindo a porta da cozinha, adentrou a cafeteria como se não estivesse ouvindo tudo aquele tempo todo.

— Sabe se a Helô chega em seguida? — questionou, inventando um assunto novo.

Ana Laura deu um pulo no lugar, ao passo que Julia mal reagiu à sua entrada. Se não fosse impossível, suspeitaria até que ela sabia que estivera atenta na conversa. Os olhos de sua colega, no entanto, mostraram um alívio imediato.

— Acho que chega daqui a pouco. — Ela entrou na onda.

Ambas sabiam que Heloisa não apareceria no Cantinho naquela tarde.

Clara foi se aproximando da mesa outra vez, acomodando-se no seu lugar enquanto seguia falando de suas amenidades.

— Tive algumas ideias novas para o festival, acho que seria legal que nós três conversássemos a respeito.

— Festival? — Julia ergueu uma sobrancelha.

— É — Ana Laura assentiu, voltando a remexer em seu prato. — Comentei com o pai essa semana, ele deve ter te contado.

A mãe não parecia ter a menor ideia do que estava sendo falado, fazendo Clara supor que o marido não tinha contado coisa alguma para ela. Família esquisita.

Limpou a garganta e se intrometeu.

— Vai rolar um evento de final de ano aqui. — Fez questão de enfeitar a ideia, fazendo-a parecer muito mais interessante do que um evento para *salvar a cafeteria quase falida*. — Uma galera vai se apresentar, vamos ter promoções, vai ser bem legal.

— Hum.

Clara só a conhecia há poucos minutos – e confessava não ter tido a melhor das impressões –, mas era óbvio que Julia carregava todas as suas opiniões estampadas no rosto. Ela não parecia o tipo de mulher que tentava disfarçar como se sentia em relação às coisas, e deixava todos os seus pensamentos gravados na testa.

— Pode falar, mãe — Ana Laura resmungou, dando uma garfada em sua comida.

O olhar que ela lançou, atravessaria a mais densa das paredes.

— Para esse tipo de coisa, tu tem tempo.

Deus, o que havia de errado com aquela mulher?

— Sim, porque é meu trabalho.

— Espero que não deixe isso atrapalhar tua faculdade.

— Mãe, estamos em dezembro. — Havia puro desespero em sua voz, implorando para que aquele assunto acabasse. — Já entreguei tudo que tinha para entregar, a faculdade está entrando de férias, nunca atrasei um único trabalho, relatório e nem mesmo materiais extras... Não sei do que tu pode estar reclamando.

— Talvez do fato de que fazem sete anos que tu está nela.

O rosto da garota se contorceu como se tivesse acabado de levar um tapa.

— Já falamos sobre isso, mãe.

— Sim, e tua justificativa foi precisar *desacelerar o ritmo das matérias* porque não estava conseguindo dar conta delas. O que significa que estava dando mais importância para superficialidades.

— Superficialidades? A faculdade estava me matando!

Voltar para lá tinha sido um erro. Clara parecia estar muito propensa a cometê-los nos últimos dias.

— Faculdade é difícil para todo mundo — a mãe respondeu, com desdém — E pegou todo o tempo que poderia estar se dedicando ao seu futuro e jogou-o aqui. Se estivesse trabalhando na recepção do restaurante, teria disponib...

— Mas eu *não estou* trabalhando na recepção do restaurante — Ana Laura cortou — E vou continuar desse jeito, porque é simplesmente impossível trabalhar junto contigo.

Devia ser difícil ter pais que não apoiavam suas decisões. Por sorte, Clara nunca precisou descobrir a sensação.

Foi um choque para Marcela e Antônio, claro, quando jogou em seus colos a bomba de que trancaria o curso de Arquitetura. Era o mínimo a se esperar, considerando que se encaminhava para o sexto semestre. Ela os reuniu em um jantar, e disse que tinha algo muito importante para dizer a eles e, quando veio a verdade, eles perguntaram se tinha certeza de que era a coisa certa a se fazer. Mas mesmo lá, eles sabiam: a dança sempre foi o que fizera seu coração bater mais forte.

A mãe de Ana Laura, no entanto, não parecia ter a menor noção do que fazia a filha feliz.

— Já teve um senso de prioridades um pouco melhor.

Àquela altura, mãe e filha nem davam bola para a presença de Clara. Tinha esperanças de que uma completa desconhecida como companhia cessasse a discussão, mas, pelo que conseguia ver, não fazia diferença nenhuma para elas.

Ficou procurando dentro de sua cabeça qualquer coisa que pudesse dizer para acalmar os ânimos, mas tinha a sensação de que, das duas, uma: ou nenhuma delas a ouviria falar ou focariam atenção demais em sua presença. Não queria que sobrasse para ela. Porque mães não gostavam muito de Clara.

Historicamente.

— Consigo decidir sozinha o que é ou não prioridade pra mim. E minha prioridade são coisas que me deixam feliz.

— Pode ser feliz depois que se formar — a mulher retrucou. — E quando estiver financeiramente estável.

Clara tinha de sair dali. Precisava se levantar e ir até a cozinha, porque seu celular com toda a certeza do mundo já tinha ligado e tinha que ver a mensagem de Marlene. Não queria mais fazer parte daquela conversa – não que estivesse acrescentando com muita coisa além do barulho dos talheres.

— Eu *sou* financeiramente estável, mãe.

Ana Laura também não aguentava mais, era visível. Aquilo estava saindo muito do controle – se é que a situação estivera controlada em algum momento.

— Só até essa porcaria de cafeteria fechar!

Foi a primeira vez que Julia elevou sua voz. Foi a primeira vez que se deixou levar pela emoção e disse o que estava pensando antes de ponderar a forma com que o faria. E eram palavras duras – duras demais. *Cruéis, até.*

A cadeira de Ana Laura se arrastou, pesada no chão, conforme ela se levantava. Seu maxilar estava trincado e sua respiração saía acelerada. Esperava que ela não começasse a chorar.

— Esse almoço acabou — afirmou, com firmeza.

Julia apenas piscou. Uma vez, duas. Parecia estar processando a ordem incisiva da filha – e igualmente surpresa.

— Perdão? — questionou, por fim.

— Estou cansada das tuas grosserias. Pegue tuas coisas — Ana Laura apontou na direção da porta —, e vá embora. Agora.

Capítulo 15

Clara

O desfecho daquele almoço foi um tanto quanto satisfatório. Depois do pouco que ouviu, não passou por sua cabeça que Ana Laura teria coragem de tomar alguma atitude diante das grosserias de sua mãe, mas ali estava ela: apontando para a calçada e mandando Julia embora do seu trabalho. Quase sentiu orgulho.

— Não pode me… — a mulher começou, mas a filha não lhe deu a oportunidade de terminar sua fala.

— Posso, sim. Eu e Clara temos muito o que fazer e nosso horário de almoço já acabou.

Julia passou sua atenção para Clara, parecendo esperar que ela a defendesse — coisa que não faria, obviamente. E era bem audacioso de sua parte achar que sim. Não pretendia se envolver nem um pouquinho a mais naquela dinâmica familiar esquisita. Na verdade, quanto antes a mãe de Ana Laura fosse embora, antes traria à tona o assunto da lista de regras e, com a lista de regras, garantiria que nunca mais seria colocada em uma situação daquelas de novo.

— Não foi esse o tipo de tratamento que te ensinei — a mãe retrucou, ainda em choque com as palavras da filha.

— Na verdade, esse foi *exatamente* o tipo de tratamento que tu me ensinou.

Clara se sentia como aquela criança que foi brincar na casa de uma amiguinha da escola e precisava fingir estar ocupada com outra coisa quando ela era xingada pela mãe por qualquer que fosse o motivo. Olhava para as embalagens de isopor abandonadas na mesa e os pratos quase intocados, pensando que todo o calor que passou indo buscar o almoço foi à toa. Quer dizer, mais ou menos. Ela o aproveitou bastante.

— Ainda vamos conversar a esse respeito outra vez — afirmou Julia, pegando uma bolsa preta de cima da mesa e caminhando até a porta. — A sós.

— Mal posso esperar — sua filha resmungou.

Ela parou a um passo da porta e se virou, encarando as duas mulheres ali. Passou os olhos de uma para a outra, procurando… bom, Clara não fazia ideia pelo quê. Ela sorriu com frieza e se despediu.

— Tenham um ótimo dia.

Foi a pior despedida de mãe e filha que viu em toda a sua vida. Na verdade, elas mal se comportavam como família.

Assim que Julia desapareceu dentro do carro estacionado do outro lado da rua, Ana Laura desabou em sua cadeira.

— Puta que pariu — xingou, apoiando a testa no tampo da mesa.

— O que diabos foi isso? — Foi tudo o que Clara conseguiu dizer.

— Minha digníssima mãe. — A voz de Ana Laura saiu abafada pelos cabelos que caíam como uma cortina ao seu redor.

— Quero saber sobre o que era aquela discussão?

— Não. Nem eu quero pensar mais nisso, na verdade.

Era justo.

— Nem tocou na comida.

— Vou deixar na geladeira, mais tarde vou ficar com fome. — Ana Laura observou as coisas espalhadas. — E parece tudo muito bom.

— É meu restaurante vegetariano favorito.

— Tu é vegetariana?

— Não, não. — Deu uma risada. — Minha melhor amiga que é.

Juliana a tinha arrastado para todos os restaurantes vegetarianos da cidade, aos quais elas deram nota e separaram em um ranking. Escolheram aquele como o melhor de todos, e era tão perto de seu trabalho que almoçava lá quase toda semana.

— Legal.

As duas começaram a organizar a mesa, recolher pratos e talheres, empilhar embalagens. E, ao deixar as marmitas na geladeira, Clara aproveitou para ler a mensagem de Marlene.

> Oi, querida! Vou precisar dar uma saída no início da tarde. Tens como passar aqui depois das 16h? Fico no aguardo!

Respirou aliviada, sentindo-se ridícula por ter cogitado que a dona do estúdio pudesse desistir de contratá-la sem motivos. Respondeu que, sim, seria tranquilo passar lá mais tarde, e talvez estivesse com uma cara de pateta encarando o telefone quando Ana Laura adentrou a cozinha porque ela disse:

— É teu encontro da tarde?

— É, sim — brincou.

Ela fez uma careta.

— Não pode ter um encontro.

— Não… posso?

— É, ué. — Ana Laura gesticulou com as mãos, como se fosse óbvio. — A gente namora.

— Não é um namoro de verdade, caso não tenha percebido…

— Sei que não, mas temos que manter as aparências, né?! — E de repente, o universo inteiro começou a conspirar ao seu favor, pois as palavras seguintes que saíram dela diziam: — Acho que precisamos de regras para esse namoro funcionar.

E não restou à Clara responder qualquer coisa que não fosse:

— Estava pensando a mesma coisa.

Capítulo 16

Ana Laura

Aquela semana tinha saído completamente do controle, por uma série de motivos diferentes. Mas se tivesse de escolher qual deles era o mais inacreditável... Com toda a certeza era aquele encontro com sua mãe. Não havia retorno de ex-namorada ou namoro falso que chegasse aos pés do que acontecera na última meia hora.

Precisava pensar em outra coisa, encontrar outro foco para que não ficasse repetindo de novo e de novo as palavras tão duras de sua mãe. *Só até essa porcaria de cafeteria fechar.*

Que coisa horrível de se dizer a alguém.

Então, encontraria outro foco para dedicar sua atenção: Clara, que aparentemente tinha um encontro marcado. Atormentá-la com isso parecia um bom jeito de ocupar a cabeça.

— Só acho que encontros são perigosos — defendeu seu argumento. Não se importava de verdade que Clara saísse com outras garotas, não quando o que elas tinham não era real. Mas o mundo sáfico era um ovo e todo mundo namorava alguém que era ex de alguém que já beijou alguém e, no fim, todo mundo tinha se beijado entre si por tabela. — É questão de tempo até que alguém que conhece Aline ou Helô te veja me traindo.

— Alô? — Clara chacoalhou as mãos de forma dramática. — Eu não vou estar te traindo?!

Ela parecia que não a estava ouvindo.

— *Eu* sei disso. O resto do mundo, não!

Clara balançou a cabeça, procurando seu copinho para pegar um café.

— E se eu perder a chance de conhecer o amor da minha vida?

— Conhecer o...? *São três semanas*, Clara! Se tu ainda não encontrou o amor da tua vida, te garanto que isso não vai acontecer nas próximas três semanas.

— Não tem como me garantir isso de verdade. — Ela ergueu seu copinho fumegante e deu um longo gole no café.

Era impossível decifrar em seus olhos se estava fazendo drama, brincando ou falando sério. Não saber o que se passava na cabeça dela era, de longe, uma das partes mais difíceis daquela coisa toda. Não conhecê-la, não entender como funcionava.

Na dúvida, ergueu as mãos em desistência.

— Tudo bem, pode sair em um encontro se for com o amor da tua vida.

— Como eu vou saber se é o amor da minha vida *antes* de um encontro?

— Se tu não souber, provavelmente, não é. — Ana Laura abriu um sorriso vitorioso. Remédio para doido, era um doido e meio.

— Isso não faz sentido e tu sabe.

— Pra mim, faz.

Clara suspirou alto.

— Ok, sem encontros.

— Ótimo, temos uma regra estabelecida. — Ela refletiu por um momento. — Era isso que faria com as tardes de folga? Sairia em encontros?

A expressão que recebeu em resposta foi de completo desespero.

— Deus, não! Meu compromisso não tem *nada a ver* com esse tipo de coisa.

— Mas perguntei se era um encontro e tu disse…

— Era uma piada, Ana Laura! — frisou o que acreditava ter sido óbvio.

Ana Laura bateu com as mãos nas coxas.

— Então, por que essa conversa está acontecendo?

— Porque tu é maluca!

— Tu disse que estava pensando em regras, também! Achei que quisesse garantir teu encontro.

— Eu queria regras pra não acontecer mais nenhuma surpresa do tipo *conhecer a tua mãe*! — Clara então parou por um segundo, pensando. — Espera. Achou que eu sairia em um encontro e tentou me fazer desmarcá-lo? O que rolou, ficou com ciúmes?

De todos os absurdos que Clara já tinha dito, aquele foi um dos maiores.

— Não fiquei com ciúmes. Fiquei com medo de que isso estragasse todo o meu plano. — Cruzou os braços, irritada. — Podemos continuar essa lista, ou não?

Sentia seu rosto quente, e odiava a facilidade com que corava quando ficava envergonhada. Principalmente porque nem sabia o motivo de estar envergonhada, já que não estava errada. Clara ainda exibia aquela carinha de… de… *insuportável.*

— Claro, *meu bem.*

— Não me chama de *meu bem.*

— É só um apelido carinhoso.

— Exatamente.

— Mas a gente não namora de verdade. Não é carinhoso *a sério.*

— Sei lá, é esquisito…

— Mais esquisito que todo o resto?

Uma risada escapou de seu peito. Certo, ela meio que tinha razão.

— Ok, segunda regra — gesticulou o número dois com os dedos —, apelidos carinhosos só podem ser usados na frente de outras pessoas.

Os ombros de Clara chacoalharam com uma risada.

— Sim, senhora.

— A gente também não vai se beijar.

O choque no rosto dela foi tão grande que Ana Laura chegou a duvidar se aquela conversa já não tinha acontecido.

— *E por que eu te beijaria?*

Aquilo foi bastante ofensivo.

— Acabamos de resolver que podemos usar apelidos na frente dos outros — explicou, um pouco irritada. — Só estou reforçando que beijar não é uma coisa que faremos na frente dos outros.

— Ana Laura, eu não te beijaria na frente dos outros nem se a gente estivesse junto de verdade. — Ela estremeceu. — Essas coisas a gente não faz com pessoas ao redor olhando.

Clara ficou vermelha, e seria mentira se Ana Laura dissesse que não achou aquilo uma graça.

Essas coisas.

Como se estivessem tirando a roupa em público.

Ela era realmente muito tímida.

— Bom, então concordamos que beijos estão proibidos.

— Com toda a certeza. — Clara tirou seu bloquinho de pedidos do bolso, junto de uma caneta. — Melhor anotar, só pra garantir.

Enquanto ela riscava sua folhinha, Ana Laura a observava. O rosto ainda corado, os cabelos caindo nos olhos, a mesma pontinha da tatuagem desconhecida aparecendo sob a manga da camisa. Clara tinha sido uma descoberta inesperada, percebeu. Rira mais com ela nos últimos dias do que nos outros dois meses nos quais trabalharam juntas.

— O que mais? — perguntou, quando viu que ela terminou de anotar o que quer que fosse.

— Heloisa e tua mãe são o limite de pessoas próximas de ti que vou conhecer — informou, sem nem precisar pensar.

— Em minha defesa, não sabia que minha mãe apareceria aqui. — Ana Laura abriu uma fresta da porta da cozinha. — Vem, não podemos ficar escondidas aqui dentro a tarde inteira.

— Deu pra perceber que tu não estava preparada — Clara concordou, seguindo-a para o salão da cafeteria. — Mas aquilo me fez ficar pensando nisso. Não podemos ficar envolvendo as pessoas nessa história, porque quando acabar, vamos ter que dar mais um monte de explicações.

Era um bom argumento. Sua mãe nem sabia que elas "namoravam" e já tinha sido complicado, era melhor que a história se mantivesse só entre elas, mesmo.

— Concordo. — Apoiou as costas na vitrine dos doces. O vidro gelado lhe causou um arrepio. — Ok, pode anotar aí.

Ainda com a cabeça abaixada, fazendo suas anotações, Clara acrescentou:

— E não vamos sair de casalzinho. Esse namoro está restrito ao ambiente de trabalho.

Ana Laura riu.

— Essa foi uma das coisas mais esquisitas que eu já ouvi.

— Essa foi uma das coisas mais esquisitas que eu já disse. — Ela retribuiu a risada.

Tinha mais uma coisa que Ana Laura gostaria de colocar na lista, mas não sabia como apresentar a ideia sem que soasse estranho. Pensou e pensou e pensou, as palavras certas escapando de sua mente, até que tomou coragem.

— Vamos terminar se alguém acabar se apegando.

O rosto de Clara tombou para a esquerda.

— Se apegando? Não acho que essa seja uma possibilidade.

— Nem eu, mas é mais seguro se a gente deixar isso combinado, né? Isso só ia atrapalhar a gente aqui na cafeteria.

Muitas coisas já estavam em risco com aquela mentira. Não queria que o trabalho fosse mais uma delas.

— Já vi isso em algum lugar. — Clara pareceu pensativa. — Não tem um filme que...?

— *Um amor para recordar*. — Poupou trabalho. — O casal finge que namora, ela diz pro cara não se apegar, mas ele se apega sim e, no fim...

— ... ela morre de câncer! — A mulher bateu o bloquinho contra a bancada, indignada. — Nossa, eu odeio esse filme! Não acredito que este seja o namoro de mentira da ficção que tu está usando como referência pra gente!

Ana Laura engasgou com o comentário.

— Referência? Não estou usando nenhum namoro de mentira da ficção como referência! E como assim *odeia*? Esse filme é lindo!

— A protagonista morre! — Clara praticamente gritou. — Os dois se apaixonam e ela vai lá, e morre! Fim! Acabou! E se eles fossem o amor da vida um do outro?

— Tu tem uma coisa com essa história de amor da vida, né?

— Não muda de assunto. — Ela desviou o olhar. — Só acho que é sacanagem com quem está assistindo! Pior que isso, só aquele com a Anne Hathaway... Como que chama? *Um dia*?

Ana Laura escancarou a boca.

— Nunca mais insulte um filme da Anne Hathaway na minha frente. E isso aí é tudo drama. Tem um monte de obras em que os protagonistas morrem e que continuam sendo ótimas.

— Tipo?

Precisou pensar um pouco. O fato era que criadores tendiam a ter medo de matar seus protagonistas, justamente por causa de pessoas como Clara. Maltratavam e transformavam a vida dos personagens num inferno, mas matar? Autores e roteiristas costumavam fugir daquela opção.

Covardia, se perguntassem sua opinião.

— Fizeram isso em *Game of Thrones*...

— Ned Stark? Esse é teu argumento?

Ana Laura fez um gesto de desdém com a mão.

— Foi só um exemplo... E está perdendo o foco: nossa lista.

— Ok, ok. Vou adicionar essa regra idiota. Mas ela é bem inútil.

A certeza com que Clara falava era um pouco irritante. Ana Laura se considerava uma pessoa bem apaixonante – não que aquele fosse o foco da coisa toda.

— *Só anota*! — Bufou. — Falta alguma coisa, será?

— Acho que não... E são só algumas semanas, né. Não sei se precisa de mais do que isso.

Clara terminou de anotar e deslizou o bloquinho pela bancada até que chegasse ao alcance de Ana Laura. Ela ficou encarando as linhas preenchidas em tópicos na folha marrom-clara, e sua atenção congelou na assinatura de Clara espremida lá embaixo. Ao lado dela, um espaço em branco parecia aguardar pela sua.

— Que porra é essa? — Sua voz saiu meio esganiçada.

— Um contrato, ué. — Clara ergueu uma sobrancelha. — Assina aí de uma vez.

Capítulo 17

Ana Laura

— Não está falando sério. — Ana Laura encarava sua colega, um sorriso incrédulo se formando em seu rosto.

Clara era maluca, e só então percebeu que os sinais disso estavam todos ali desde o início. Sua proposta de namoro falso fora uma decisão impulsiva, mas ela tê-la aceitado? Muito suspeito.

— É só para oficializar que nós duas estamos de acordo com essas regras — defendeu-se a outra.

— Num *post-it*?

— Se funcionou para oficializar um casamento, funciona para um namoro de mentira. — A mulher deu de ombros, apoiando o cotovelo na bancada. — E não é um *post-it*, é um bloco de anotações.

— Os dois são exatamente a mesma coisa. Têm a mesma função. — contrapôs. — E que casamento que foi oficializado num *post-it*?

Clara encarou-a como se fosse um monstro.

— Meredith e Derek? *Grey's Anatomy*? Tu nunca assistiu *Grey's Anatomy*?

Ah.

— Que adulto tem tempo de assistir uma série com quase vinte temporadas?

— Um adulto *com bom gosto*?

Ela parecia indignada de verdade, como se aquele fosse algum tipo de crime contra a humanidade. Praticamente arrancou o bloquinho das mãos de Ana Laura, anotando apressada mais alguma coisa. Quando o objeto voltou para ela, uma seta tinha sido desenhada logo abaixo do último item da lista, apontando para a lateral da folha.

6) Assistir Grey's Anatomy

Deu uma risada.

— Não, mas obrigada.

— Não é opcional.

— Não vou assistir uma série médica de vinte temporadas!

— São dezenove — corrigiu, fazendo parecer que aquilo mudava tudo. — E são dezenove temporadas de tudo o que tu gosta: romance, drama por causa do romance, gente doente vivendo romance…

Antes que Ana Laura se desse conta, sua mão acertava o braço de Clara em um tapinha horrorizado.

— Eu não gosto de gente doente! — Sua voz ecoou pela cafeteria, alta demais.

— *Vivendo um romance!* — Clara reforçou. — Não precisa ser a série inteira. Embora eu tenha certeza de que, quando começar, não vai conseguir parar mais.

Duvidava muito daquilo, mas o empenho dela era engraçado.

— Uma temporada.

— A melhor personagem só aparece na segunda!

— *Uma temporada!* — Ana Laura repetiu, séria. — Se não for o bastante para me fazer gostar da série, não merece o resto do meu tempo.

Clara fez um biquinho, contrariada.

— Tá — respondeu, seca. — Agora assina de uma vez!

Ana Laura escreveu seu nome na linha onde Clara tinha sinalizado, analisando o bloquinho por mais alguns segundos. Aquilo era ridículo.

— E agora?

— Agora, nada. — Clara puxou o objeto de volta, conferindo se ela tinha assinado corretamente. Depois arrancou a folhinha com a lista, dobrou-a em quatro e colocou-a dentro da carteira. — Vou pegar minhas coisas, ir para meu compromisso, e tu fica aí atendendo por nós.

— Teu compromisso que não é um encontro.

— Isso.

A curiosidade seria o motivo da morte de Ana Laura, tinha certeza. Em sua lápide, poderiam ser lidas as seguintes palavras: *aqui jaz uma fofoqueira.* E sua colega não parecia ligar nem um pouco.

— Sério, aonde tu vai?

Clara deu uma gargalhada alta. Estava começando a se acostumar com aquele som.

— Puta que pariu! — xingou para o alto. — Tenho uma entrevista de emprego.

A resposta foi um banho de água fria. Ana Laura tinha teorizado o destino daquela saída no meio da tarde e vagado por uma dezena de possibilidades, mas uma entrevista de emprego não passara por sua cabeça nem uma única vez.

Clara tinha desistido da cafeteria. Estava procurando outro trabalho porque não acreditava que o festival daria certo, porque achava que ela iria fechar e precisava de uma solução.

Estava fazendo exatamente o que sua mãe tentava convencê-la a fazer há meses.

— Vai sair do Cantinho?

Perguntou, pois precisava confirmar. Clara, no entanto, ficou chocada com o questionamento.

— O quê? Não! Nossa, não! Preciso muito dessa vaga aqui!

— Então, por que tem uma entrevista?

— É meu antigo emprego. Tive que sair de lá quando fui morar sozinha — explicou —, porque o salário não dava conta das minhas despesas. Mas era meu emprego dos sonhos, então estou aproveitando a oportunidade de tentar voltar.

— E o que tu fazia lá? — Ana Laura pressionou.

Era o mais perto que tinha chegado de descobrir para onde ela iria naquela tarde. Clara também parecia saber disso, já que demorou alguns segundos para, enfim, dar a resposta que tanto negara naquela manhã.

— Dava aulas de dança. — *Aulas de dança?* — Para crianças.

Clara dançava? Clara dançava bem o bastante para dar *aulas*? Para crianças?!

Encarou a colega como se a estivesse vendo pela primeira vez. Aquilo destoava muito da personalidade tímida e cautelosa dela.

— Uau — obrigou-se a dizer. — Não fazia ideia de que tu dançava.

— Desde pequena. — Cada pedacinho do rosto dela estava vermelho. — Era minha coisa favorita no mundo. É por isso que preciso das folgas semanais do nosso acordo.

O jeito com que admitiu aquilo dizia que não era apenas sua versão criança que era apaixonada pela dança, mas já tinha insistido demais no assunto para provocá-la ainda mais. Tinha medo de que Clara explodisse de vergonha se continuasse pressionando-a.

Sentiu um pouco de inveja dela. Devia ser bom saber o que queria para a vida, conhecer-se tão bem àquele ponto.

Pigarreou, tentando impedir que seus pensamentos ficassem estampados em seu rosto.

— Bom, boa sorte, então.

E foi surpreendente perceber que torcia de verdade para que ela conseguisse o emprego de volta – mesmo que isso significasse mais trabalho para si na cafeteria.

Capítulo 18

Clara

— Só uma rodada! — Juliana implorou mais uma vez.

Sua voz foi abafada pela música alta, desaparecendo quase instantaneamente por entre as risadas e conversas que aconteciam no bar. Seu rosto não era mais do que um borrão colorido, emoldurado pelas luzes rosas e azuis neons dos holofotes – um indicativo bastante óbvio de que era hora de parar de beber.

Uma tequila sozinha costumava ser uma péssima ideia. Uma tequila depois da quantidade criminosa de álcool que já tinha consumido? Desastre iminente, para dizer o mínimo.

Não se lembrava da última vez em que bebera tanto. Estava acostumada a se limitar a canecos de chopp, mas aquela noite era uma comemoração e uma longa lista de caipirinhas e drinks coloridos se acumulava em sua comanda. Sam se certificara disso.

— Desculpa — precisou gritar para que sua voz se destacasse acima da música —, mas é uma péssima ideia!

Sam deu uma risadinha.

— É só uma tequila — elu argumentou, apoiando o queixo na mão e batendo os cílios compridos para ela.

Seu rosto fino e os cabelos loiros presos em um rabo de cavalo baixo – que desapareciam para dentro da jaqueta de couro preta – eram as únicas coisas que Clara enxergava direito. Em todo o bar. E isso apenas porque sue amigue estava bem do seu lado.

— Já bebi mais do que devia e vocês sabem disso — defendeu-se, sentindo a língua pesada pelo álcool.

— Mas amanhã é domingo! — Juliana bateu as mãos no tampo da mesa de madeira, frustrada. — Não é como se tu tivesse algum compromisso.

— Eu ten… — começou a explicar, mas foi interrompida por Sam.

— Se disser que tem que fazer feira, eu dou na tua cara.

A gargalhada que Ju soltou foi tão alta que nem a gritaria do ambiente conseguiu abafá-la.

— Mas eu tenho! Minha geladeira está implorando por reabastecimento.

— Acredite, não é uma última tequila que vai te impedir de acordar às oito horas da manhã. Não depois de todo o resto que tu já bebeu — elu retrucou.

— Sete — corrigiu, abrindo um sorrisinho cínico. — Às oito, já preciso *estar lá*.

— Clara — sua amiga apoiou as mãos na mesa, engrossando a voz e falando lento, como se ela fosse uma criança birrenta —, é sábado à noite. Tu acabou de conseguir voltar para teu emprego dos sonhos e saiu para comemorar com teus melhores amigos. Esquece a porra da feira. Esquece a ressaca que nós três sabemos que tu *não vai ter*. E bebe. Uma tequila. Com a gente!

Odiava admitir quando Juliana tinha razão. O que acontecia, basicamente, sempre. Não ficar de ressaca era um tipo de superpoder seu: não importava o quanto bebesse, se comesse alguma coisa e tomasse uma água, acordaria como se nem tivesse saído de casa na noite anterior.

Mas isso não significava que ficava imune aos efeitos mais imediatos do álcool, e estava realmente preocupada com a possibilidade de vomitar a qualquer momento.

Seus amigos a encaravam com expectativa, esperando pelo *sim* que todos sabiam que ela diria. Suspirando de forma dramática, desistiu de discutir.

— Ok, vocês venceram! Mas peçam uma porção de batatinhas também, por favor.

Os olhos de Sam brilharam, enquanto dava um gritinho e batia palmas com animação.

— Yay! — Juliana ergueu os braços para comemorar também.

Porra, estavam todos muito, muito bêbados. O que era um perigo.

— Prometam que vão me deixar em segurança em casa!

De repente, aquela pareceu uma coisa importante de garantir.

— A gente promete! — responderam em coro.

— *Dentro* de casa! — reforçou, lembrando-se da vez em que eles a largaram na frente do prédio onde morava e seguiram caminho com o Uber, enquanto ela ficou por quarenta minutos subindo e descendo a escadaria tentando achar o apartamento certo.

Foi a senhorinha do setecentos e cinco – o apartamento acima do seu – quem a ajudou a encontrar sua casa. Eram quatro e trinta e cinco da madrugada quando Clara tentou enfiar sua chave na porta dela porque tinha errado o andar. A idosa dava uma risadinha sempre que a via desde então.

— Por mais que fazer essa promessa me entristeça — Sam riu, certamente se lembrando daquela história também, e imaginando todas as outras coisas engraçadas que poderiam acontecer —, sim: te levamos pela mãozinha e deixamos dentro de casa.

Clara mostrou-lhe o dedo do meio.

— Não pode usar minhas desgraças como entretenimento.

— Antes as tuas, do que as minhas. — Elu fez um biquinho e lançou um beijo invisível.

— Eu te odeio.

— Não odeia, não.

— Crianças — Juliana interrompeu —, parem de brigar.

Ela levantou o braço e acenou para as atendentes lá na copa, para quem pediu três tequilas e uma porção de fritas.

Em questão de minutos, uma delas se aproximou com o pedido. A garçonete tinha – com toda a certeza do mundo – seus um e oitenta de altura, e foi até eles desfilando em cima de saltos que a deixavam ainda mais alta. Trazia uma porção grande de fritas e três *shots* de tequila devidamente acompanhados de pacotinhos de sal e gomos de limão. Os cabelos dela eram de um rosa neon que refletia na luz negra do bar e estavam presos em um rabo de cavalo bem no alto de sua cabeça.

Clara não conseguia parar de olhar para eles, e ficou se perguntando com que frequência ela precisava retocar a tinta para que a cor ficasse tão perfeita. Eles eram tão compridos que, mesmo presos, suas pontas balançavam na altura de sua cintura. Os cílios longos enfeitados com rímel colorido combinavam com o delineado de gatinho impecável e o batom vermelho vibrante. Parecia uma obra de arte.

Uma obra de arte que sorriu da forma mais intimidadora que Clara já viu na vida.

— O que estamos comemorando? — ela falou em um tom baixo e, ainda assim, se fez ouvir acima da música.

— Como sabe que…?

Um grupo de garotas gritou na mesa ao lado, abafando o resto de sua frase. Aquele era um péssimo lugar para conversar.

— Trabalho aqui faz bastante tempo. — A garçonete começou a distribuir os kits de tequila entre os três. — Ninguém bebe tanto drink colorido a não ser que esteja comemorando alguma coisa. Ou lidando com um pé na bunda.

Fazia sentido.

— Minha amiga aqui — Sam pousou o braço sobre seus ombros — conseguiu um emprego que queria muito.

A atendente a fitou com intensidade. Era impossível distinguir a cor de seus olhos.

— Sério? Bom, então, isso é mais do que uma comemoração! — Ela bateu palminhas de leve, visivelmente animada. — O próximo drink é por minha conta.

Seu rosto esquentou na hora e Clara abaixou os olhos. Não era uma grande fã de ser o centro das atenções – exceto quando estava dançando.

— Acho que não terá um *próximo drink* — admitiu, com uma risadinha nervosa. — Foram muitas bebidas coloridas antes dessa tequila aqui, como tu mesma percebeu.

Juliana a chutou por baixo da mesa.

Com força.

— Querida — sua melhor amiga disse, em um tom que pareceria adorável para qualquer pessoa que não a conhecesse bem. E Clara era do time de pessoas que a conhecia *muito mais* do que bem —, acho que não a ouviu dizer que é *por conta dela*.

— Pode ficar com ele — ofereceu. Não havia a mais remota possibilidade de que continuasse bebendo depois daquela tequila.

O rosto da garçonete nem tremeu quando disse, olhando bem no fundo de sua alma:

— Ah, sinto muito, linda. — *Linda*? — A oferta meio que era só para ti.

E então piscou um olho só.

Ela piscou.

Um olho só.

E saiu andando com sua bandeja vazia, dando passos confiantes que jogavam seus cabelos cor-de-rosa de um lado para o outro, como se fosse uma entidade de adoração de algum desenho animado.

Capítulo 19

Clara

— Qual é o teu problema, hein? — Juliana atirou a cabeça para trás, parecendo sentir alguma dor física com o que quer que Clara tivesse acabado de fazer.

— Vai ter que ser mais específica do que isso!

— A moça estava flertando contigo! — Foi Sam quem respondeu, tão contrariade quanto a amiga.

Estava? Como seus dois amigos tinham percebido isso e ela, não?

— Estão vendo coisa onde não tem.

— Ela não desviou os olhos de ti nem uma única vez! — Juliana pontuou. — E te ofereceu uma bebida de graça. E ainda piscou pra ti.

Bom, quando ela colocava as coisas daquela forma, até parecia verdade. Pena que não estava interessada.

— Mas por que estão brigando comigo por isso? — questionou, ainda sem entender o motivo daquele fiasco.

Juliana virou o rosto para Sam, encarando ê amigue, furiosa.

— Dê um tapa nela por mim, por favor. Tu está mais perto da cara dela.

— Gente, o que eu fiz?

— Era uma garota bonita — Sam segurou sua mão e explicou como se para uma criança —, e estava interessada em ti. Estamos nos perguntando por que tu não flertou com ela de volta.

— Porque eu não estou interessada também?

Sua defesa soou mais como uma pergunta.

— Nem deu a chance de ela te parecer interessante…

— Sabe que não faço isso — cortou-a, sem querer estender aquele assunto.

Flertar com garotas em bares e chamá-las para sair não era muito o seu estilo. Na verdade, chamar qualquer garota *em qualquer contexto* para um encontro não fazia muito o seu estilo. Não era assim que as coisas funcionavam pra ela. Não fazia sentido em sua cabeça ter um encontro com uma desconhecida só para ver se dava em alguma coisa, "só porque sim". Todas as vezes em que tentou serviram para confirmar que não devia tê-lo feito — e sempre acabava saindo como a insensível da história.

— Mas hoje, vai fazer. — Sam cruzou os braços sobre a mesa, encarando-a com a maior seriedade que conseguiu. Aquilo estava começando a parecer uma intervenção. — Vai beber essa tequila, levantar a bunda desse maldito sofazinho vermelho e ir até lá perguntar se ela está livre amanhã.

— Não vou, não!

Aquilo realmente *era* uma intervenção.

— Por favorzinho! — Juliana insistiu, fazendo beicinho.

Clara lançou um olhar na direção da atendente, ocupada demais com alguma coisa na copa para perder tempo fiscalizando a mesa treze. Era bonita, sim. Percebeu isso no instante em que ela se aproximou com os pedidos. Mas ser bonita nunca foi um fator determinante para Clara, havia muito mais por trás das razões que a faziam *querer* sair com alguém.

Seus amigos, no entanto, não pareciam dispostos a desistir. Resmungou uma série de xingamentos antes de dizer:

— Tá bem, tá bem! — Ceder a livraria de uma conversa séria demais para uma mesa de bar. Pensaria em um jeito de se livrar da situação mais tarde. — Vamos beber essa tequila e vou lá falar com ela. Mas depois disso, e eu quero dizer *logo depois disso*, vocês dois vão chamar a porra de um Uber e me levar pra casa.

— Mas não são nem onze horas da noite! — Sam protestou.

— Não me interessa.

— Não podemos ir embora antes das duas da manhã em um sábado! — Juliana tentou também. — Vai contra as regras de todos os bares do mundo!

— Estamos combinados? — Clara não arredou pé.

— Tu é a pessoa mais sem graça que existe, espero que saiba disso — Sam retrucou, puxando seu sal e seu limão para pertinho.

— Eu sei. E vocês são obrigados a me amar mesmo assim.

— Tarefa difícil, viu? — elu resmungou.

— A gente pode só beber esse troço de uma vez? — Tentou mudar de assunto.

Os protestos acabaram ao mencionar a bebida e, entre risadinhas, o trio preparou tudo. Abriram os saquinhos de sal e posicionaram uma pequena porção nas costas de suas mãos, depois pegaram seus pedaços de limão e seus *shots*.

Armada com sua bebida de número *nem-fazia-ideia*, a compreensão do que aquele *shot* significava foi se apossando de Clara. A entrevista com Marlene tinha sido incrível, e a mulher fez questão de reforçar o quão feliz estava de que trabalhariam juntas mais uma vez. O sonho do qual tivera de abrir mão para *ser adulta* tinha sido recuperado, e ela estava prestes a voltar a vivê-lo.

As luzes coloridas do bar piscaram, mas ela não saberia dizer se foram os holofotes ou sua embriaguez.

— Um brinde à nossa querida amiga — Sam começou —, que fez da nossa vida um verdadeiro inferno enquanto reclamava da necessidade capitalista por dinheiro que a obrigou a passar seus dias servindo café ao invés de ensinar crianças de meio metro de altura a dançarem!

Clara engasgou com uma risada.

— Viu? Tudo deu certo no final! — Ju completou, dando uma gargalhada alta. — Que nunca te faltem colegas lésbicas e boazinhas dispostas a cobrirem tuas tardes de folga!

— Vai se foder! — praguejou, rindo tanto que sua barriga doeu.

Não conseguiu encontrar uma explicação coerente para que Ana Laura tivesse topado aquela história de cobrir suas tardes para que desse aulas. Apenas inventou que a colega se compadeceu com a situação. Mas na opinião de Juliana, a única justificativa plausível era a colega querer lhe dar uns beijos na boca – motivo pelo qual gostava de reforçar a *lesbiandade* de Ana Laura.

Preferia deixá-la acreditar nisso. Era mais simples do que contar a verdade.

— Prontas? — Os olhos de Sam brilharam.

As mulheres assentiram, animadas.

— *Arriba*… — gritaram os três em uníssono erguendo os copos para cima, começando o ritual da tequila — *Abajo, al centro y adentro*!

Seus *shots* dançaram para baixo e para a frente em perfeita sincronia, assim como quando lamberam o sal e viraram a bebida. Seus rostos se contorceram em espelho conforme ela descia por suas gargantas, transformando em fogo tudo onde tocava. Com as testas ainda franzidas, chuparam o limão, rezando para que ele neutralizasse mesmo que um pouco aquele sabor. Uma prática meio inútil, na opinião de Clara, mas não era pelo gosto que bebia do destilado – era pelo efeito.

Eles riram e gritaram quando completaram a cerimônia.

Clara jogou a cabeça para trás e riu, felicidade genuína atravessando seu corpo como o álcool atravessava suas veias. Era muito bom estar ali. Era muito bom comemorar aquela vitória com as pessoas que mais amava no mundo. Sua pele ardia em chamas – euforia, orgulho, tudo ao mesmo tempo.

Aquele era mais um passo na direção da vida que sempre quis ter.

— Agora vai lá — a voz de Sam interrompeu seus pensamentos —, fala com ela!

— Oi? — soltou, perguntando-se o quão imediato tinha sido o efeito da bebida para que já não fizesse a menor ideia do que elu estava falando.

— A atendente!

Ah.

Merda.

Achou que teria mais tempo para encontrar uma desculpa. Porém, quando estava prestes a começar um longo discurso sobre como a garçonete devia estar cansada de ter clientes dando em cima dela, as luzes do bar se apagaram. Restou um único facho de luz branca sobrevivente, apontando para o pequeno palco posicionado em uma das paredes laterais. As cortinas atrás dele eram pretas e um microfone solitário foi posicionado bem no centro.

A música parou de tocar.

— Graças a Deus. — Suspirou baixinho.

As apresentações deviam estar prestes a começar.

Clara esperou seus olhos se ajustarem à mudança de iluminação, percebendo quase sem definição alguma a garçonete de cabelos rosas abandonar seu posto e caminhar até o palco. Quando o único holofote aceso focou nela, foi como se ocupasse o bar inteiro. Era impossível desviar o olhar.

— Boa noite, pessoal — ela disse, sua voz grave saindo pelos alto-falantes. — Peço desculpas por interromper quaisquer que sejam as conversas que, tenho certeza, são muito interessantes…

Sua atenção caiu sobre Clara, como se soubesse do que ela e os amigos tratavam momentos antes.

— … mas está na hora de nossas artistas subirem ao palco — prosseguiu. Palmas e gritos abafaram o som de sua voz, e ela sorriu ainda mais. — Nossa arte resiste! E é com muito prazer que trazemos ao palco nossa primeira performance da noite. Com vocês: Candy Fox!

Mais e mais gritos pelo ambiente, seguidos de uma sequência de elogios de caráter duvidoso quando a música *Like a Prayer* começou a tocar. O refletor de luz branca mudou de direção, apontando para uma porta aos fundos do estabelecimento — onde uma *Drag Queen* de cabelos perfeitamente brancos aguardava com as mãos na cintura. Ela balançou a cabeça de um lado para o outro, fazendo as cascatas platinadas dançarem ao seu redor enquanto flutuava em câmera lenta na direção do palco fazendo um *lip sync* perfeito da canção.

A atenção de Clara, no entanto, perdeu-se na atendente outra vez. No sorriso perfeito e no seu cabelo perfeito e no seu rosto perfeito. Não havia no mundo justificativa para que não fosse falar com ela. Nada que pudesse dizer aos amigos que explicasse sua relutância em chamá-la para sair – ao menos, uma que não envolvesse uma explicação gigantesca e constrangedora a respeito de sua falta de interesse em encontros casuais.

Talvez pudesse usar Ana Laura como desculpa... Juliana já estava desconfiada, de qualquer forma. Aquilo iria contra as regras do namoro falso, mas chamar a garota do bar para sair também o faria. Era questão de escolher qual lhe traria menos problemas. E no fundo, já sabia qual das duas seria.

Tirando o celular do bolso, abriu a conversa com Ana Laura. Se ia fazer aquilo, seria de consciência limpa.

Vou precisar quebrar uma das nossas regras, escreveu. E apertou em *enviar* antes que desse tempo de mudar de ideia.

Capítulo 20

Clara

Aquele era o melhor bar *drag* de toda a região e, mesmo assim, Clara mal prestou atenção na primeira performance. O lugar era uma explosão de gritos e aplausos, conforme Candy Fox rebolava os quadris de volta para a porta de onde tinha saído, e ela não fazia a menor ideia do que tinha acontecido ali.

Sam e Juliana mal piscavam ao seu lado, os olhos brilhando de encantamento enquanto a atendente voltava ao palco.

— Maravilhosa! — gritou no microfone, tão animada que nem precisaria do objeto para se fazer ouvir. — Maravilhosa demais, pessoal! E agora quero chamar ao palco...

O celular de Clara vibrou.

Rápido assim?, dizia a mensagem sem foto de perfil – o contato de Ana Laura, que fizera questão de não salvar só por ela ter reclamado disso.

Saí pra beber com uns amigos, respondeu, explicando a situação. *Tem uma mulher bonita dando em cima de mim.*

Havia uma nova música tocando no bar, um jogo de luzes sincronizado com ela, enquanto uma *drag* de cabelos vermelhos ia até o palco parecendo ter saído direto do clipe de *Lady Marmalade*. A atenção de Clara, no entanto, não se manteve nela por muito tempo. Seu dedo clicava de novo e de novo no botão do celular, conferindo na tela se Ana Laura tinha respondido alguma coisa.

Abriu a conversa, só para ter certeza se não tinha sido algum bug das notificações, e encontrou o topo do chat com o aviso de que ela estava digitando. E digitando. E digitando.

Entendi., foi só o que recebeu. Com ponto final e tudo.

Meus amigos querem que eu a chame para sair, tentou se explicar.

Ana Laura voltou a digitar, mas parou logo em seguida. E não retornou mais. Clara ficou encarando a conversa sem resposta, perguntando-se se tinha dito alguma coisa errada. No palco, a performance continuava se desenrolando, e tinha certeza absoluta de que a *drag* dançava ao ritmo de sua frequência cardíaca e não da música nos alto-falantes.

Pegou uma batatinha enquanto esperava, tentou prestar atenção no show prestes a terminar. Mas seus olhos ainda corriam para a tela do celular, atentos. Nem sinal de Ana Laura.

Chegou até mesmo a cogitar reativar a função de *visto por último* do aplicativo, só para saber se ela a estava ignorando ou só tinha se ocupado com alguma coisa. Uma nova performance já começava quando, finalmente, uma mensagem entrou.

> Ela é o amor da tua vida?

Clara precisou ler a mensagem cinco vezes para entendê-la, e voltou até o início da conversa para conferir o que tinha dito. Ana Laura achava que ela pretendia chamar a atendente para sair.

Não, respondeu, *por isso, preciso contar da gente para eles.*

Sua namorada de mentira começou a digitar. E não parou mais. Parecia que estava escrevendo uma redação para o ENEM, e ficou se perguntando o que tanto ela tinha para dizer. Um minuto passou e a performance do palco chegou ao fim e, enquanto a atendente anunciava a próxima apresentação, a resposta de Ana Laura surgiu na conversa.

Ah.

Ah? Era isso que ela tinha para dizer? Todo aquele tempo para dizer... ah? Mas um complemento chegou logo depois.

> Como sabe que não? Se teus amigos gostaram dela, deve ter algum motivo.

O motivo era que eles não aguentavam mais vê-la sozinha — muito embora os dois também estivessem solteiros. O argumento de Juliana sempre foi o mesmo: *pelo menos, estou tentando*. Clara não tentava porque não queria, mas nenhum dos dois parecia entender. Pegou mais algumas batatinhas antes de responder.

> Os pré-requisitos deles são meio diferentes dos meus.

> E quais seriam os teus pré-requisitos?

> Alguém que me acompanharia na feira num domingo de manhã.

Sabia que Ana Laura não entenderia aquilo, mas era uma idealização aleatória que tinha. Não costumava perder tempo fantasiando com relacionamentos – na verdade, não estava nem aí para eles –, porém, se tivesse de listar coisas que a atraíam em alguém, o principal item seria o companheirismo. Uma pessoa que topasse presepadas e passeios de qualidade duvidosa. Que acordasse às sete da manhã em um domingo para saírem juntas para fazer feira.

Acho que nunca fiz feira, ela respondeu.

Clara soltou um arzinho pelo nariz em uma quase risada. Aquilo era uma surpresa.

Uma vegetariana que não faz feira? Isso existe?, mandou.

Os holofotes coloridos do bar se acenderam outra vez, e a plateia irrompeu em gritos e palmas. Parabéns, tinha pagado por um espetáculo ao qual nem prestara atenção. A música ambiente voltou a tocar nas caixas de som e Juliana bateu as duas mãos no tampo da mesa, extasiada.

— Sério, eu amo esse lugar! — gritou, roubando uma batatinha do prato. — Ah, já esfriou.

— Pelo menos, tu estava assistindo ao show — Sam comentou, cutucando Clara com o cotovelo. — Que tanto tu mexe nesse celular, hein?

O comentário ganhou a atenção de Juliana.

— Como assim?

— Surtos da cabeça delu. — Clara se apressou em dizer, soltando o celular no colo com pressa.

Merda.

— Ela quase não tirou os olhos do celular durante toda a apresentação... Se for fofoca, quero saber também!

O aparelho vibrou em seu colo, avisando que Ana Laura tinha respondido. Teve de se controlar para não ler a mensagem na mesma hora. Seu rosto ardeu.

— Não tem fofoca nenhuma — garantiu, rezando para soar convincente.

Uma pena que eles a conheciam melhor do que isso.

— Ih, ela está com cara de quem tem fofoca, sim! — Os olhos de Juliana brilharam. — Conta, conta!

Mais uma mensagem chegou, e dessa vez não fez esforço nenhum em deixá-la para depois.

Uma vegetariana que faz compras no mercado, dizia a primeira delas. Seguida por um: *Onde fica?*

A curiosidade dela lhe tirou um sorriso.

Na Redenção mesmo. Vou lá amanhã, tá afim?

O convite saiu antes que conseguisse se controlar. Quando percebeu, seus dedos já tinham agido por vontade própria e enviado a mensagem sem o seu consentimento. Dedos tóxicos.

— *Olha aí!* — Sam deu tapinhas na mesa, curiose. — Está falando com quem?

— É! Com quem? — Ju reforçou, tentando espiar por cima da mesa.

Estavam bêbados demais para aquela conversa. Bêbados demais para que explicasse qualquer coisa sobre ela e Ana Laura. Ela mesma sentia os efeitos do álcool em seu corpo, se entrasse naquele assunto, teria de ter cautela para não estragar a mentira toda só por estar com a língua meio solta.

Uma nova mensagem entrou na tela.

A gente namora, mas não ao ponto de sair em um encontro.

Outra risada. É, precisava contar a eles. Seria difícil demais esconder qualquer coisa quando ficava rindo sozinha daquele jeito. Ficou aliviada, de certo modo. Ana Laura era uma excelente desculpa para não conversar com a atendente.

Não é um encontro. Não podemos sair em encontros, lembra?, enviou, antes de suspirar e se virar para os amigos.

— Eu meio que estou… *conversando* com alguém. — E enquanto seus amigos processavam a informação, completou: — A Ana Laura, do trabalho.

Conversando, não namorando. Nenhum dos dois acreditaria naquela farsa se tentasse vender a ideia assim, sem nenhum aviso prévio. A expressão nos olhos de sua melhor amiga deveria ter sido filmada.

— Eu falei! Puta merda, eu falei! — Sua voz saiu tão alta que duas garotas na mesa ao lado se viraram para ver o que estava acontecendo.

— Detalhes, por favor! — Sam complementou, parecendo em choque. — Quando Juliana sugeriu que havia alguma coisa entre vocês, achei que era loucura da cabeça dela. Normalmente, é…

Ju chutou a perna delu por baixo da mesa.

— Não tenho detalhes — apressou-se, antes que tudo saísse do controle. — Estamos organizando aquele evento da cafeteria juntas e isso fez a gente passar muito tempo trocando ideia.

— *Trocando ideia*? Isso não me serve! Preciso de mais informações! — Ju implorou.

— Essas são todas as informações! Estamos conversando, e está sendo legal. Fim. — Outra notificação no celular entrou. — Tu disse que para me interessar por alguém, eu precisava conversar com essa pessoa. É o que estou fazendo.

O silêncio de seus amigos foi tão prolongado que cogitou que eles soubessem da mentira. Cogitou que seu rosto tinha entregado tudo e eles descobriram sobre o namoro falso e tudo tinha acabado muito antes de começar. Mas, logo depois, Sam jogou os braços em torno de seus ombros e puxou-a para um abraço.

— Estou *tão* orgulhose de você! — Elu encarou Juliana. — Nosso bebê está crescendo!

— Odeio vocês dois — xingou, lendo a nova mensagem de Ana Laura.

Só duas amigas fazendo feira juntas?

Duas amigas fazendo feira juntas. Tu vai gostar, tem banquinhas de artesanato cheias de coisinhas de crochê.

— Não seja assim. — Ju fez um beicinho. — Tu ama a gente.

Revirou os olhos, muito embora estivesse sorrindo.

— Também. Mas isso não anula o fato de que eu odeio, sim.

Ok, topo. Mas só pelas coisinhas de crochê.

Clara sentiu-se encabulada de repente e abaixou os olhos para responder.

Combinado. Pelas coisinhas de crochê.

— Então, descartamos o plano de chamar a atendente-bonita-pra-caralho para sair? — sue amigue sondou.

— Definitivamente.

Não é um encontro, Ana Laura enviou em seguida.

— Tudo bem. — Elu deu de ombros. — É por uma boa causa.

Não é um encontro, confirmou.

E sorriu ao pensar em como o seu *não-encontro* a tinha livrado de um encontro de verdade.

Capítulo 21

Ana Laura

Coisinhas de crochê não valiam aquela tortura. Em nenhum universo existente.

— Que ideia merda — Ana Laura resmungou para si mesma, com uma mão apoiada acima dos olhos para evitar o sol que ameaçava consumi-los em chamas.

Eram oito e cinco da manhã. De um domingo. De verão.

E ao invés de estar molhando suas plantas na sala ensolarada – e fresca – de seu apartamento, enquanto o cheiro de café recém-passado aromatizava o mundo ao seu redor… estava ali: no meio do Parque da Redenção, com o calor torrando sua pele, suor descendo pelas costas e uma *ecobag* laranja ridícula que pareceu uma boa ideia pendurar no ombro antes de sair.

Como desgraça pouca era bobagem, Clara estava atrasada. Tudo bem que cinco minutos não era lá um grande atraso, Heloisa se atrasava bem mais. Mas era domingo de manhã e ela tinha acordado muito mais cedo do que pretendia para estar ali. E ainda tinha sido pontual.

Ana Laura olhou para os lados, procurando-a. Nem sinal de sua sombra.

A feira, no entanto, já tinha tomado forma. Dezenas de barraquinhas se enfileiravam às margens do parque, num mar de cores, aromas e sons. Cada vendedor tentava trazer a atenção dos visitantes para si, e era difícil entender o que diziam quando gritavam todos ao mesmo tempo. As mesas se pintavam de vermelho e verde e amarelo e laranja, disputando entre elas quais eram as melhores frutas e verduras. O ar cheirava a flores e pão novinho.

— Não tinha certeza se tu viria. — Uma voz grave soou bem ao seu lado.

Ana Laura saltou quase um metro para a frente. Quando se virou, os olhos que encontraram os seus eram verdes e pequenos, e se escondiam na sombra de um boné preto.

— Nem eu — resmungou, levando a mão ao peito e sentindo o coração disparado. — E está atrasada.

— Não estou, não. São oito da manhã.

Clara cruzou os braços, a manga da camisa branca aberta pela metade subindo um pouco. Um dia, tomaria coragem para perguntar o que era a tatuagem que tinha ali.

Ana Laura tirou o celular do bolso e quase esfregou a tela no rosto dela.

— São oito e sete.

— Que é praticamente a mesma coisa.

— Não é, não — retrucou. — Se marcamos às oito, tinha que *estar aqui* às oito.

Não era difícil ser uma pessoa pontual, só era necessário saber se organizar. E estar ali foi ideia dela, de toda forma.

— E quando foi que a princesa chegou? — Clara debochou.

— Sete e cinquenta. E não me chama de *princesa*, é péssimo.

— Foi irônico. — Clara olhou-a de cima a baixo. — Obviamente.

Não entendeu o comentário. Estava até que muito bonita, considerando as circunstâncias – e o convite de última hora. O vestido amarelo e sem mangas pertencia a uma longa coleção que tinha de peças iguais em cores diferentes, porque sabia que lhe caía perfeitamente bem, e a maquiagem leve combinava com o clima do dia. Até mesmo os cabelos – que acordaram uma bagunça – foram muito bem domados em duas tranças que desciam por seus ombros.

— Vai se foder — xingou, amarrando a cara.

Trinta segundos com ela e já estava arrependida de ter aparecido. Tinha sido comprada pela promessa de uma feirinha de artesanato – um ponto fraquíssimo seu que nem sabia ao certo como Clara conhecia –, mas estava convencida de que fora um erro.

— Está muito irritadiça para um dia que acabou de começar...

— Porque ele começou *cedo demais* — defendeu-se, então apontou com os olhos na direção das barracas. — Vamos logo. É meu dia de folga e tenho mais coisas para fazer além de comprar maçãs.

— Vamos, sim, senhora. — Clara estendeu a mão para que ela passasse. — Garanto que vai ser bem mais divertido do que tu imagina.

Ah, ela duvidava muito disso. Mas já estava ali, não restava muita opção além de seguir em frente.

Odiava admitir que Clara estava certa: fazer feira era muito mais legal do que jamais pensou que seria. As pessoas riam e a atendiam com uma animação que destoava do horário, parecendo estarem ligadas no 220 V. Ganhou amostras de queijo, de mel e de pão, e acabou com não apenas sua *ecobag* laranja cheia de compras, mas outras duas sacolas que teve de comprar para conseguir carregar tudo.

Nem sabia o que faria com tudo aquilo, mas era difícil dizer *não* para pessoas tão simpáticas.

— Sabe que viveu errado por vinte e cinco anos, né? — Clara comentou, dando uma mordida em seu pastel de queijo.

Estavam sentadas à sombra de uma banca de lanches, acomodadas em cadeiras de plástico meio bambas. Era a primeira vez que Ana Laura provava caldo de cana.

— Não é como se eu encontrasse isso aqui em toda esquina que passasse — defendeu-se, apontando para o copinho vazio pela metade.

— *Toda feira tem caldo de cana*! É tipo um pré-requisito! — Clara cobriu a boca com a mão, para falar enquanto mastigava. — Quando o *Senhor Feira* pede autorização para montar sua feira, ele precisa dar *check* em uma lista enorme de coisas que não podem faltar nela. Caldo de cana é uma dessas coisas.

Ana Laura quase se engasgou com a bebida.

— *Senhor Feira*?

— É! — O rosto dela enrubesceu. — Sabe, o cara que chega na prefeitura e diz: "ei, posso montar uma feira?".

— Acho que não é assim que funciona...

— E como tu saberia? Nunca foi em uma antes — retrucou. Mas apesar de envergonhada, Clara também ria.

— Não é muito o estilo dos meus pais.

A simples imagem de Julia de Carvalho sentada em uma cadeira de plástico, com a cara no sol, e bebendo qualquer coisa em um copo descartável chegava a ser cômica.

— Achei que morasse sozinha. — Clara ergueu uma sobrancelha, tentando limpar o canto da boca com um guardanapo de papel encerado meio inútil.

— Primeiro — Ana Laura ergueu uma das mãos —, que não faço ideia de como sabe que moro sozinha. E segundo: morei com eles até meus dezenove anos. É tempo o bastante para adquirir alguns de seus hábitos. Não tem nada de errado em comprar legumes no...

— Não se atreva a dizer isso em voz alta — Clara interrompeu.

— ... mercado.

Clara largou seu pastel na mesa, balançando a cabeça como se a tivesse ouvido admitir a autoria de um crime terrível. Ela puxou mais guardanapos do suporte e continuou limpando as mãos.

— Precisamos terminar — informou, séria. — Não aceito namorar uma vegetariana que compra legumes no mercado.

Ana Laura revirou os olhos para o drama.

— Insuportável — resmungou, amassando um dos guardanapos e atirando a bolinha no rosto dela.

— E ainda joga lixo no chão! — Clara berrou, recolhendo-a da calçada.

Algumas pessoas a olharam de cara feia.

— *Fala baixo*!

A outra não conseguia parar de rir, zombando de seu pânico e constrangimento.

— Sério, caldo de cana com pastel depois de comprar verdurinhas frescas pra semana? Devia começar a fazer isso com frequência, é terapêutico.

Pensou no ônibus e nos vários minutos a pé que a tinham levado até ali.

— Não vai rolar, mas agradeço o convite.

— Qual é? — Clara insistiu, cutucando seu tornozelo por baixo da mesa. — Foi divertido, não foi?

Ela apontou para as sacolas largadas aos pés de Ana Laura.

— Foi — admitiu, e diante da expressão que se formava no rosto dela, complementou: — Minha pressão caiu. Só é meio longe de casa. Quem sabe eu acho uma dessas lá perto.

Ela pareceu desapontada.

— Pena. — Deu de ombros. — Achei que pudesse ter encontrado companhia semanal.

Pelo seu rosto, era difícil saber se falava sério ou se estava brincando.

— Ainda tem uma chance de me fazer mudar de ideia. — Bebeu um longo gole de caldo de cana, ajudando a descer o pastel. — Não vimos a feira de artesanato.

— Vou te levar nela quando terminarmos de comer. — Deu outra mordida. — Parabéns, tu ganhou um pacote completo do *Feira Experience*: compras, pastel e artesanato.

Um fio de queijo grudou em seu queixo, e antes que se desse conta, Ana Laura estava debruçada pela mesinha de plástico esfregando um guardanapo de qualidade duvidosa em seu rosto. Não havia nada de errado no gesto, mas era o tipo de coisa que exigia uma intimidade que não existia ali.

Colou a bunda de volta na cadeira, envergonhada.

— Desculpa, eu…

— Sem problemas. — Clara puxou um guardanapo novo, terminando sozinha o que Ana Laura começara. Estava morrendo de vergonha também.

Tentou justificar para si mesma colocando a culpa no sono. Seu ritual para noites de sábado consistia em, basicamente, assistir a um monte de filmes – um atrás do outro – e ir para a cama quando o sol começava a nascer. Aqueles planos não combinavam com chegar na feira às oito da manhã. Não dormira mais do que três horas naquela madrugada, tinha licença poética para agir sem pensar.

Talvez.

O silêncio se tornou tão pesado que parecia sufocante, e limpou a garganta de forma dramática.

— A gente pode seguir adiante?

— Sim, senhora. — Ela jogou o último pedaço de pastel na boca, parecendo aliviada com o novo rumo da conversa. — É até bom, daqui a pouco isso aqui enche com a galera que não conseguiu acordar cedo o bastante.

— As pessoas normais, tu quer dizer? — debochou.

Ela não se prestou a nada além de erguer o dedo do meio.

As duas se levantaram e Clara indicou com o queixo para onde iriam, mostrando logo ali na frente uma nova fileira de banquinhas.

Animou-se com a ideia de aumentar sua coleção de peças de crochê. Gostava de comprar as que pareciam mais difíceis, para deixá-las na estante e usá-las como incentivo para continuar praticando. Um dia, substituiria cada uma delas por uma feita por si.

Seu sorriso se desfez, no entanto, ao perceber algo entre ela e a feirinha de artesanato: de costas, os cabelos loiros de Aline desciam ao seu redor como cascatas que refletiam o dourado do sol, e o coração de Ana Laura disparou dentro de seu peito. Suas palmas começaram a suar e teve a impressão de que o mundo escurecera um pouco.

Ela estava em todos os lugares. *Por que* estava em todos os lugares?

Aline odiaria uma manhã de feira. Odiava sol e odiava calor e odiava acordar cedo. Não ligava para artesanato, e o mais próximo que chegava de saber cozinhar era colocar coisas congeladas e pré-prontas no forninho.

— Está tudo bem? — O rosto de Clara se materializou diante dela.

Nem percebeu que se sentara outra vez, e a mulher estava abaixada na sua frente, observando-a nos olhos.

— Minha pressão caiu — mentiu, sabendo do quanto a verdade soaria ridícula. — Por causa do calor.

Mas sua atenção seguia fixa em sua ex-namorada lá adiante, e foi difícil convencer Clara disso.

— Tu ficou pálida de repente... Preciso ligar para alguém?

Seus olhos encontraram os dela. Estava apavorada.

Mas como explicaria aquilo?

Clara olhou por cima do ombro, procurando, até que encontrou o que a deixara daquele jeito. Ela entendeu, sem que precisasse contar nada. Aline se virou de lado, como se soubesse que falavam dela e, quando seu rosto foi iluminado pelo sol...

Não era ela. Não era sua ex-namorada. Na verdade, para além do cabelo, elas não tinham semelhança nenhuma.

— Sério, o que aconteceu entre vocês duas? — Clara perguntou, abrindo uma de suas sacolas e pegando uma garrafa de água.

Aceitou a oferta e deu um longo gole na bebida antes de falar.

— Não quero tocar nesse assunto.

— Não precisa me dar detalhes — insistiu, falando devagar. — Me conta o que rolou e te conto um segredo meu.

Ana Laura inclinou o rosto para o lado.

— Um segredo teu?

— A não ser que não esteja interessada.

A filha da puta sabia como atiçar uma curiosa.

Pensou por alguns instantes, tentando encontrar uma forma de resumir a coisa toda.

— Ela levou uma garota para nossa casa enquanto eu estava viajando — estremeceu ao se lembrar —, transou com ela na nossa cama e depois foi embora com o meu gato.

— Ela foi embora… com teu gato?

Não parecia acreditar no que acabara de ouvir.

— Isso — assentiu, triste. — Depois de me trair. Na minha casa.

— Calma. — Ela estendeu as mãos diante do corpo. — *Ela levou o gato?*

Capítulo 22

Ana Laura

Muitas coisas naquele término foram um filme de terror, mas levar Batatinha foi a maior canalhice de Aline.

A reação de Clara para o fato, no entanto, beirava à comédia: ela levantou-se e cruzou os braços, de queixo caído.

— Um absurdo, né? Ela simplesmente colocou Batatinha na caixinha de transporte, pegou os quatro quilos da ração cara que *eu* comprei, e foi embora.

— O nome dela era Batatinha? — Clara parecia muito perto de começar a chorar pensando naquilo.

— Uhum.

— Isso é crime, cara. — Ela apoiou as mãos na cintura e se virou para onde a garota que se parecia com Aline estava. Talvez precisasse lembrá-la de que era a pessoa errada.

— Não sei se um crime de verdade, mas um crime moral com toda a certeza.

— Isso... Uau. E como tu descobriu? Sobre a traição, quero dizer.

Deu um longo gole na garrafinha de água antes de responder.

— Ela me contou.

Aquela foi uma das noites mais longas de sua vida.

Deveria ter desconfiado quando chegou de viagem e encontrou a mesa posta para o jantar. Aline nunca cozinhava, mas estava tão cansada que, na sua cabeça, era apenas um gesto de carinho.

Ela ainda esperou que Ana Laura tomasse banho e desfizesse as malas. Que colocasse as roupas na máquina de lavar sem se importar em separar as brancas das coloridas. Esperou que enchesse duas taças de vinho e se aconchegasse no sofá para tagarelar sobre a viagem. Uma noite comum, cheia de coisas comuns.

Até deixar de ser.

— Disse que agiu sem pensar — prosseguiu, irritada só de lembrar. — Uma desculpa merda, obviamente. Nem pra se dar ao trabalho de encontrar uma justificativa coerente, sabe? Como assim levou uma estranha para nossa casa *sem pensar*?

Ela disse depois que se sentia estagnada. Que estava cansada de viver a mesma vida igualzinha todos os dias. Precisava de uma mudança, algo que a tirasse da mesmice. Pois que fizesse uma aula de patinação ou de escalada, então! E não levar outra garota para casa.

— Porra…

— É. Até hoje não sei o que ela tinha cozinhado pra gente. — Deu uma risada sem humor. — Joguei no lixo com panela e tudo.

Clara se engasgou.

— Não brinca…

— Sério. O colchão também.

Ah, as coisas que se fazia com um coração partido…

— Tu jogou a cama fora? — Clara estava tão incrédula que suas expressões pareciam de um desenho animado.

— Não, eu joguei o *colchão* fora. É diferente.

— Ah, sim. Muito diferente.

— Mas antes disso, eu disse para ela que poderia enfiá-lo em um lugar que ele com certeza não caberia.

— E aí, ela levou a Batatinha — Clara concluiu.

— E aí, além de deixar o colchão para trás, ela levou a Batatinha — confirmou, em um tom de quem também tinha noção do quanto era absurdo. — Cinco anos da minha vida para ela destruir meu coração e ir embora com meu gato.

— Cinco anos? Sério, quanto mais tu fala, menos eu gosto dessa garota.

— Pra tu ver. — Deu de ombros. — Nos conhecemos em uma festa da faculdade. Eu estava no primeiro semestre.

Tinham se apaixonado uma pela outra no final da adolescência, e haviam se tornado adultas juntas. Aline a viu conseguir seu primeiro estágio, seu primeiro emprego, trocar uma *kitnet* minúscula por um bom apartamento…

O término não foi apenas um baque romântico. Tudo o que conhecia sobre ser adulto, tinha aprendido ao lado de Aline, e quando não havia mais ela na equação, as coisas perderam o sentido.

— Tu estuda o quê? Aquele papo de faculdade entre tu e tua mãe foi bastante tenso…

— Letras. — Um sorriso fraco desenhou seus lábios. — Me formou ano que vem.

— Não parece muito animada.

Clara era observadora demais. De um jeito irritante.

— Gosto do curso, de verdade. Mas a vida foi acontecendo e toda a motivação que eu tinha quando comecei, acabou ficando meio para trás. — Ficava triste toda vez que lembrava do seu eu de dezenove anos, toda animada pela vida acadêmica incrível que tinha pela frente. Fazia anos que aquela versão sua não existia mais. — Minha mãe exigia de mim um ritmo que não condizia com a minha vida. Seis matérias de uma vez, em um emprego de período integral do outro lado da cidade porque era o que dava conta das despesas? Era impossível! Então, aos poucos, fui diminuindo. Encaixando como dava na minha rotina. Quando percebi, sete anos tinham se passado.

Sair de casa naquela idade tinha sido uma loucura, só percebeu isso anos mais tarde. Mas a convivência com sua mãe se tornara cada vez mais complicada e, em sua cabeça, não estarem mais sob o mesmo teto resolveria todos os problemas. Conseguiu um *studio* de $15m^2$ que custava uma pequena fortuna por ficar perto da universidade e um emprego de caixa em um supermercado – que nem pagava seu salário cheio, pois tinha que sair mais cedo por causa do horário das aulas.

Ana Laura aguentou dois anos daquela rotina até perceber que a vida não deveria ser tão complicada. E foi Aline quem a ajudou a enxergar isso.

— Por isso, disse que a faculdade estava te matando — Clara concluiu.

— Exato.

— Nunca pensou em trancar?

Ana Laura deu uma gargalhada.

— Até parece que não conheceu minha mãe.

— É, ela me parece alguém meio difícil.

Foi impossível não rir.

— Pra dizer o mínimo... Na cabeça dela, um diploma é a única coisa que faz alguém *ser alguém*. E tem toda a história do restaurante, também, que pra ela, é uma afronta gigantesca.

— E qual é a história do restaurante?

— Curiosa.

— Foi tu quem trouxe o assunto à tona — Clara deu de ombros — Se não queria que eu perguntasse, não deveria ter começado.

Ana Laura revirou os olhos.

— Tudo bem, tudo bem. — E foi estranho *não se sentir estranha* por falar daquilo. Quando foi que isso aconteceu? — Mas acho que a gente pode continuar esse papo olhando bichinhos de crochê.

Um sorriso se abriu no rosto de Clara.

— Está se sentindo melhor?

— Uhum. — Tinha quase se esquecido da *falsa Aline*.

— Feirinha de artesanato? — A mulher estendeu a mão em sua direção para puxá-la.

— Feirinha de artesanato — Ana Laura aceitou a ajuda e se levantou.

Capítulo 23

Clara

Ana Laura não tinha lhe dado um bolo.

Tal fato foi considerado com grande surpresa por parte de Clara, que saiu de casa pela manhã já se preparando para uma mensagem desmarcando aquele encontro. Aquele *não-encontro*. Talvez com uma desculpa esfarrapada, talvez com um "mudei de ideia". Havia cogitado até que ela nem a avisasse que não apareceria, que simplesmente tivesse desligado o despertador quando ele tocou e seguido seu sono como se nada tivesse acontecido.

Mas ela estava ali. Não apenas isso, ela estava ali no horário marcado esperando por Clara, que era cedo para caramba. E estavam tendo uma manhã muito boa juntas.

Se uma semana atrás tivessem lhe dito que ela e Ana Laura se encontrariam na feira para comer pastel e conversarem sobre a vida, daria risada. Era muito absurdo pensar naquilo.

Ana Laura atravessava o tumulto de gente como se passasse por ali a vida toda, abrindo caminho pela multidão e não deixando à Clara nenhuma opção além de segui-la. Não olhou para trás uma única vez, nem para conferir se ainda tinha companhia, mas tagarelava confiante de que não tinha sido deixada sozinha.

— Meus pais têm um restaurante — ela explicava — Trabalhei lá durante um tempo. Era só à noite, então, troquei minhas matérias da faculdade para o turno da manhã e fazia o estágio obrigatório na parte da tarde. O problema era que, apesar de estar fazendo tudo exatamente do jeito que minha mãe queria, ela agia como se não fosse o suficiente. Foi na mesma época do meu término com a Aline, então enchi minha rotina com o máximo de coisas possíveis para não me sobrar muito tempo para pensar nela. E ao menor sinal de ócio, eu encontrava algo para fazer. Bares, festas, viagens... E minha mãe odiava isso. Dizia que *não me pagava para desperdiçar tudo em superficialidades*. Como se eu não estivesse gastando meu salário, e sim, o dinheiro dela.

Uau. Devia ser mesmo muito ruim não ter alguém que a apoiava.

— Foi assim que acabou no Cantinho?

Não era uma suposição muito difícil de se fazer.

— Foi. — Ela seguia caminhando, mais devagar agora para que Clara a acompanhasse lado a lado. — As coisas estavam indo bem lá, na época. Quero dizer, o movimento, pelo menos, não dava prejuízo.

— E quais são teus planos agora, já que trancar a faculdade não é uma opção, mas tu, claramente, não gosta dela?

Não tinha certeza de por que fizera aquela pergunta, no entanto, sentiu-se repentinamente preocupada com ela. Como se a possibilidade da cafeteria falir e Ana Laura perder o lugar que parecia tão importante para ela a afetasse de verdade.

Esquisito.

Ana Laura suspirou alto.

— Tenho meu TCC pra fazer ano que vem, e depois... Não tenho muita certeza. Quando comecei a faculdade, queria trabalhar com tradução. Estagiei numa editora pequena aqui da cidade, até.

— Não curte mais a ideia?

— Curto, mas, sei lá. Minha esperança é que minha pesquisa me lembre *do quanto*. Acho que a obrigação da faculdade me fez esquecer como esse caminho era importante pra mim.

— A faculdade faz isso com as pessoas, mesmo — foi como conseguiu completar.

Quando o assunto era frustração acadêmica, Clara tinha seus dois centavos para acrescentar.

— Mas agora chega de falar disso. — Ana Laura cutucou-a com o cotovelo. — Me deve um segredo.

— Segredo? — Clara não entendeu.

— Te *agraciei* com minha trágica história de amor e ainda te dei minha trágica história acadêmica de brinde. Me prometeu um segredo em troca.

Clara deu uma risada. Tinha se esquecido disso.

— Não me senti muito agraciada — confessou, quase tropeçando em uma criança que se atravessou correndo entre elas. — Na verdade, me senti meio triste.

— Se foi ruim pra ti, imagina pra mim! — Mas ela disse aquilo rindo também. Como alguém era tão bom em rir da própria desgraça? — Sério, me conta aí.

Não sabia o que dizer a ela. Não sabia que grande segredo sobre si seria equivalente à tragédia que era a vida amorosa de Ana Laura. Muito menos à relação conturbada dela com a mãe.

Demorou tempo demais pensando, no entanto. Em um segundo, a mulher estava bem ali na sua frente e, no outro, seguia muitos metros adiante com suas sacolas batendo nas pessoas à sua volta, já quase nas banquinhas de artesanato. Riu sozinha ao perceber o que chamara sua atenção, e apressou o próprio passo para alcançá-la.

Contornou um casal de idosos que procurava por uma sombra e quase foi arrastada por um labrador que escapara da guia de seus donos, mas enfim alcançou-a.

— Deixa que eu seguro pra ti. — Estendeu a mão para pegar as sacolas dela, querendo facilitar as coisas.

Ana Laura observou-a, desconfiada da gentileza, mas entregou tudo mesmo assim.

— Obrigada.

A banca tinha cheiro de incenso, embora não conseguisse adivinhar o aroma com precisão, e uma senhora meio hippie estava sentada em uma cadeira de praia do outro lado da mesa com toalha de renda branca. Espalhados pelo topo, havia uma infinidade de animaizinhos de crochê, exatamente como aqueles que Ana Laura fazia. Quer dizer, *um pouco melhores* do que aqueles que Ana Laura fazia.

— Posso ajudá-las? — a senhora perguntou, sem se levantar.

— Só estamos olhando — respondeu pelas duas, sorrindo, porque sua companhia estava ocupada demais analisando minuciosamente cada criaturinha largada na mesa. — Obrigada.

Ana Laura pegava de uma em uma e girava nas mãos, observando detalhes, cores, texturas. Seus olhos brilhavam, realizados, como se aquela mesa fosse a coisa mais legal que tinha visto em toda a sua vida. Conseguia ver seus neurônios pensando se seria capaz de reproduzir alguma delas em casa.

— Te falei que ia gostar do passeio — brincou, cutucando-a.

Ana Laura olhou para ela, abrindo um sorriso. Parada na marquise azul da banquinha, o sol alcançava apenas parte de seus cabelos, pintando de dourado as pontas das duas tranças que ela costumava chamar de *penteado do frizz*. Seus olhos se estreitaram conforme os lábios se curvavam.

— Preciso admitir que acordar cedo valeu a pena.

— Eu avisei…

A dona da banca mal as observava, distraída, crochetando mais alguma coisa. Parecia estar ali por puro hobby.

— Vou levar esse aqui — Ana Laura disse de repente, chacoalhando algo que parecia ser uma baleia. Ou um golfinho. Ou qualquer outro animal dessa família.

Não era muito bonito — não em comparação com todos os outros.

— Tem certeza? — perguntou baixinho. — A abelha é mais legal.

E era. A pequena abelhinha era do tamanho de uma bola de tênis, com os detalhes impecáveis.

— Gosto de baleias. Tenho uma coleção de pelúcias delas em casa.

Ok, aleatório.

— Deixa que eu pago, então — ofereceu-se, tirando a carteira do bolso. Não tinha muita certeza do motivo, mas sentiu vontade de dar a ela de presente.

— Capaz, não precisa não.

— Precisa sim, presente de primeira feira da vida.

Ana Laura abaixou o olhar, parecendo envergonhada. Clara acertou o valor com a dona da banca, que agradeceu em voz baixa e voltou para seu trabalho atual.

— Obrigada — disse a colega, meio para dentro. — Se eu soubesse que ganharia um presente, teria reclamado menos para sair da cama quando acordei.

— A graça é, justamente, chegar cedo — Clara garantiu, esperando para ver se Ana Laura continuaria andando. — Conseguimos fazer nossas compras e sentar para comer antes da Redenção encher. Já quase não dá para andarmos por aqui.

— Melhor seguirmos, então. — Ela estendeu a mão na direção de suas sacolas. Clara tinha esquecido que as estava carregando. — Pode deixar que eu levo.

A banca seguinte era cheia de colares e filtros dos sonhos e anéis das mais variadas pedras. Um garoto de, no máximo, dezoito anos, estava de pé atrás da mesa tocando uma gaita de boca – as aleatoriedades do Parque da Redenção.

Continuaram andando, de banca em banca, e a cada uma delas que encontravam coisinhas de crochê, Ana Laura reagia como se fosse a primeira. Seu rosto se iluminava e ela admirava os detalhes, depois elogiava quem quer que fosse a pessoa atendendo.

Um ventinho fresco corria contra seu rosto, apesar do sol cada vez mais forte. Observando-a de canto, tentava encontrar o que diria a ela quando perguntasse outra vez sobre seu segredo. Porque era óbvio que perguntaria de novo. Se tinha uma coisa que aprendera nos últimos dias, era que aquela garota nunca desistia quando queria saber de algo.

Estavam chegando ao fim da feirinha quando encontrou o que dizer, e jogou a informação em cima dela antes que tivesse tempo de mudar de ideia.

— Eu falhei em todas as expectativas que eu tinha para a vida adulta.

E de um segundo para o outro, seu maior medo estava ali, solto no mundo. Tão real quanto as árvores e o céu e Ana Laura, parada bem ao seu lado.

Capítulo 24

Clara

Ana Laura se virou para ela, franzindo o cenho. Estava com uma girafa cor-de--rosa de crochê na mão, cujos olhos eram de tamanhos diferentes e as orelhas, meio tortas – e deixavam a situação toda ainda mais constrangedora.

— *Oi*?

Clara abaixou os olhos, envergonhada.

— Meu segredo — explicou, ainda olhando para os próprios pés. — Eu não sou nem metade de tudo que achei que seria quando chegasse nessa idade. Estou atrasada para tudo o que queria conquistar.

Por um instante, foi como se estivessem apenas as duas ali. Não havia as bancas ou as pessoas ou as bicicletas passando. Não havia cachorros latindo, nem pássaros cantando e nem buzinas de carro ao longe. Eram apenas Clara, Ana Laura e o maior medo que tinha em sua vida: o de ser tarde demais.

— Atrasada? Tu tem vinte e quatro anos!

Parecia bobagem quando pensava nisso, mas ainda assim, aquele assunto a manteve acordada por mais madrugadas do que pretendia admitir.

— Sei lá. — Deu de ombros, arrependida de ter começado a falar. — É só que na minha idade, meus pais eram casados, tinham casa, carro... *eu*.

— Quando teus pais tinham a tua idade, todo mundo acreditava que na virada do milênio teríamos carros voadores — Ana Laura brincou. — Não sei se é uma boa ideia alinhar tuas expectativas com as daquela época.

Clara engasgou com uma risada e um ronco saiu por seu nariz – odiava quando aquilo acontecia. Sentiu o rosto arder em chamas.

— Eu só... cresci achando que teria tudo resolvido quando fosse adulta. — Soltou uma risada nervosa. — Eu sou uma adulta que *nem se sente adulta*!

Ana Laura olhou para o alto, colocando a mão acima dos olhos por causa do sol.

— Tá afim de sentar na sombrinha? — sugeriu, equilibrando suas sacolas em um braço só. — Está ficando muito quente pra gente conversar paradas aqui.

A pele de Clara agradeceria por aquela ideia – saíra tão apressada de casa para não perder a hora que se esqueceu de passar protetor solar.

Elas se afastaram do aglomerado de gente, seguindo na direção das árvores onde alguns bancos ficavam na sombra.

— O que quer dizer com *atrasada*? — Ana Laura questionou, sentando-se em um banco comprido com tinta verde descascada.

Suspirou, acomodando-se ao lado dela. Deixou as sacolas de compras aos seus pés, e apoiou as costas para trás. Não quis olhar para ela, não tinha certeza do quanto era capaz de se abrir sabendo que estava sendo vista. Aquilo era algo que nunca dissera em voz alta, nem para Ju, nem para Sam, nem para si mesma – se fosse bem honesta.

— Sempre gostei de dançar — começou, fitando uma criança de uns dois anos correndo atrás de um menino mais velho, provavelmente seu irmão. — Sempre que eu me imaginava no futuro, me via dançando. Competições, festivais, ou simplesmente em um estúdio com uma turma para quem eu pudesse passar tudo o que sabia. Mas aí eu fui crescendo, o ensino médio estava no fim, e de repente todos ao meu redor queriam ser médicos e dentistas e professores e um monte de outras coisas que destoavam de tudo o que eu tinha sonhado para mim. Ninguém mais queria ser astronauta ou cientista ou a moça que andava de patins no supermercado. Não havia espaço para qualquer coisa que não fosse o *padrão*. Aí, eu fiz vestibular para Arquitetura.

— Arquitetura... — Ana Laura repetiu, e saindo da boca dela, parecia ainda mais absurdo.

— É... Meus pais adoraram na época, porém foram percebendo junto comigo que tinha sido um erro. — Sua voz foi sumindo, lembrando-se das tantas manhãs em que não conseguia sair da cama por não ter vontade de fazer coisa alguma. — Te entendo quando diz que a faculdade estava te matando, me sentia assim, também. Doar tudo o que eu tinha para algo que não me fazia feliz estava levando toda a vontade que eu tinha de viver. Tranquei o curso no meu *terceiro ano* de graduação. Então, fui atrás da minha paixão de infância.

— Foi quando começou a trabalhar no estúdio, isso? Antes de ir para a cafeteria?

— É. Só que isso foi no ano passado! Eu já tinha vinte e três anos e estava *começando* a correr em busca do que eu queria, quando já deveria estar *chegando lá.*

Ana Laura ficou em silêncio por um tempo, refletindo sobre o que ouvira. Ela se arrastou um pouquinho para o lado no banco, de forma que ficaram mais perto uma da outra. Cutucou Clara de leve com o joelho.

— Não é um pensamento muito justo, sabia? Não existe um manual de como viver a vida adulta. Não existe nenhum passo-a-passo que diga como isso ou aquilo deve ser feito.

— Mas existem muitos modelos — pontuou, meio triste. — Não é necessariamente sobre ter alguma coisa específica ou fazer o que alguém fez, é pela sensação de ter conquistado *algo*. Eu não tenho nada, Ana Laura. Acabei de começar.

— E, eventualmente, vai terminar.

Soltou o ar com força. Tinha a sensação de que não estava conseguindo se explicar direito. Foi preciso lutar contra toda a sua timidez para continuar aquela conversa.

— Quando eu era pequena — Clara ajeitou-se no banco, virando-se de frente para Ana Laura e dobrando a perna sobre o assento —, talvez com uns quatro ou cinco anos, minha mãe me mostrou as fotos do casamento dela. Eu tinha passado a semana inteira infernizando a vida dela, porque queria ver seu vestido de noiva e ela, por fim, cedeu. Foi uma festa bem simples, só para as pessoas mais próximas. E tinha uma foto muito específica — fechou os olhos ao pensar na imagem. Era seu registro favorito de Marcela, e vira a foto tantas vezes que se lembrava de cada pequeno detalhe dela —, que não era posada. Estava sentada na mesa com alguns amigos e segurava um prato de bolo na mão, distraída em qualquer que fosse o assunto da conversa. Seu véu tinha desaparecido, o vestido tinha perdido metade das pedrinhas bordadas na frente e seus pés estavam descalços. Quem quer que tenha tirado a foto, a pegou bem no meio de uma risada, daquelas que a gente dá quando está muito feliz, sabe?

Ana Laura sorriu ao seu lado, provavelmente tentando imaginar também.

— Aquela risada ficou gravada na minha memória — prosseguiu, com um ar saudoso. — Eu nem estava lá, mas conseguia ouvir o som exato que saíra dela no momento em que foi tirada. Aquele sorriso dizia que ela estava exatamente onde queria estar, exatamente do jeito que gostaria.

— Ela devia estar muito feliz de se casar com teu pai.

— Estava — concordou. Seus pais eram seu maior modelo de *amor para a vida toda*. — Aquele se tornou meu sorriso favorito, e meu coração se enchia toda vez que ela o dava perto de mim. Ele meio que virou minha métrica, sabe? Aquele sorriso significava que tudo estava do jeito que deveria. Toda vez que eu via aquela expressão, sabia que tinha feito alguma coisa certa, que a tinha deixado feliz.

Sua voz sumiu. Pensar naquilo lhe dava vontade de chorar. Ana Laura pousou a mão em sua perna dobrada, um gesto simples de conforto, mas que a pegou desprevenida. Foi um esforço tremendo não se afastar. O toque, no entanto, não veio acompanhado de palavra alguma. Ela apenas aguardou que continuasse sua história.

— Somos bem parecidas, eu e ela. Mesma cor de cabelo, formato dos olhos, do rosto... É impossível não saber que somos mãe e filha, mesmo que só uma de nós esteja presente. Temos os mesmos trejeitos. Mesmas expressões. Para todos os efeitos, somos a mesma pessoa em pontos diferentes da linha do tempo. Mas eu nunca, *nunca*, sorri daquele jeito, com aquela satisfação. Ainda não conheço aquele nível de felicidade.

A mulher ao seu lado arregalou os olhos. Certamente, não tinha esperado que a conversa tomasse aquele rumo.

— Isso... Caralho. — Ela até mesmo afastou a mão, colocando-a no próprio colo enquanto olhava por cima do ombro de Clara.

— Pois é. Assim, fica difícil não comparar minha vida com a dela. Impossível não ficar me perguntando se eu seria plenamente feliz se tivesse as coisas que ela tem. Será que a solução dos meus problemas seria uma casa? Uma esposa? Filhos?

— Tu quer alguma dessas coisas?

— Hoje? Não. Mas talvez um dia eu queira, se eu demorar para conseguir o que eu quero agora, quando quiser coisas novas pode ser tarde demais. — Suas mãos estavam até suando. Tinha taquicardia só de pensar no futuro. — Estou vivendo uma espécie de modo de espera e tudo o que eu quero está fora do meu alcance.

Ana Laura refletiu por um momento, até que repetiu a pergunta que ela mesma fizera momentos mais cedo. Na hora, não parecia algo tão complexo assim.

— Ok, e *o que* tu quer?

— O que... eu quero?

— É. Todas essas coisas fora do teu alcance, que tu está esperando... O que são? E o que falta?

A resposta veio na hora.

— Estou esperando o resultado do vestibular, para, enfim, estudar o que eu gosto e viver da dança pro resto da vida.

Era tão simples. Era tão complicado.

— E a vaga no estúdio?

Clara sorriu.

— Consegui. Começo na quinta-feira.

Ana Laura lhe deu um soquinho no ombro. Ela tinha um jeito meio agressivo de reagir às coisas.

— E tu não me contou?

Clara nem tentou esconder o sorriso.

— Ia te contar amanhã.

Ela inclinou o corpo na sua direção, fazendo-a pensar que lhe daria um abraço. Mas se era isso que pretendia, desistiu antes de completar o movimento.

— Parabéns. — Ela limpou a garganta, apoiando-se para trás outra vez. — Espero que seja tudo o que tu imaginou que seria.

— Vai ser. — Sorriu.

— E é algo que já está acontecendo. Não tem nada de *modo de espera* nisso.

— Eu já poderia ter me formado se não tivesse caído naquela noia da faculdade. — Refletiu. — Agora estou começando do zero.

Era estranha a facilidade com que estava conseguindo colocar seu coração todo para fora naquela conversa. Estranha a sensação de externar para o mundo os conflitos que a atormentavam por dentro. E mais estranho ainda que fosse com Ana Laura.

— A gente recomeça a viver várias vezes ao longo do tempo — ela disse, olhando para as próprias mãos. — Não é o tipo de coisa que acontece uma vez só e pronto. Estamos sempre fazendo planos e mais planos, e aí a vida acontece e esses planos deixam de ser importantes. Ou dão errado. Ou simplesmente são substituídos por outros. Não é porque *uma parte* da tua vida não aconteceu ainda, que todas as outras que aconteceram foram perda de tempo.

Estava surpresa com o otimismo daquele pensamento.

— Parece um bom jeito de ver as coisas — admitiu, pensando em como tudo teria sido mais fácil se tivesse visto as coisas daquela forma na época.

Ana Laura desviou o olhar, encabulada de repente. Ela abraçou o próprio corpo, como se estivesse sentindo frio naquele calor de trinta graus.

— Demorou pra que eu me desse conta disso — confessou, mordendo o lábio inferior. — Também passei muito tempo presa nessa ideia de que, ao começar do zero, tudo o que eu fiz até ali foi anulado, tempo perdido. Mas não é. Achei que tinha desperdiçado cinco anos da minha vida por ter colocado fim em um relacionamento de todo aquele tempo. Eventualmente, descobri que as coisas que aprendi com ele serviriam para tudo o que ainda estava por vir.

— É, acho que tu tem razão.

— Claro que tenho, eu sei de tudo!

Clara deu uma gargalhada alta que ecoou pela praça. Estava feliz de tê-la convidado para darem aquele passeio juntas. Tinha conhecido um lado de Ana Laura que, talvez, nunca descobrisse em outras circunstâncias. E era um lado bastante interessante.

— Sabe, não acho que tu e Aline tenham vivido uma trágica história de amor.

— Não?

— Não. Quero dizer, foi uma história trágica? Sim. Mas não era amor. Me recuso a acreditar que sim.

— O amor às vezes também machuca. — Havia tanta tristeza em sua voz que até mesmo Clara sentiu sua garganta se fechar.

— Discordo. Amor não faz o que ela fez. — Clara deu um sorrisinho fraco. — O amor não foi feito pra te fazer mal. Qualquer pessoa que tente te convencer do contrário, não quer o teu bem.

E foi a vez de Ana Laura ficar sem saber o que dizer.

Capítulo 25

Ana Laura

Ana Laura estava cansada de permitir que um fantasma assombrasse a vida que tivera tanto trabalho para reconstruir. Estava cansada de temer encontrar Aline no mercado e no ônibus e em cada esquina de cada rua. Estava cansada de relembrar de uma história que não havia mais sentido contar.

Pensou ter visto Aline na feira naquela manhã, e sua primeira reação foi a de congelar no lugar – não conseguir se mexer e não conseguir respirar. Aquilo era ridículo. Precisava deixar aquela história para lá. Precisava deixar aquela *garota* para lá. Fazia tempo demais para deixar que tivesse tanta importância.

A sequência de obviedades a estava irritando desde que fora embora da Redenção naquela manhã. E cansada de ficar presa na mesma história, Ana Laura atravessou a cozinha de seu apartamento dando passos pesados, arrastando atrás de si uma das banquetas da ilha de jantar. Posicionou-a diante do armário azulado acima da pia, empoleirou-se nela e espiou na prateleira mais de cima.

Nada.

Estendeu a mão e tateou cegamente, os dedos se arrastando na superfície empoeirada até encontrar o objeto que tanto procurava.

A caneca laranja – a última herança do seu namoro com Aline – encontrou a luz do dia pela primeira vez em bastante tempo, e trouxe consigo uma enxurrada de memórias que ficaram guardadas junto dela no fundo da prateleira mais alta. Havia nela as manhãs de inverno nas quais Aline se enrolava na manta do sofá e ouvia seu podcast matinal bebendo um café quente demais. Havia nela os chocolates quentes que nunca davam ponto, mas que ela jurava saber fazer. Havia nela as caretas indignadas de quando Ana Laura ousava usar a caneca para beber chá de maçã.

— *Chá é coisa de idoso.* — Ouviu o eco da voz dela na cozinha.

Aquela caneca era a única lembrança física de Aline naquela casa. Quando ela foi embora, livrou-se das fotos, dos presentes, dos produtos para cabelo que tinham o cheiro dela, dos lençóis nos quais dormira com ela… Toda e qualquer coisa que pudesse carregar um pouco das duas. Mas a caneca favorita dela? Aquela caneca laranja horrorosa, sem alça e lascada? Não. A caneca ainda estava ali.

Pode ficar com ela, Aline dissera antes de ir. E Ana Laura berrou dizendo que a estilhaçaria com um martelo quando comprasse um. Jurou que daria o pior fim no qual conseguisse pensar para aquela porcaria ridícula que nem combinava com suas louças. Acumulou centenas de promessas melodramáticas e direcionou-as ao objeto mais patético que restara.

Foi incapaz de cumprir qualquer uma das juras de ódio, porém, porque Clara estava errada no que dissera. Tinha sido amor, sim, no final das contas. Talvez não para Aline, e por isso ela a tivesse traído. Mas para Ana Laura, foi amor até o fim.

Foi amor até depois.

Ao longo dos meses, aquela caneca saiu do armário mais vezes do que era capaz de contar. Sempre em momentos de raiva, de saudade, de frustração. Sempre acompanhada da certeza de que aquele seria o dia em que conseguiria se desfazer dela.

Nunca acontecia.

Quando, por fim, desistia, servia-se de um café, bebia bem devagar e a devolvia para o canto mais fundo da prateleira mais alta. Mas agora seria diferente.

Estava exausta de tudo aquilo.

Ana Laura desceu de seu poleiro e abriu a lixeira ao lado do fogão. Respirou fundo uma vez. Duas, três. Mas não conseguiu se mover, não conseguiu largar o objeto lá dentro.

Seus olhos passavam da caneca para o lixo e para a caneca e para o lixo, mas a coragem não vinha.

Grunhindo xingamentos ininteligíveis, abandonou a ideia. Escalou a banqueta mais uma vez e deixou a caneca lá, antes que decidisse usá-la. Havia limites até para ela.

Hoje não, mas logo, prometeu.

O fim do dia entrava pelas persianas da sala e riscava o tapete com os raios de um sol já cansado. Fazia horas desde que tinha voltado para casa e as compras que fizera na feira seguiam espalhadas na bancada. Não sabia o que fazer com elas. Não *precisava* de nem metade delas. O passeio com Clara a tinha deixado animada e, antes que percebesse, comprara mais verduras do que comeria em semanas.

Precisaria de muito mais do que quartas-feiras de filme e vinho com Helô para aproveitar todas elas a tempo, porque não era grande fã de cozinhar só para si. Achava muito tempo investido em algo que só ela aproveitaria. No fim, eram os jantares com sua melhor amiga que a obrigavam a usar de seus conhecimentos culinários — que eram muitos.

E como uma entidade invocada pelos pensamentos de Ana Laura, Heloisa adentrou o apartamento cantarolando:

— Já está pronta? — A porta se fechou enquanto o rosto dela, que surgia no meio da casa, lançava um olhar de cima a baixo na melhor amiga. — Está atrasada!

— É domingo — defendeu-se, colocando a banqueta de volta no lugar. — Ninguém se atrasa aos domingos.

— Ana Laura, vá se arrumar de uma vez! — ralhou, jogando sua bolsa verde no sofá.

Heloisa nunca a chamava pelo nome, exceto quando ficava irritada.

— Gostei da roupa. — Tentou comprá-la com um elogio.

Funcionou mais do que bem.

Helô abriu um sorriso enorme, dando uma voltinha em torno de si mesma para mostrar os detalhes do *look*. Ela amava cores vibrantes, e sempre abusava das mais variadas composições. Era sempre um choque para Ana Laura que suas combinações dessem tão certo, pois se qualquer outra pessoa na Terra as fizesse, ficariam terríveis.

Naquele fim de tarde, combinara calças de alfaiataria verde bandeira com uma camisa social laranja que sumia para dentro da cintura alta. Os botões desciam abertos até quase alcançarem o cinto preto, de forma que o sutiã de renda branca ficasse exposto quase por completo. Sua pele negra brilhava naquela paleta de cores.

— Ah, eu sei. — Ela piscou um olho só. — Meu objetivo desta noite é não segurar vela por muito tempo.

Ana Laura não entendeu.

— Segurar vela?

— A Clara vai com a gente, né?

Não?!, foi a primeira coisa em que pensou. Aquele jantar com sua melhor amiga era só uma desculpa para que bebessem e falassem mal dos outros no bar de sempre — coisa que faziam com bastante frequência. Nem passou por sua cabeça que ela pudesse esperar a presença de Clara.

— Ih, eu nem chamei!

Falou a verdade porque inventar uma desculpa daria muito trabalho. Já havia mentira demais envolvendo ela e a colega.

— Poxa, sério? — Ela fez biquinho. — Achei que era por isso que tinha marcado a saída de hoje! Para fofocarmos sobre esse *namoro de vocês.*

Merda.

Merda, merda, merda!

Aquela era uma ideia ruim. Aquela era uma ideia muito, muito ruim. Mentir para Heloisa já era perigoso o bastante, mentir para Heloisa *alcoolizada*? Péssima ideia.

— Podemos sair com ela outro dia — dia. — Tentou contornar, temendo que piorasse tudo. — Está meio em cima da hora para chamar, né?

— Mas eu queria tanto — Helô choramingou.

Suspirando, Ana Laura tirou o celular do bolso da calça de moletom.
— Ok, ok. Vou mandar mensagem para ela.
E só poderia rezar para não se arrepender.

Capítulo 26

Ana Laura

Tô chegando, dizia a mensagem na tela do celular. Ainda não acreditava que Clara tinha topado aquilo tão em cima da hora. Ainda não acreditava que Clara tinha topado aquilo, ponto.

Saírem juntas era contra as regras. Diferentemente da feira, caracterizava como um encontro, sim, porque haveria outros envolvidos. Testemunhas. E não apenas qualquer testemunha, mas sua melhor amiga.

Havia muitas formas de que aquela ideia desse errado e, mesmo assim, ela *já estava chegando*.

— Estou com fomeeeeeeee! — Heloisa reclamou, esticando os braços pela mesa de forma dramática e apoiando a testa na madeira fria.

— Ela já está vindo!

— Ela está vindo há *oito anos*! — choramingou.

— Foi ideia tua convidá-la.

— Foi burrice tua *não* convidá-la! — E não havia nenhuma palavra no vocabulário humano que traduzisse o som que Helô soltou depois de dizer isso.

A silhueta de Clara surgiu na esquina e, quando ela reconheceu as amigas sentadas na mesa, transformou seus passos em uma corridinha engraçada.

— Oi, gente — cumprimentou, ofegante —, desculpa a demora. *Alguém* — ela encarou no fundo da alma de Ana Laura — me chamou faltando uma hora pra encontrar vocês. E eu moro longe pra caramba daqui.

— Graças a Deus! — Heloisa comemorou, endireitando-se e enfiando a cara no cardápio.

Com as mãos apoiadas na cintura, Clara recobrou o ar. Suor se acumulava em sua testa, e seu peito subia e descia apressado. Sentiu-se culpada por metê-la ali.

— Foi mal — Ana Laura se desculpou. — Não achei que tu estivesse livre hoje.

— Pra ti, sempre. — Ela piscou um olho.

Ana Laura travou, esquecendo-se por um segundo que tinham que fingir estarem juntas.

— Aproveita que chegou e senta aí! — Helô apontou para a cadeira ao lado de Ana Laura, curta e grossa. Ela tinha uma personalidade completamente à parte quando estava com fome. — *Antes que eu caia morta de fome nesse chão sujo e pegue uma doença.*

— Tu não vai pegar uma doença se cair morta — Ana Laura retrucou, rindo. — Na verdade, tua fome vai até passar.

A única resposta que recebeu foi um dedo do meio.

— Vocês já podiam ter pedido a comida de vocês — Clara comentou, pendurando sua mochila na cadeira.

— *Ela* não deixou — Heloisa resmungou, esticando o braço sobre a mesa com o dedo quase cutucando o peito dela.

Clara se acomodou na cadeira ao lado de Ana Laura e, antes que pudesse se preparar para isso, ela se inclinou e deixou um beijo em sua bochecha. Assim. Do nada.

— Oi, meu bem — disse, sorrindo, os olhos encarando os seus como se enxergassem sua alma.

Foi difícil não derreter na cadeira. E foi difícil se lembrar que era de mentira.

As duas tinham conversado por mensagem depois do convite, alinhado algumas coisas sobre aquele *pseudo-encontro*. Teriam de se comportar como namoradas na frente de Heloisa, como fazia parte do combinado. Nada de exagerado, mas ainda que um beijo na bochecha fosse um ato extremamente inofensivo, deixou-a atônita.

E *meu bem*?

Porra.

Sentiu as bochechas esquentarem, e puxou para si um cardápio com que pudesse se ocupar.

— *Solteirofóbicas* — resmungou Helô.

— Eu tentei deixá-la em casa — rebateu, mostrando a língua para a amiga.

Clara não parecia prestar atenção, ocupada observando tudo ao seu redor.

— Nunca tinha vindo nesse lugar.

— Sério? — Surpreendeu-se. — É o melhor bar LGBTQIA+ da cidade!

— Nunca foi no bar *drag*, né? — Clara ergueu uma sobrancelha.

— Não…

Ela deu uma risadinha rouca.

— Por isso, então.

— Precisa me levar lá, então, *amor* — pediu, pousando a mão no joelho dela e aproximando o rosto.

A expressão de pânico que Clara ficou foi muito satisfatória, e sentiu-se vingada pelo beijo na bochecha.

— Certo. — Heloisa deu um tapinha na mesa, encarando Clara. — O que tu fez com a Analá?

As duas saltaram preocupadas.

— Como assim? — Ana Laura tentou fingir normalidade.

— Toda românticazinha... *Ai, precisa me levar lá* — Heloisa afinou a voz, em uma péssima imitação dela. — Tu nunca foi desse jeito!

Foi difícil não rir.

— Só pedi para ela me levar lá...

— Do jeito mais boiola possível — Heloisa resmungou. — Se semanas atrás narrassem essa cena pra mim, eu diria que o universo foi hackeado por fanfiqueiras de quatorze anos.

— Dói, né? — Ana Laura provocou-a, dando uma gargalhada. — Ser solteira...

— Escuta aqui, Ana Laura de Carvalho... — começou a xingar.

Clara se mexeu desconfortável ao seu lado.

— Mas sério, é bem bonito aqui — interrompeu.

— Sim! E tem o melhor chopp do mundo! — Ana Laura quase gritou, aliviada pela mudança de assunto. — Nós até tentamos conhecer um bar diferente hoje, pra não acabarmos no mesmo lugar...

— ... mas é o que eu sempre digo — Helô completou, parecendo fazer uma grande citação filosófica —: *se tem* Boteco *no nome, o lugar é tudo, menos um boteco.*

Ana Laura estremeceu, lembrando-se da presepada na qual se enfiaram. Foram parar em um bar onde uma simples *long neck* custava quinze reais. Sem falar que não trabalhavam com chopp, só com *cerveja artesanal.*

— Aposto que tinha uma barbearia no segundo andar — Clara brincou.

— O próprio covil heterossexual — Helô assentiu. — Tinha até aquela logo padrão de um cara barbudo com duas tesourinhas embaixo. Uma pena, a fachada tinha muito potencial.

Saíram de lá direto para o Sapataria, jurando que nunca mais trairiam seu bar LGBTQIA+ favorito. Ali, ao invés de bebidas de caráter duvidoso, tinha chopp. E mesas de sinuca. E luzinhas bonitas.

Ah, é, e lésbicas. Muitas, muitas lésbicas.

— Foi uma experiência — Ana Laura concluiu.

— Já escolheram? — sua melhor amiga perguntou, batendo o cardápio na mesa, impaciente.

— Ah, espera aí.

Ana Laura passava os olhos pelas opções, mesmo sabendo que pediria a mesma coisa de sempre. Então, o rosto de Clara surgiu em seu ombro, espiando também.

Dava para sentir a respiração dela soprando contra sua bochecha, e seu hálito tinha aroma de enxaguante bucal e chiclete de melancia.

Até então, achava que era a última pessoa do mundo que ainda gostava de chiclete de melancia.

— Quer dividir alguma coisa? — Clara perguntou. — Não estou com muita fome.

Dividir. Como um casal faria.

— Ok — respondeu, seca.

Não pretendia soar daquele jeito, mas estava ficando nervosa com a proximidade — e irritada por estar nervosa.

— Escolhe aí o que tu quiser e pega uma água sem gás também — Clara facilitou.

— Não vai beber? — Heloisa questionou.

— Não. — Ela se afastou, voltando para seu lugar. Seu tom parecia envergonhado. — Já bebi o suficiente por uma vida ontem.

Ontem. Em um bar. Onde ela *conheceu uma garota.*

Não tinha mais pensado naquilo, e só então se deu conta que o convite para a feira viera de uma Clara *alcoolizada*. Não sabia muito bem o que fazer com a informação.

— É. — Intrometeu-se, porque uma namorada saberia que a outra saiu para beber num sábado à noite. — Clara saiu com uns amigos. Eu estava no aconchego da minha casa vendo filmes até amanhecer, como sempre.

— Entendi... — Helô deu um sorriso amarelo, seguido de um: — *Agora escolham logo*!

— Já escolhemos! — Ana Laura ergueu as mãos em defesa.

Clara acenou para a copa e chamou por uma atendente.

Aquela cena era muito esquisita, percebeu. Sabia que a ideia tinha sido sua, mas encontrava dificuldade em assimilar sua melhor amiga e sua *namorada de mentira* interagindo em uma mesa de bar.

Ana Laura explicava para a garçonete o que ela e Clara queriam, enquanto Heloisa analisava as duas, crítica. De olhos estreitos, registrava a dinâmica do casal. Quando todos os pedidos tinham sido feitos e a atendente se afastou, sua melhor amiga apoiou os cotovelos na mesa, entrelaçou os dedos e soltou:

— Por quanto tempo pretendiam sustentar essa mentira?

Capítulo 27

Ana Laura

Elas só precisavam de três semanas. Toda aquela mentira teria de durar apenas três semanas e, ainda assim, só conseguiram sustentá-la por sete dias. Era um novo recorde de incompetência, daqueles que mereciam destaque em jornais.

Tinha tanta certeza de que estavam sendo cuidadosas... *Como* era possível que Heloisa tivesse descoberto tudo? Como ela sabia que aquele namoro era falso e o que será que pensava ser o motivo? Teria sido por isso que insistira pela presença de Clara? Para colocá-las contra a parede?

Enquanto elaborava um milhão de desculpas em sua cabeça – uma pior do que a outra, por sinal –, Clara inclinava a cabeça para o lado e analisava Heloisa.

— Não te entendi — disse, parecendo confusa.

— *Esse namoro de vocês*! — Helô deu um tapinha leve na mesa, indignada. — Como isso aconteceu *bem debaixo do meu nariz* e eu só fiquei sabendo depois? Quero a história completa, quero detalhes, quero entender como Ana Laura saiu de "a maior *hater* de relacionamentos que já pisou nessa Terra" para... *isso aí.*

Ela apontou com a mão de uma para a outra.

Puta que pariu, foi um esforço tremendo não soltar o ar de alívio.

— Ei! Eu não sou *hater* de...

— É sim! — sua melhor amiga interrompeu.

— E eu já te contei como...

— Não contou, não — cortou outra vez. — Tu apenas ficou desviando das minhas perguntas e dizendo que foi tudo tão de repente que precisava de espaço para assimilar.

— *Foi* de repente.

— Porra nenhuma de espaço! — Heloisa se jogou contra o encosto da cadeira. — Tu é minha melhor amiga e todo o teu espaço me inclui!

Ana Laura deu uma gargalhada alta.

— Dramática.

— Fui eu que insisti pra gente não te contar — Clara se intrometeu, soando constrangida. Era difícil saber se estava envergonhada de verdade ou se era fingimento.

Àquela altura, tudo seria possível. — Tu é minha chefe e não queria que isso atrapalhasse no trabalho e…

— Só vai atrapalhar se tu for babaca. — Helô abriu um sorrisinho.

Estava brincando, claro. Ou, ao menos, Ana Laura esperava que sim. Clara não se deixou intimidar pelo comentário e passou um braço por cima de seus ombros, apoiando-o no encosto da cadeira. Tomou cuidado para que não a encostasse, ainda assim, conseguia senti-la muito – *muito* – perto.

— Não vai ser um problema — garantiu e, mesmo evitando seu rosto, Ana Laura sabia que ela tinha piscado um olho para sua melhor amiga.

Era difícil pensar daquele jeito. Conseguia sentir o calor emanando dela bem ali, a centímetros de seus ombros e parecia incapaz de se concentrar.

— Pelo menos, me contem como foi o pedido — Heloisa insistiu. — Analá é a pessoa mais romântica que eu conheço e, ainda assim, se recusa a falar. Me deem *alguma coisa*!

Estranho como "maior *hater* de relacionamentos" e "pessoa mais romântica" poderiam se aplicar à mesma pessoa. Apenas mais uma das coisas que Aline tinha arruinado.

Precisou se controlar para não revirar os olhos pensando no tal pedido de namoro. Pedido que *ela* foi obrigada a fazer mesmo se tratando de um namoro falso. Clara era muito mais insuportável do que aqueles olhos verdes deixavam transparecer.

— Deixei uma nota de rodapé no bloquinho de pedidos dela — Clara explicou, e as duas outras mulheres na mesa se viraram para encará-la. Ela ajeitou as costas, inquieta, só então percebendo o tanto de atenção que atraiu para si. Deu uma risadinha nervosa. — Não foi nada de grandioso, nem sei como ela disse que sim.

— Isso quem vai julgar sou eu. — Os olhos âmbar de Heloisa brilharam de divertimento.

Clara pigarreou.

— Ela estava distraída na cafeteria, desenhando flores no bloquinho dela. Estava com a testa e os lábios franzidos daquele jeito que faz quando está entediada. Sempre faz essa cara quando o tempo parece estar se arrastando. — Ela sorriu. *Puta merda*, era uma ótima atriz. — Só tínhamos atendido duas pessoas naquele dia e ela estava resmungando sobre como aquela página vazia era deprimente e eu… perguntei se poderia acrescentar desenhos nela também. Escrevi *namora comigo?* na primeira linha.

— Foi um bom pedido de namoro — elogiou, esquecendo-se por alguns segundos de que não tinha acontecido de verdade.

— E tu guardou? — Helô perguntou para Ana Laura. — A página do bloquinho?

— Claro que guardei. — Forçou um sorriso sonhador no rosto. — Deixei em um lugar seguro.

— Poderia colocar em um quadro. — Ela deu ideia. — Igual a Meredith fez!

Clara deu um tapinha na mesa.

— Está vendo? Ela entende a referência do casamento de *post-it*!

— Pediu ela em namoro assim de propósito? — Heloisa fez um beicinho.

Claro que não.

— Claro que sim. — A mulher seguiu na mentira. — Só não esperava que ela não fosse entender.

— Eu sou *tão* solteira! — Sua melhor amiga jogou a cabeça para trás, de forma dramática, mas seu humor melhorou instantaneamente quando uma pessoa com um avental neon da Sapataria largou uma bandeja de hambúrguer de soja na sua frente. — Essa é a coisa mais bonita que eu vi hoje.

Ana Laura riu, internamente agradecendo pela comida que manteria a boca dela ocupada durante um tempo. Ê atendente voltou para a copa, então trazendo o caneco de chopp e a água que ela e Clara pediram, e o pratinho de polentas fritas com queijo e molho de mostarda e mel. Agarrou a bebida e deu um longo gole nela. E mais outro. E mais outro.

Já estava arrependida de ter topado aquele encontro. Meia dúzia a mais de perguntas e a coisa toda cairia por terra.

Heloisa ainda estava nas primeiras mordidas do hambúrguer quando seu celular tocou.

— Ué. — Ela torceu a testa para a tela do aparelho.

— O que foi?

— É minha vizinha de porta — explicou, arrastando a cadeira e começando a se levantar. — Ela ficou olhando a Nena pra mim… *Alô?*

O casal assistiu-a se afastando enquanto conversava, parecendo séria com qualquer que fosse o assunto. Quando voltou, puxou sua bolsa da cadeira e jogou-a sobre o ombro.

— Tá tudo bem? — Ana Laura perguntou preocupada.

— Helena está com febre. — Heloisa olhou triste para sua comida quase intocada. — Vou voltar pra casa. Pede pra embalarem isso aqui pra viagem enquanto acerto a comanda?

— Claro, quer que eu vá chamando nosso Uber?

— Capaz, Analá. — Ela fez um gesto de desdém com a mão. — Fiquem aí, vocês duas.

— Mas e se tu precisar de ajuda?

— Ela tá bem — garantiu, indo na direção do caixa —, só fica manhosa quando está doente. Tu sabe como é.

Sabia, de fato. Ficara com a afilhada doente mais vezes do que conseguia contar, e a menina se transformava em um grude. Em questão de minutos, Heloisa se despediu das duas com seu jantar embaixo do braço.

— E aqui estamos nós outra vez — Clara brincou, quando ficaram sozinhas.

— Para quem não sairia em encontros, a gente tem se visto por tempo demais fora do trabalho.

— É — concordou, pegando uma polentinha — Quer jogar sinuca?

— Ah, eu não sei jogar — gesticulou com a mão. Era muito, muito ruim naquele jogo.

— Então, quer *perder* na sinuca?

Que mulher insuportável! E meio divertida, também, mas quem perguntou alguma coisa?

Suspirou, porque era só o que poderia fazer.

— Já estamos aqui mesmo, né? Mas vai ter que me ensinar o básico.

— Pode deixar — Clara sorriu, abrindo caminho para que ela passasse em sua frente —, sou uma ótima professora.

Capítulo 28

Clara

Beber em um domingo à noite ia contra todos os seus princípios. A maior ingenuidade do proletariado era acreditar que *só um copinho* não traria consequências quando o despertador tocasse na manhã seguinte, e Clara nunca se deixava levar por aquele papo porque sabia que traria, sim.

Ela deveria estar em casa, no conforto do seu sofá, com um prato de tortinha de legumes na mão enquanto assistia a algum filme da Disney. E Berenice deveria estar com a cabeça deitada em seu pé prestando atenção na tela como se estivesse entendendo alguma coisa de verdade. Mas não. Estava em um bar cheio de luzinhas piscantes com um chopp de 500 ml na mão, só porque Ana Laura a deixava intimidada.

Não que pretendesse admitir aquilo para alguém.

Acabou ali por uma rota mal calculada, uma ação sem pensar nas reais consequências que traria. E o pior: ideia completamente sua. Quer dizer, foi Ana Laura quem a convenceu a ir até aquele bar em pleno domingo à noite, no entanto, a sugestão de uma partida de sinuca viera de si mesma. Parecia um bom jeito de passar o tempo, de manterem-se ocupadas enquanto não era *socialmente aceitável* se despedirem e voltarem para suas casas. A questão era que não se dera conta do quão próximas ficariam durante o jogo — ainda mais depois de ter prometido que a ensinaria a jogar. E no instante em que sua namorada de mentira cobrou a promessa, percebeu que a sobriedade seria sua inimiga número 1 naquela missão.

— Isso não é justo! — Ana Laura gritou, vendo Clara encaçapar duas bolinhas seguidas. — Eu sou iniciante!

— E eu estou cumprindo minha promessa de te ensinar. — Encarou-a com deboche. — Nunca disse que isso significava *te deixar ganhar*.

A mulher lhe mostrou o dedo do meio, mas sorria. Estavam se divertindo juntas.

As coisas ficaram meio esquisitas na presença de Heloisa, porque, com ela junto, precisavam agir como um casal. E agir como um casal não era a coisa mais instintiva do mundo para Clara. A intimidade, os toques, os olhares… nada daquilo era algo com o qual estava acostumada, e precisava ficar se policiando para tais demonstrações enquanto a melhor amiga de Ana Laura estava presente.

Já não eram coisas naturais para ela, mesmo quando em relações *de verdade*. Exceto que, parando para pensar, *relações de verdade* não se aplicava tão bem nos relacionamentos que tivera. Sempre tivera certa dificuldade em se envolver com outras mulheres, e as coisas normalmente se desenrolavam do mesmo jeito: Clara aceitava um encontro para evitar o constrangimento de dizer que não estava interessada, depois a beijava no final da noite porque sabia que estava esperando por isso. Enviava uma mensagem quando chegava em casa dizendo que tinha se divertido, pois era a coisa certa a se fazer, e isso levava a mais e mais conversas ao longo dos dias.

Seria mentira dizer que não se apegava com o tempo, eram garotas legais e era bom estar com elas. Rir com elas, beber com elas. Mas apego e amor eram coisas diferentes e, mesmo deixando seus sentimentos claros, o primeiro nunca pareceria um motivo bom o bastante para estar com alguém. Não para Clara.

E agora, precisava fingir que era amor sem nem ter certeza de como era senti-lo.

As coisas melhoraram depois que Heloisa foi embora. Ela e Ana Laura voltaram à sua dinâmica simples: duas colegas de trabalho passando tempo juntas. Fácil. Sem necessidade de fingir coisa alguma. Pelo menos, até prometer ensiná-la a jogar.

Ana Laura se debruçou sobre a mesa, apoiando o taco na mão esquerda. Com a direita, segurava o objeto como se ele fosse feito de espinhos, deixando-o frouxo e trêmulo.

— Segura isso direito! — repreendeu-a, dando um longo gole em sua bebida.

— *Segura direito, nhenhenhe* — Ana Laura resmungou, afinando a voz em deboche.
— Então, me ajuda! — gritou.

O casal da mesinha mais perto delas riu. Clara fez o mesmo.

— Ok, ok! — Acenou com as mãos.

Largou seu caneco na bancada do bar e aproximou-se dela por trás. Tomou cuidado para que não se encostassem mais do que o necessário, tensionando as costas e prendendo a respiração ao segurar a mão que ela estava usando de apoio. Arrumou os dedos dela em um L e largou a ponta do taco entre eles.

— Faz mais sentido assim — Ana Laura murmurou baixinho, conforme Clara acertava sua pegada com a outra mão.

Ela também mal se mexia. Parecia tão tensa quanto a colega, o que era, no fundo, meio tranquilizador. Mas só um pouco.

— Agora, joga — pediu, suavemente. E afastou-se dela o suficiente para que não atrapalhasse a jogada.

Ana Laura abaixou o rosto, analisando a bola branca como se ela fosse o inimigo final de um videogame. Deslizando o taco sobre os dedos, deu um solavanco firme, fazendo-a traçar uma linha reta até uma de suas bolinhas coloridas. Não aconteceu nada além disso, mas, pelo menos, tinha acertado alguma coisa — o que era muito mais do que vinha acontecendo nas últimas rodadas. Ela, no entanto, comemorou como se tivesse acabado de vencer a partida.

— Deu certo! — berrou, erguendo os braços acima da cabeça com taco e tudo.

Quase acertou uma lâmpada no processo. Clara bateu palminhas de leve, porque foi impossível não se empolgar junto com ela.

— Muito bem! — comemorou, contente em perceber que a tinha ajudado de verdade.

— Tua vez — Ana Laura informou, ainda rindo. — E seja legal, obrigada.

Clara analisou a mesa e olhou para a mulher ao seu lado. Estava tão contente em ter acertado sua jogada que chegou a cogitar facilitar as coisas para ela. O problema foi que sua parte competitiva sempre falava mais alto – principalmente quando havia álcool envolvido. Posicionou-se com cuidado e armou sua jogada. A bola branca fez um caminho perfeito, não apenas acertando uma de suas bolinhas como parando escondida atrás de outra, impedindo sua adversária de fazer qualquer jogada sem tocar nela.

Ana Laura estava esnucada.

— Infelizmente — Clara comentou, enquanto sua namorada de mentira processava o que tinha acontecido —, eu não sou legal.

— Não estou acreditando nisso! — O queixo dela caiu.

— Boa sorte — debochou, resgatando sua bebida da bancada e dando mais um gole nela.

— Nossa, eu te odeio muito — xingou, caminhando a passos pesados até o lado da mesa onde realizaria sua jogada.

— Quer ajuda? — O sorriso de deboche se alargando em seu rosto.

— Vai se foder.

Ana Laura analisou a mesa de novo e de novo, atrás de uma solução. Observou de um lado para o outro, tentando descobrir o que fazer. Até que se posicionou e se preparou para jogar.

— Direto na minha, caem duas, hein! — Tentou deixá-la nervosa.

— Cala a boca!

Passaram-se mais alguns segundos antes que finalmente jogasse. E para a surpresa de todos os presentes – que, além das duas, era apenas o casal sáfico da outra mesa –, a bola branca bateu contra uma borda da mesa e voltou direto em uma das bolinhas de Ana Laura. Tinha conseguido.

— O quê? — deixou escapar, completamente em choque.

— Bem na tua cara! — Ana Laura zombou, rindo.

Clara começava a protestar quando o celular de Ana Laura apitou. Ela o tirou do bolso e conferiu a tela, sua expressão animada murchando de imediato. Franziu a testa, digitando rápido alguma coisa.

— Está tudo bem? — perguntou, preocupada.

Ela não respondeu na hora. Ainda levou quase um minuto inteiro para erguer os olhos. Jogou a cabeça para trás e suspirou.

— Aline se inscreveu mesmo pro festival — resmungou, olhando para o teto. — Ainda tinha esperanças de que ela tivesse o mínimo de vergonha naquela cara.

— Noção não me parecia algo que ela tivesse quando apareceu no teu trabalho do completo nada. — Tentou fazer piada para suavizar o clima tenso.

— Tu não faz ideia...

Toda a empolgação dela com a partida tinha se esvaído, e Clara sentiu até um pouco de raiva por isso.

— Sinto muito. — E foi sincera. — Tem certeza de que selecioná-la é uma boa ideia?

— Não é uma boa ideia — Ana Laura enfiou o aparelho de volta no bolso —, mas é melhor que a outra alternativa. Tua vez.

Clara passou os olhos dela para a mesa de sinuca.

— A gente não precisa continuar, se não estiver no clima.

— Ah, a gente vai continuar, sim. — Ela forçou um sorriso no rosto. — Ou está com medo de perder para mim?

— Jamais. — Ajeitou-se na mesa e se preparou, mas levantou-se antes de jogar. — A gente pode cadastrar o e-mail dela em um monte de *Newsletters* aleatórias...

A risada de Ana Laura ecoou pelo bar.

— Não sabia que tu era tão maquiavélica assim!

— É meu jeitinho. — Piscou para ela.

Foi meio sem pensar. Quando se deu conta, Ana Laura estava encarando-a, estática, e aos poucos foi processando o que acabara de fazer. Sentiu suas bochechas esquentarem, e foi meio tranquilizador ver que ela também corou.

A mulher limpou a garganta e trocou o peso de um pé para o outro.

— Vai, joga de uma vez!

E não lhe restou alternativa nenhuma além de obedecê-la. O nervosismo, porém, atrapalhou-a mais do que esperava. A bola branca bateu direto em uma das bolinhas de Ana Laura, que deu uma gargalhada de maluca.

— Ouvi dizer que direto caem duas — provocou, os olhos brilhando como se toda a situação com Aline tivesse ficado para trás.

Clara mostrou-lhe o dedo do meio, o que só fez com que a mulher risse ainda mais. O som ainda retumbava pelas paredes do bar enquanto jogava duas bolinhas dela dentro da caçapa.

Capítulo 29

Ana Laura

Ana Laura teria cinquenta anos quando terminasse de tirar aquele glitter do cabelo. Havia brilho espalhado em suas mãos, em suas calças de moletom, no sofá, no tapete...

Deus, Heloisa a mataria quando visse o tapete!

A situação de Helena também não era das melhores, afinal, tinha sido ideia dela que arrumassem os cabelos uma da outra de um jeito bonito – e, em seu vocabulário, bonito significava *com brilho*. Ana Laura – que se orgulhava do título de melhor madrinha do mundo – foi incapaz de dizer não para a sugestão quando ela veio. Só não contava que o estrago seria tão grande.

Sentada de pernas cruzadas no meio da sala de estar de sua melhor amiga, aguardava paciente enquanto a criança puxava seus cachos de um lado para o outro tentando finalizar uma trança pela quinta vez consecutiva.

— Para quieta, Analá! — reclamou a menina, emburrada. — Está estragando todo o meu trabalho!

Tinha certas dúvidas de que era a culpada de verdade, mas não estava com vontade de discutir.

— Desculpa, desculpa. — Tentou conter uma risada.

Naquela segunda-feira atípica, sua única obrigação era deixar a menina de cinco anos feliz, e se isso significasse acabar soterrada em glitter e trancinhas, que assim fosse. Nena estava resfriada, e Helô precisava ficar na cafeteria para receber alguns itens de fornecedores. O que significava que Ana Laura tinha de tomar conta dela para que a mãe conseguisse trabalhar.

A única coisa capaz de fazer a menina parar de escalar a mobília – que parecia o covil do *Grinch* depois que ele roubou todos os enfeites de natal de *Quemlândia* – foi deixar que ela a maquiasse. E arrumasse seu cabelo. E, muito em breve, pintar suas unhas. Era quase como passar um dia de folga em um salão de beleza – se um salão pudesse ser comandado por um furacão de um metro de altura.

A borrachinha de silicone que Helena usava para tentar controlar a mecha que segurava arrebentou, e ela respirou fundo, irritada.

— Vou ter que começar tudo de novo. — Ela contornou Ana Laura e ficou de joelhos no tapete, revirando sua bolsinha atrás do pacote de elásticos coloridos.

— E se a gente tentar outro penteado? — sugeriu, na esperança de preservar algum resquício de seus cachos. — Ou quem sabe brincar de uma coisa diferente.

A garotinha olhou-a desconfiada, cruzando os braços.

— Tipo o quê?

— Sei lá, a gente pode assistir algum filme.

— Está falando igual a minha mãe. — Helena franziu a testa. — Assistir filme não é *brincar*.

Ana Laura deu uma risada. Ela era esperta demais para alguém daquele tamanho.

— Certo, vamos fazer assim — propôs, apoiando as mãos na cintura para dar seriedade ao assunto. — Vamos medir tua temperatura mais uma vez. Se estiver com febre, deitamos pra assistir filme e se não estiver, eu te levo na pracinha do condomínio. Pode ser?

Os olhinhos da menina dobraram de tamanho.

— Não tô com febre, Analá! — gritou.

— Isso é o que vamos descobrir.

A menina apertou as mãozinhas, animada. Não surpreenderia se sua temperatura baixasse apenas pela vontade de ir lá fora brincar.

Ela estava bem, não era nada além de um resfriado. Mas Helô não quis mandá-la para a escola sem necessidade. E foi uma luta convencê-la de que não era problema nenhum para Ana Laura cuidar dela.

— Eu sou uma mãe horrível, né? — tinha dito.

O que era a coisa mais estúpida que Ana Laura já ouvira na vida, porque Heloisa era literalmente a melhor mãe que existia no mundo.

— Está brincando? Sou eu quem está ganhando um dia de folga!

— É que já é a segunda vez que deixo a Nena doente contigo por causa de trabalho e…

— … e nos divertimos muito juntas da outra vez.

— Tem certeza?

— Claro!

Algumas semanas antes, Heloisa precisou fazer um bate e volta até o litoral para fotografar um ensaio de casamento, e também ficou nas mãos de Ana Laura cuidar da criança doente – aparentemente, não existia estação do ano tranquila quando o assunto era virose infantil. Fotografia era um hobby que sua melhor amiga estava tentando transformar em carreira – um plano B caso as coisas dessem errado com a cafeteria. E ela era impressionantemente boa nisso.

— Ok, mas me liga, qualquer coisa. Se precisar, fecho a cafeteria e volto.

— Sim, senhora. — Fez um sinal de positivo. — Agora some daqui e deixa a gente bricar!

Ela ainda enrolou alguns minutos para sair de casa, mas, quando se deu por vencida, passou a enviar mensagens a cada quarenta minutos para saber se Helena estava bem. Ana Laura, por sua vez, as respondia com um relatório completo de temperatura, humor e cor das meias que a garota estava vestindo – o que dizia muito sobre como ela estava se sentindo.

Ana Laura levantou-se com dificuldade do chão – camadas e mais camadas de glitter caindo de suas roupas – e foi até a bancada da cozinha resgatar o termômetro. Sentou a menina no sofá e ajeitou o aparelho nela.

— Não se mexe, tá? Se não, a gente precisa começar do zero.

Não tinha certeza se era verdade, mas era o que sua mãe dizia quando ela era criança, então só estava replicando as palavras de grande sabedoria de Julia de Carvalho. Foi impossível conter a risada quando Helena inspirou fundo e prendeu a respiração, temendo que o subir e descer de seu peito fosse movimento o suficiente para atrapalhar o termômetro.

— Pode respirar — disse entre o riso. — Mas bem devagar.

A menina soltou o ar, aliviada.

Era apaixonada por aquela criança. Estivera presente com Heloisa durante todo o processo de adoção da pequena, quando ela não passava de uma miniatura de ser humano no auge dos seus seis meses de vida. Foram muitas noites passadas em claro na casa de sua melhor amiga, enquanto as duas tentavam decifrar os choros e resmungos dela, e saiu de lá sem ter a mais vaga ideia de como casais faziam isso.

Duas pessoas não parecia o suficiente para cuidar de um bebê.

O celular vibrou em seu bolso, e ela revirou os olhos enquanto o pegava. Era como se Heloisa estivesse contando os segundos até o horário de medir a temperatura outra vez — e muito provavelmente, estava. O que pipocou na tela, no entanto, não era uma mensagem de sua melhor amiga. Era uma notificação do Instagram. Contendo uma mensagem de um usuário que ela já conhecia de cor.

— O que diabos…? — xingou baixinho, arrastando a notificação de Aline para o lado e tirando-a de seu campo de visão antes que lesse o que dizia.

Porra, Ana Laura não queria conversar! Será que era tão difícil assim entender? Enfiou-o no bolso e tentou se esquecer daquilo.

O celular vibrou mais uma vez.

— Mas que merda! — esbravejou, mais alto.

A boca de Helena desenhou um O perfeito, e era possível ver todas as formas com as quais ela pretendia chantagear sua madrinha girando em torno de sua cabecinha maquiavélica.

— Nem uma palavra e eu compro sorvete pra gente — disse, pegando o aparelho de novo.

— Tá!

Mais uma mensagem de Aline piscou na tela. De alguma forma, sabia que as notificações continuariam entrando até que respondesse alguma coisa.

Resmungando, abriu a conversa. Não havia nada no histórico além das duas mensagens recém-chegadas — tinha se certificado de apagar tudo quando terminaram.

> Me inscrevi no festival.
> Espero que me selecionem ●

Capítulo 30

Ana Laura

Ana Laura ficou alguns segundos encarando aquela carinha amarela ridícula, incapaz de acreditar na falta de vergonha na cara. Aline achava aquilo engraçado? Achava que, se insistisse o suficiente, ela cederia e abriria as portas de novo para ela? Estava ficando exausta daquilo. Aquela persistência que, um dia, fora motivo de admiração, era agora sua maior inimiga.

Aline nunca desistia do que queria. Saber disso atormentou muitas e muitas de suas noites, porque não havia sinal daquela teimosia quando Ana Laura mandou que fosse embora. Não houve desculpas ou promessas de que não voltaria a acontecer. Ela só empacotou cinco anos de relacionamento e levou-os embora debaixo do braço. Se ela nunca desistia do que queria, como foi tão fácil partir?

Não conseguia não se perguntar o que poderia ter mudado. Por que, de repente, ela se mostrara tão insistente em querer se explicar. Em querer conversar.

Não que importasse. Ana Laura não queria saber — não mais.

— Que cara é essa, Analá? — Helena perguntou, tentando espiar a tela de seu celular. Menina curiosa!

— Nada, meu amor. — Pressionou o aparelho contra o peito. — Só li uma mensagem que não gostei.

Helena parecia prestes a soltar mais uma de suas perguntas quando o termômetro apitou. Um refresco do universo. Ela tirou-o com cuidado, precisando secar as mãos – de repente úmidas de suor – nas calças antes de pegá-lo. O visor digital mostrava 37,4℃ – o que não era muito, mas ainda precisava ser monitorado.

— A gente vai poder ir lá fora? — Sua vozinha soava esperançosa, mal conseguindo se conter para brincar na pracinha.

— Olha, se tu tomar tuas gotinhas, bem bonita, daqui a uns minutos podemos ir.

Ela fez uma careta. Sempre era um sacrifício fazê-la tomar remédio.

— Aquelas gotinhas são horríveis! — choramingou, esfregando as pernas no sofá. — Minha mãe disse que tinha gosto de morango, mas eu acho que a pessoa que fez aquilo nunca comeu um morango na vida.

Os ombros de Ana Laura balançaram com a risada.

— Vai fazer a febre ir embora, meu bem.

Meu bem. Ana Laura não chamava ninguém de meu bem. Aquilo era coisa de Clara – um apelidinho carinhoso que usara na frente de Helô para deixar suas interações mais naturais.

Preparou o remédio da afilhada tentando afastar de sua mente o sorrisinho ordinário que acompanhou o apelido.

— Isso nem tem cor de morango. — Helena foi escorregando pelo sofá, derretendo igual manteiga.

Dramática.

— Não tenho como discordar — admitiu, encarando o líquido transparente. Helena começou a fazer cara de choro, mas prosseguiu: — Mas tomar isso aqui direitinho vai fazer tua febre ir embora, e a gente vai poder ir pra pracinha.

Aquilo ganhou sua atenção.

— Aí não vamos precisar ficar aqui vendo filme?

— Não.

Ela se ajeitou no sofá apressada, apertando os olhinhos com força e abrindo a boca de forma exagerada. Quando o remédio tocou sua língua, engoliu-o e fez careta, dando pulinhos desesperados no lugar.

— Eu vou morrer — reclamou, colocando a língua para fora.

Nena bebeu três copos de água seguidos, tentando se livrar do amargo na boca, e enquanto isso, o celular de Ana Laura voltou a tremer.

— Que mulher chata! — grunhiu para si mesma.

No entanto, não era Aline quem lhe mandava mensagem. O assunto, porém, era ela.

Ainda podemos ignorar a inscrição dela, dizia a mensagem de Clara. Ela estava trabalhando normalmente naquele dia, e tinha ficado com a missão de entrar em contato com o pessoal que seria selecionado.

Não podemos, não, escreveu e anexou o *print* da mensagem que recebera no Instagram.

Ela é bem cara de pau, né?

Ah, tu não faz ideia do quanto.

Não gosto dela.

Nem eu... Mas pelo menos, ela é boa.

Vai entreter o pessoal.

Clara não respondeu de imediato, dando margem para a memória de Ana Laura vagar por todas as vezes em que a ouvira tocar. Lembrou-se das tardes na Redenção, acompanhadas do *ukulele* e uma cesta de piquenique. Era meio clichê, óbvio, ficar assistindo-a tocar. Mas gostava da normalidade, do clima, do romantismo. Era bonito vê-la se perder no próprio mundo, como sorria cantando as músicas de que mais gostava e como vez ou outra tocava as favoritas de Ana Laura também.

E era a trilha sonora perfeita para fazer suas coisinhas de crochê.

Por Deus, elas eram um estereótipo sapatão, mesmo. Tinham até mesmo ido morar juntas no terceiro mês de namoro – talvez boa parte do problema tenha sido esse.

Ninguém as levou a sério quando se conheceram naquela festa, afinal, Aline só ficaria na cidade durante as férias de verão e logo voltaria para Rio Grande – onde morava com a irmã. Mas algo tinha acontecido quando se beijaram sob as luzes neons daquela casa de festas de caráter duvidoso. Algo que fez com que Ana Laura esquecesse de todos os filmes de terror que já assistira na vida e levasse uma completa desconhecida para seu apartamento que *ficava bem perto dali*. Algo que fez com que a chamasse para um encontro de verdade já no dia seguinte – com um jantar e um vinho superfaturado em um restaurante chique, com roupas arrumadas demais para serem confortáveis.

Elas transformaram aquelas férias em uma vida, correndo contra o tempo para que dedicassem cada segundo que tinham uma à outra. Foram três semanas juntas, mas fizeram valer como anos. E, quando Aline teve de partir, quando estavam as duas paradas em uma rodoviária movimentada demais para que as pessoas lhes dessem qualquer privacidade, Ana Laura deixou escapar a pergunta que mudaria o curso de suas vidas:

— Quer namorar comigo? — soprou baixinho, um pedido tímido que a fez corar.

— De longe? — Aline ergueu uma sobrancelha.

Aquele foi o aviso que Ana Laura só percebeu anos depois: *Quer namorar comigo?*, perguntou ela. *De longe?*, questionou a outra.

Ana Laura a abraçou e tranquilizou, prometendo que conseguiriam fazer aquilo. Prometendo que iria vê-la sempre que pudesse e que sua casa sempre estaria ali para recebê-la também. Depois de pensar algum tempo, de sustentar o coração dela nas mãos até decidir se o queria, o *sim* finalmente veio. E ouvi-lo deixou a garota tão extasiada que as sirenes vermelhas em sua cabeça pararam de tocar.

Aline tinha dito sim e isso era tudo o que importava. E ela se redimiu três meses mais tarde, quando perguntou o que Ana Laura achava de morarem juntas.

— Eu termino minha faculdade à distância — tinha dito. — Posso ficar no teu apartamento ou a gente arruma outro que seja nossa cara. E a gente precisa ter um gato! Eu gosto tanto de gatos!

E foi isso.

Antes que Ana Laura percebesse, aquela que acreditava ser o amor da sua vida estava entrando pela porta da frente com duas mochilas e um *ukulele*. Jamais passou pela sua cabeça que, cinco anos mais tarde, iria embora com a mesma facilidade. E levando o gato que escolheram *juntas*.

O nome de Clara brilhou na tela do celular.

Tu não me parece muito fã de Anavitória.

Deu uma risada ao lembrar do comentário que ela fizera quando tudo aquilo começou.

Não sou, só disse que Aline canta bem.

Se tu tá dizendo...

O que é isso? Ciúme?

Ficou encarando sua provocação, meio arrependida de tê-la mandado. Tinha ficado confortável muito rápido para fazer piadas, era fácil se esquecer de que Clara era tímida – e que ainda estavam se conhecendo.

Digitando...

Digitando...

Digitando...

E, então, nada.

Um minuto inteiro se passou enquanto Ana Laura encarava o nome da mulher no topo da conversa das duas, esperando o momento em que o aviso de que ela estava digitando voltasse.

— Tá falando com quem? — Helena perguntou, os cotovelos apoiados na bancada enquanto a encarava.

— Ninguém — mentiu, bloqueando a tela do aparelho e colocando-o de volta no bolso, como se isso apagasse o vácuo que recebera.

— Tá falando com tua namorada? — a menina insistiu. — Minha mãe disse que tu tem uma namorada.

A lista de pessoas envolvidas naquela mentira estava saindo um pouco de controle.

— Ela mesma. — Não desenvolveu.

— Foi ela quem te deixou irritada antes? — a metralhadora de perguntas prosseguiu.

— Não, foi outra garota.

— Ela é tua *outra* namorada? — Os olhinhos da menina praticamente brilharam.

Ana Laura sentiu seu rosto esquentar.

— Não tenho outra namorada, Helena. — Franziu os lábios. — Na verdade, ela é minha *ex*-namorada. Talvez tu te lembre dela.

— Aquela que me deixava assistir desenho no celular?

A simplicidade da pergunta lhe tirou um sorriso. Não Aline que-cantava-canções-de-amor-no-pôr-do-sol. Não Aline que-a-tinha-traído. Não Aline que-estava-tentando-transformar-sua-vida-em-um-pequeno-inferno. Apenas Aline que-deixava-Helena-ver-desenho-no-celular.

— Uhum.

Sua afilhada fez uma careta.

— Não gosto dela.

— Não?

Tinha certeza de que a chave para o coração de uma criança era ver desenho no celular.

— Não. Ela levou Batatinha. Eu gostava de brincar com a Batatinha.

Ana Laura gargalhou.

— É, ela foi meio malvada quando fez isso.

— Por que estão conversando? Se ela foi malvada e tu tem outra namorada, deixa ela pra lá.

Ana Laura encarou-a, fechando a cara.

— Nem respondi a mensagem que ela me mandou.

— Mas deixou que ela te irritasse.

Quantos anos aquela garota tinha? Quarenta e cinco?

— Acho que não tenho muito controle disso — retruquei.

— Minha mãe disse que a gente não pode dar bola pro que pessoas com quem a gente não se importa falam — explicou, com a sabedoria de uma senhora casada há décadas e que sabe de tudo sobre a vida. — Se te irritou, é porque tu se importa.

Ana Laura abriu a boca para respondê-la, mas a fechou outra vez. Que tipo de conversas Heloisa tinha com a filha? E por que ela não dava esse tipo de conselho para a melhor amiga?

O celular da mulher vibrou e as duas se encararam.

Helena abriu um sorriso travesso.

— Namorada um ou namorada dois?

— Shiu — chiou, esticando a mão e tocando a testa da menina. A febre já estava começando a baixar. — Quem sabe tu não vai lá trocar de roupa pra gente ir pra pracinha, hein?

A menina arregalou os olhos, animada.

— Tô indo! — Ela saltou do sofá e tascou um beijo grudento em sua bochecha. — Eu te amo!

E disparou na direção do seu quarto.

Ana Laura a acompanhou até que desaparecesse. Depois suspirou aliviada para o nome de Clara piscando no celular.

Ciúmes do quê?, dizia, Eu sou bem mais legal que ela.

Ana Laura encarou a mensagem por alguns segundos. E esperava que a figurinha obscena que mandou em resposta não revelasse que seu primeiro pensamento ao ler aquilo tinha sido "é, sim".

Capítulo 31

Clara

Oito crianças.

Clara daria aula para *oito crianças.*

Até cinco minutos mais cedo, tinha certeza de que daria conta. Eram apenas três a mais do que em sua última passagem pelo estúdio, o que poderia dar errado? Mas enquanto as observava chegar através da janelinha do vestiário, um milhão de dúvidas a fizeram se sentir a pior professora que já existiu.

Seu coração batia rápido e uma gota de suor descia pelas suas costas – mesmo que o ar-condicionado estivesse ligado nos 18 °C.

Era mesmo capaz de fazer isso? Será que meia dúzia de cursos a tinham preparado de verdade para ensinar? Quer dizer, sim, ela dançava desde criança. Sim, ela era boa no que fazia. Sim, ela já tinha dado aulas antes, e estava esperando o resultado da faculdade para preencher as lacunas que faltavam em seu desenvolvimento.

Mas era isso que consolidava uma carreira? E se estivesse sendo ingênua? E se correr atrás de um sonho não estivesse na lista de coisas possíveis na vida real?

Não. *Não.*

Marlene não a teria acolhido se não acreditasse que ela era capaz. Não teria ficado animada com o seu contato. Não teria lhe dado a responsabilidade de cuidar de *oito* crianças. Se estava ali, era porque merecia. Porque faria um bom trabalho.

Puxou o ar devagar, acalmando seu peito em surto.

Um grupo de meninas de uns seis ou sete anos já tinha se formado em um dos cantos da sala, sentadas em uma rodinha com as perninhas em formato de borboleta. As quatro riam e conversavam, compenetradas em algum assunto que parecia muito interessante. Todas de *legging* de moletom e camiseta – e pareciam ter combinado quais cores cada uma usaria, afinal, nenhuma se repetia –, e seus cabelos tinham coques perfeitos finalizados com fitas cor-de-rosa.

Eram adoráveis.

Havia também um menino menor do que elas escorado bem no cantinho, encarando-as enquanto torcia os dedos entre as mãos. Parecia estar tomando coragem para ir falar com elas.

Ainda faltavam algumas crianças para a turma ficar completa – e desejou por alguns segundos que pelo menos uma delas precisasse faltar a aula –, porém não podia mais ficar se escondendo no vestiário. Precisava ir lá e falar com elas, fazer com que se sentissem acolhidas pela nova professora.

Esperava que a acolhessem também.

Ela se lembrava bem de como era ter uma professora nova na escola, todo início de ano. E se lembrava de como o primeiro dia era importante para que se sentisse segura.

Marlene, por sua vez, não estava preocupada com nada. Nem ao menos ficara para ver como Clara se sairia em seu primeiro dia. Apenas entregou as chaves do estúdio, as fichas dos alunos e foi para casa, dizendo que aquela era a última aula do dia e não tinha necessidade de que ficasse ali. Mas tinha, sim. E como tinha. Não que Clara precisasse da validação de alguém a respeito de seu trabalho, era só que... bem, ela precisava.

Por fim, restara apenas ela, a moça da recepção e cinco pequenas criaturas que poderiam ser as melhores ou as piores do mundo.

Respirou fundo, secou as mãos úmidas nas calças de moletom cinzentas e pegou sua pastinha com as informações básicas de todas as crianças. Conseguia fazer isso. Era o objetivo desde o começo, não era?

Era o que a tinha feito sair da faculdade quando já estava tão perto do fim. Era o que a tinha feito enfrentar todos os olhares de quem a achava maluca por isso. Era o que a tinha feito aceitar aquela patacoada de namoro falso. E era, sem dúvida alguma, o que a tinha feito colocar presilhas vermelhas de coração ridículas no cabelo – porque achou que isso a deixaria mais... *simpática*.

Abriu a porta que levava à sala principal antes que tivesse tempo de desistir.

Todas as crianças se viraram para ela ao mesmo tempo. As meninas se calaram e o garoto lá no fundo respirou aliviado.

— *Er*... oi — Clara cumprimentou, entrando na sala e fechando a porta atrás de si. — Como vocês estão?

Uma das meninas da rodinha encarou-a no fundo dos olhos, como se fosse capaz de enxergar sua alma. Uma de suas sobrancelhas estava erguida, de repente fazendo-a parecer mais velha.

— É a professora nova? — perguntou, desconfiada.

— Sou, sim — assentiu, abrindo um sorriso que esperava transmitir mais segurança do que estava sentindo. — Meu nome é Clara.

Silêncio completo.

As cinco crianças a observavam como observariam um inimigo, enquanto bolavam um plano para derrotá-lo. E se fossem muito apegadas na última professora? E se ela estivesse arruinando o momento favorito de alguma delas simplesmente por não ser a pessoa que queriam ali?

Passou a língua nos lábios, de repente, secos.

A sala não era muito grande, com piso laminado de um marrom bem claro e paredes cor-de-creme cheias de pinturas de contornos humanos dançando em alguns tons mais escuros. Um espelho gigante cobria uma das paredes laterais, na qual também havia uma comprida barra de metal em uma altura um pouco abaixo de sua cintura. Luzinhas de Natal contornavam todo o espelho.

Na parede oposta, um armário com prateleiras compridas acomodava mochilas, garrafas d'água e casacos possivelmente descartados segundos depois das mães das crianças terem lhes dado as costas. Ao lado, uma mesa comprida com algumas plantas e um notebook.

Tinha sentido tanta falta daquele lugar! Não daquela sala em específico, mas do estúdio. Do cheiro. Da sensação do chão frio sob seus pés descalços. Da liberdade que todo aquele espaço vazio lhe dava.

Fazia dois meses que não pisava em um estúdio de dança. Dois meses que não deixava seu corpo se comunicar da única forma que sabia: com seus movimentos. A mulher que nunca fora boa com palavras, na verdade, não precisava delas – desde que tivesse um palco para deixar seu corpo falar. A falta que aquilo fazia em sua vida pesou toda de uma vez só, e teve de se esforçar para controlar as lágrimas que tentavam se formar em seus olhos – seria um péssimo jeito de começar uma aula.

Vozes ecoaram na sala da recepção, e para seu terror, as crianças que faltavam surgiram na porta, acompanhadas de uma mulher alta com um terninho de risca-giz. Ela abriu um sorriso sem graça para Clara.

— Desculpa o atraso. — Suas mãos estavam pousadas nos ombros de duas das meninas. — Busquei essas três na escola faz quarenta minutos, mas o trânsito...

— Não tem problema — Clara tranquilizou-a, fazendo um gesto com a mão. — Ainda não começamos aqui.

A mulher assentiu, os cabelos loiros e lisos escapando para fora do rabo de cavalo. Parecia atrasada, mas isso não a impediu de analisar Clara por alguns instantes. Seus olhos passaram por cada centímetro dela, como se estivesse decidindo se ia ou não com a sua cara.

— Clara, né? — perguntou em um tom de quem já sabia a resposta. — Marlene mandou um e-mail falando sobre ti.

— Isso. Vou assumir essa turma por um tempo.

— Uhum... — Mais alguns segundos de inspeção, então abriu um sorriso mais amigável. — São agitadas, mas são crianças incríveis.

Clara riu.

— Ah, eu não duvido disso. — Tentou não cruzar os braços, com medo de parecer desinteressada. — Farei o possível para gastar toda a energia que tiverem sobrando.

Os lábios da mulher tremeram, contendo um sorriso.

— Ah, boa sorte com isso. Sou a Fernanda — apresentou-se. Então, apontou com o queixo para a menina sob sua mão esquerda. Era uma cópia perfeita dela. — Sou mãe dessa daqui, a Olívia. As outras pestinhas são Helena e Manuela.

A garota mais da frente, Helena, olhou para a Fernanda com uma cara feia.

— Ei, não sou uma pestinha! — Fez biquinho.

— Claro que não... Enfim, é melhor eu ir! — a mãe se despediu, então se abaixou para falar com as crianças: — Se comportem, ok? Hoje é a tia Ana quem vem buscá-las.

As três se penduraram em seu pescoço despedindo-se também, mas a mulher mal havia se erguido quando dispararam pela sala e atiraram suas mochilinhas de princesas em uma das prateleiras do armário. Dois segundos depois, já corriam para o ponto onde as outras quatro, agora de pé, as aguardavam.

Gritinhos e abraços ecoaram quando todas elas se encontraram. A energia da sala se acelerando em um instante. Ok. Tudo bem.

Era óbvio que todas se conheciam, restando apenas rezar para que não armassem um complô para se livrarem da professora nova como em um filme da Sessão da Tarde.

— Certo. — Clara apoiou as mãos na cintura. — Vamos começar?

Capítulo 32

Clara

Não precisava ser um gênio para entender como a dinâmica da turma funcionava. Olívia, Helena e Manuela eram praticamente uma só. Sentavam juntas, se alongavam juntas, só conversavam entre si e implicavam umas com as outras o tempo inteiro.

O grupinho que estava sentado junto quando Clara chegou era uma versão criança das populares da escola, mas de um jeito bem menos maldoso e traumático. A de cabelos castanhos com blusa amarela, Amanda, parecia ser a líder: era a primeira a fazer tudo, a que ajudava as amigas com dificuldades e que adorava dar palpite sobre a música que estava tocando.

E havia Henrique, que fizera tudo o que fora pedido, mas só abrira a boca para dizer seu nome e sua idade na hora das apresentações. *Um introvertido, senhoras e senhores.* E que já tinha conquistado a afeição da professora.

Não havia grandes planejamentos para aquela aula. O objetivo era conhecer as crianças e entender um pouco como cada uma delas se relacionava com a dança: se gostavam de estar ali ou se estavam apenas agradando algum adulto. Felizmente, nenhuma delas parecia estar na segunda opção.

Depois do aquecimento e de alguns exercícios de fortalecimento, colocou uma música para tocar e observou como as crianças se comportavam. Elas eram adoráveis. De verdade. Estava hipnotizada pelos pequenos pés e bracinhos que giravam de um lado para o outro, e enxergou a si mesma – muitos anos antes – nelas uma dezena de vezes.

— Muito bem — disse, abaixando o volume da música. — Agora vamos fazer uma coisa diferente: preciso que vocês formem duplas.

Alguns resmungos ecoaram, principalmente do grupinho maior. Mas logo quase todas as duplas estavam formadas. Como esperado, faltava apenas o trio inseparável e Henrique, que parecia aterrorizado com a ideia de interagir com alguma das meninas.

— Vocês também — Clara determinou, com gentileza.

Esperava que as meninas tivessem autonomia para decidirem o que fazer, mas interviria se fosse necessário. Não queria deixar o garoto com a sensação de que tinha sobrado.

Clara já tinha sido aquela criança. Aquela com quem ninguém queria fazer os trabalhos da escola porque era *esquisita* demais. *Vai arrumar um menino pra fazer dupla contigo*, se lembrava de ouvir, *tu nem se parece uma menina mesmo*. Palavras agressivas demais para se dizer a uma menina de doze anos que ainda estava tentando entender quem era.

Para sua surpresa, no entanto, Helena soltou a mão de Manuela e saltitou até o garoto. Os cabelos pretos e cacheados chacoalharam em torno de seu rosto em suas duas marias-chiquinhas. Ela abriu um sorriso caloroso para ele, fazendo parecer que se conheciam desde que nasceram.

— Posso fazer dupla contigo? — ela perguntou, sem qualquer sinal de que o fazia por obrigação.

Henrique não disse nada, mas balançou a cabeça em concordância. E foi isso.

Fácil assim.

— Ok, vamos lá! — Clara bateu palminhas.

Instruiu as crianças do que deveriam fazer e se apoiou contra uma das paredes, fazendo a contagem para que começassem.

— *Cinco, seis, sete, oito*! — gritou, estalando os dedos conforme falava.

Sua atenção pipocava de dupla em dupla, mas manteve os olhos em Henrique e Helena por mais tempo que nos demais. Os dois pareciam se divertir, e alívio tomou conta do seu peito. Introvertido devidamente adotado.

Mal conseguia conter a própria animação. Era tão bom estar de volta! Não, era *maravilhoso* estar de volta. Toda a insegurança que sentira mais cedo parecia agora a coisa mais ridícula do mundo.

Tinha nascido para fazer aquilo. Para dançar e para encorajar os outros a fazerem o mesmo. Então, essa era a sensação de realizar um sonho.

Tudo estava indo perfeitamente bem. As crianças eram maravilhosas – agitadas, com toda a certeza –, mas nada além do esperado para aquela idade. Sua confiança no próprio trabalho estava mais forte do que nunca.

Quando a aula se aproximou do fim, pediu que todos se sentassem em um círculo mais uma vez.

— Bom, espero que tenham gostado dessa nossa primeira aula — admitiu, sem conseguir conter um sorriso.

As crianças gritaram todas ao mesmo tempo, dificultando que entendesse o que diziam.

— Gostei muito da aula, profe — disse Amanda.

Seu coração derreteu com a palavra e como ela soava adorável dita pela menina.

— *Éééééé*! — concordaram os outros.

Henrique sorria como se fosse uma criança completamente diferente da que chegara no estúdio uma hora atrás.

— Então, nos vemos na semana que vem — falou Clara. — Foi um prazer conhecer vocês!

As crianças se levantaram em um salto, correndo pela sala atrás de suas coisas. Helena foi a única que ficou. Ela se ergueu devagar e caminhou lentamente até o local em que a professora estava sentada. Parecia querer dizer alguma coisa.

— Foi bem legal o que tu fez — Clara elogiou a garota. — Fazer dupla com o colega que estava com vergonha.

A menina abriu um sorrisinho.

— Ele é bem legal. — Deu de ombros, fazendo parecer nada de mais. — E me deu uma bala de banana na semana passada.

Os lábios de Clara se abriram ainda mais. Algumas crianças eram tão… simples! *Ele me deu uma bala de banana e agora somos amigos para sempre*. Quis que todos os colegas dele na escola fossem assim também.

— Eu amo bala de banana! — contou, então a encarou por um momento. — Precisa de alguma coisa, meu bem?

A menina estreitou os olhos, pensativa. Muitos cachinhos escapavam de seu penteado agora, e suas bochechas tinham um tom avermelhado por causa da aula. Achou que ela diria algo sobre Henrique, e Clara já se preparava para qualquer que fosse a bomba prestes a sair daquela boca. Helena parecia o tipo de criança que não era capaz de medir suas palavras.

Mas o que ela disse, no entanto, quebrou qualquer uma de suas expectativas — e qualquer planejamento de resposta.

— Tu namora a Analá, né?

Clara franziu o cenho, levando um tempo para raciocinar. Em teoria, não namorava ninguém e isso confundiu sua cabeça. Piscou para a garota, organizando seus pensamentos.

— Oi?

— Analá — repetiu, bem devagar. — Melhor amiga da minha mãe.

Melhor amiga da…?

Aos poucos, as peças foram se encaixando. Nem fodendo. Nem fodendo *mesmo*.

— Como é o nome da tua mãe, querida? — interpelou-a, com um nó na garganta.

A mulher que a trouxera era mãe de Olívia, que supôs fazer parte de algum esquema de carona com as outras coleguinhas da escola. Tentou puxar em sua mente as informações da ficha da menina, mas não tivera tempo de lê-la por completo, afinal Marlene as tinha entregado naquela tarde mesmo.

— Heloisa Ferreira — indicou lentamente, parecendo ter sido treinada para dar aquela informação.

Heloisa. Porra.

Aquela era a filha de sua chefe. Não a reconheceu pelo nome porque, bem, não havia qualquer semelhança física entre ela e a mãe. E porque trabalhava na cafeteria há pouquíssimo tempo, nunca tinha visto foto alguma da menina.

E porque deveria haver milhares de *Helenas Ferreiras* por aí.

As palavras da mãe de Olívia voltaram à sua mente.

Hoje é a tia Ana quem vem buscá-las.

Não.

Não era possível.

Quer dizer…

— Ei! — Uma voz conhecida ecoou pela sala do estúdio.

Clara morreria bem ali. Sério. Sem sombra de dúvidas.

Seu coração deu um salto em seu peito, e antes que tivesse a coragem de se virar para a porta para confirmar suas suspeitas, Helena esqueceu-se completamente de sua presença e saiu correndo.

— Analá! — berrou.

Logo, não restou nada à professora além de virar o rosto lentamente para a porta, onde uma Ana Laura sorridente se abaixava para receber um abraço apertado da filha de sua melhor amiga.

Capítulo 33

Ana Laura

Ana Laura tinha conseguido. Depois de tanto tempo, tinha finalmente assumido que era uma psicopata. Uma psicopata perseguidora e perigosa.

Espremida no canto da recepção do estúdio de dança, Ana Laura espiava pela janelinha de vidro para dentro da sala de aula aquela que era a cena mais fofa que já tinha visto na vida: *Clara* dando aulas para crianças. Os cabelos estavam presos por uma borrachinha que dava sua vida para mantê-los sob controle, mas o corte em estilo *wolfcut* não facilitava o trabalho. A franja sempre desgrenhada tinha sido presa com – *atenção* – duas presilhas em formato de coração nas laterais da cabeça, e a camiseta branca larga caía por cima de calças de moletom cinza.

E estava só de meias. Meias coloridas.

Mas caso a soma de todas essas coisas já não fossem adoráveis por si só, havia também a expressão em seu rosto. Clara sorria como Ana Laura nunca tinha visto, e seus olhos brilhavam do jeito mais clichê possível. Pensou nas palavras dela naquela manhã na feira, quando dissera que nunca tinha sorrido como sua mãe. Apostaria sua baleia de crochê – o presente que agora enfeitava a estante da sua sala – que era aquele sorriso, porque não era possível que houvesse uma expressão de realização maior do que aquela.

Ela estava ajoelhada atrás de uma das amiguinhas de Helena, segurando-a com delicadeza pela cintura enquanto a ajudava a ajeitar a postura para o exercício que faziam. Observava a menina com toda a concentração do mundo, atentando-se a cada pequeno detalhe.

Uma música que Ana Laura nunca ouvira na vida tocava em volume alto e todas as outras crianças ao redor analisavam com suas testas franzidas como se o que quer que Clara estivesse dizendo fosse a informação que mudaria suas vidas.

Ana Laura conhecia aquelas crianças – tinha dado carona para metade delas mais vezes do que era capaz de contar. Nunca as vira tão quietas e concentradas, tão compenetradas nas instruções da professora. Era surpreendente demais.

Tudo ali era surpreendente demais.

Quer dizer, quais eram as chances? Deviam existir uma centena de estúdios de dança em Porto Alegre. Em momento algum passou por sua cabeça que Clara daria aulas naquele em que Helena estava matriculada – muito menos que seria justamente em sua turma.

O universo estava pregando uma peça nela, não havia outra explicação.

— Por que não me contou? — Heloisa tinha berrado para ela quando recebeu um e-mail da diretora no início da semana.

— Ela conversou contigo sobre as tardes de folga! — defendeu-se, sem muita convicção.

— É, mas tu não me disse que era no estúdio da Nena!

— Porque eu não sabia!

Aquilo tinha gerado uma desconfiança por parte dela. Afinal, que tipo de namorada não saberia o lugar no qual a outra tinha conseguido um emprego novo? Mas ela defendeu-se dizendo que tinha sido tudo muito rápido e que, no medo de deixar Clara ainda mais nervosa, evitou fazer perguntas demais antes da hora.

A desculpa colou. E foi assim que ela acabou ali naquele fim de tarde de uma quinta-feira, espionando sua namorada de mentira dar aulas para sua afilhada e as amiguinhas dela.

A vida era uma grande piada. E elas mal tinham conversado durante a semana.

Ana Laura tinha faltado ao trabalho na segunda para cuidar de Helena e, nos outros dias, suas conversas tinham se resumido à organização do festival. Decidiram estender mais uns dias as inscrições, para variar um pouco os artistas. Tiveram bastante fichas preenchidas, mas os estilos eram muito parecidos.

Estava um pouco envergonhada por causa daquele *encontro de mentira* de domingo, de como ele tinha tomado um rumo inesperado. Evitou muito contato depois disso. Mas agora estava ali: na porta do emprego novo de Clara, como uma *stalker* psicopata daquelas séries que ganhavam documentários na Netflix.

Chegou até mais cedo. De propósito.

Sabia muito bem a hora em que a aula de Helena terminava, já a tinha buscado infinitas vezes. Mas ainda faltavam quarenta e cinco minutos quando estacionou o carro de Heloisa – que assumiu o atendimento da cafeteria neste meio tempo – na frente do estúdio.

— Vai lá encher o saco da tua namorada. — Helô tinha dito, atirando as chaves do carro para ela. — Aproveita e distribui aquelas *criaturinhas* em suas respectivas casas.

— Não achei muito *positivamente educacional* chamá-las assim — zombou.

Disse isso porque Heloisa era a maior praticante da educação positiva que existia na face da terra.

— Estou falando pra ti, não pra elas. — Heloisa mostrou a língua.

Não conseguia nem encontrar uma desculpa para ter ido tão cedo. Nada além da mais pura curiosidade de vê-la distraída fazendo algo que gostava. E por Deus, ela levava muito jeito com as crianças. Helena era uma garota fácil de agradar, mas conhecia aquela turma o suficiente para saber que elas conseguiam ser uns 200% mais agitadas do que aquilo.

Clara as conduzia muito bem, e conseguiu até mesmo separar as panelinhas de sempre. E ainda havia o brilho em seus olhos que, mesmo de longe, conseguia ver.

Ana Laura queria amar alguma coisa como ela obviamente amava dançar. Queria que existisse algo que fizesse seu coração bater mais forte, que pudesse chegar em seus pais e dizer "ei, é isso que eu quero fazer. É por isso que não posso voltar para o restaurante". Houve um tempo em que acreditou que encontraria isso cursando Letras, e ainda tinha esperanças de que voltasse a ser assim.

Ana Laura suspirou, o que formou um círculo embaçado no vidro diante de seu rosto. Dentro da sala, a música havia parado e a rodinha de crianças se esticava lá na frente tentando pegar a ponta dos pés. Era tão bonitinho que doía.

Clara fazia o mesmo movimento, o tronco descendo sobre suas pernas e... Certo, ela era assustadoramente flexível. Não havia possibilidade alguma de que Ana Laura levasse as mãos tão à frente do próprio corpo naquela posição. As crianças tentavam imitá-la, confiantes de que estavam fazendo igualzinho.

Depois, Clara conversou um pouco com as crianças e dispensou-as.

Ana Laura afastou-se da porta e esperou que todas saíssem. O plano era aguardar por suas unidades de crianças na recepção, longe dos olhos da professora nova.

Para seu terror, apenas duas delas apareceram. Ainda faltava Helena.

Óbvio que faltava Helena. E óbvio que ela estava indo conversar com Clara.

Capítulo 34

Ana Laura

— Analá! — Helena gritou, correndo em sua direção.

Mas a atenção de Ana Laura estava focada no outro rosto, na expressão de completo choque ao vê-la ali. Certamente, não era a única naquela sala com a plena certeza de que a vida estava brincando com sua cara – tudo em Clara dizia que era exatamente isso que se passava por seus pensamentos, também. Um tanto quanto reconfortante – mas não o suficiente, considerando a situação na qual se encontrava.

Helena voou contra suas pernas e Ana Laura se abaixou para abraçá-la.

— Fiquei te esperando lá fora — repreendeu com educação.

— Eu tinha uma coisa mais importante para resolver primeiro — respondeu, com aquele olhar de senhora de setenta anos.

— E posso saber o que era tão urgente assim?

A menina pensou um pouquinho.

— Não me disse que tua namorada era tão bonita. — Foi a pérola que deixou seus lábios.

Alto. Alto demais. Clara foi elegante o bastante para não comentar nada, tampouco deixar qualquer reação estampar seu rosto, apenas se ergueu do chão e a cumprimentou de longe.

— E aí?

— Oi. — Ana Laura obrigou a própria voz a soar firme. — De todas as coincidências, essa aqui foi a mais bizarra.

Falou em tom de brincadeira, muito embora seu coração parecesse prestes a sair pela boca. Clara deu uma risada nervosa.

— Estava pensando a mesma coisa. — Clara deu um passo para a frente, mas parou, em dúvida se deveria se aproximar.

— Achei a profe bem legal — Helena se intrometeu. — Pode namorar com ela.

As bochechas de Clara ficaram vermelhas, e Ana Laura tinha certeza de que as dela estavam também.

— Nossa, muito obrigada! — respondeu, enfática. — Não sei o que eu faria sem a tua aprovação!

A menina mostrou a língua.

Não tinha se preparado para aquele encontro, mesmo que ir ali tenha sido planejado. Deveria ter pensado no que diria antes de entrar na sala. Ou antes de descer do carro. Ou antes de sair da cafeteria.

Deveria ter *ficado* na cafeteria.

Ana Laura nem sabia o que a tinha levado até ali. Disse a si mesma que era pua curiosidade, que a coincidência era tamanha que precisava vê-la diante de seus próprios olhos. Mas a verdade era que... Bem, ela nem ao menos tinha certeza de qual era a verdade. Só sabia que não deveria estar ali.

E agora era tarde demais. Qualquer comportamento esquisito seu viraria conversa entre sua afilhada e a mãe, e isso era perigoso.

Sua única solução foi olhar para a menina e pedir:

— Espera com as meninas ali fora, vou resolver umas coisinhas com a Clara e já encontro vocês.

— Uhhh, a tia vai beijar na boca! — ela gritou, dando risadinhas.

— Helena! — Ana Laura repreendeu-a, em choque.

No entanto, a garota não se importou. Ela saiu da sala aos risos indo ao encontro das suas amigas, possivelmente prestes a contar para todas elas que sua madrinha namorava sua professora de dança. E que elas estavam se beijando na sala de aula.

Não se surpreenderia se três rostinhos encapetados surgissem no cantinho da porta a qualquer instante.

— Ela tem um estoque inesgotável de energia, né? — Clara comentou, tentando aliviar a tensão.

— Ah, tu não faz ideia! — Ana Laura esfregou os dedos nos olhos, recuperando-se da vergonha. — Mas ela é ótima.

— É sim. — Clara, por fim, se aproximou. — É a filha da Helô, né?

— Não conhecia ela ainda? — Ana Laura ergueu uma sobrancelha.

— Nunca tive conversas muito profundas com Heloisa sobre qualquer coisa além dos pedidos de tortinhas de limão. — Deu de ombros.

— Me admira que ela não tenha te alugado por duas horas ininterruptas mostrando fotos da Nena em todas as situações possíveis — brincou, porque se deixasse, aquela era a única coisa que sua amiga faria da vida.

A mulher riu.

— Acho que só faltou oportunidade.

— Aproveita esse momento, então. Logo a coisa vai sair do controle.

— Não sei se vou precisar… — Ela deu um sorrisinho. — A filha dela é minha aluna, agora. É mais provável que ela fique *me* pedindo fotos e vídeos da menina.

Ana Laura riu, nervosa.

— Tem razão.

As duas ficaram em silêncio. Talvez fosse sua deixa para ir embora e acabar com a estranheza daquele momento. Clara, no entanto, pigarreou e disse:

— Ela já sabia sobre a gente. — Indicou com a cabeça na direção da porta.

— Ah… Heloisa é incapaz de guardar qualquer coisa só pra si mesma — explicou, meio que pedindo desculpas. — Deve ter feito algum comentário no segundo em que viu teu nome no e-mail da escola.

— Nem sabia que Marlene tinha avisado o pessoal. Faz sentido, mas não te dei conta disso. Tentei não pensar mais do que o necessário nas aulas pra não ficar muito ansiosa. Não que tenha adiantado, de qualquer forma.

Clara se encolheu um pouquinho, uma pontinha de preocupação torceu o estômago de Ana Laura. Estranho.

Cruzou os braços diante do peito, sem muita certeza do que fazer com eles.

— Nenhuma de nós pensou muito. — Deu uma risada curta. — Se eu tivesse te perguntado o nome do estúdio, toda essa surpresa teria sido evitada.

— Realmente. Foi uma namorada bem desinteressada.

Foi difícil saber se ela estava brincando ou não baseado em seu rosto. Mas quando ele se abriu em um sorriso, percebeu que sim.

— Insuportável.

— Sou.

— Vai se foder.

— Tu me xinga demais, meu bem. Tem que parar com isso.

E lá estava ele de novo: o meu bem.

— Para de me chamar assim… É contra as regras!

— Que absurdo seria quebrar a regra mais importante de todas. — Ela deu uma risadinha. — Bom, tenho que arrumar as coisas por aqui. Vou fechar o estúdio sozinha.

Ana Laura entendeu a deixa.

— Sim, claro. — Deu um passo para trás, evitando seus olhos. — E eu tenho que distribuir meu carregamento de crianças pelo bairro.

Clara soltou um arzinho pelo nariz.

— Boa sorte com isso. Achei que gastaria toda a energia delas, mas isso talvez seja impossível.

— Talvez, não. Com certeza.

— Sério, não sei de onde sai tanta disposição! Eu estou *um lixo*! — Esfregou os olhos com as mãos. — Pelo jeito, quintas-feiras serão meu dia oficial de pedir comida. Sem condições de cozinhar depois de um dia desses.

Ana Laura nem conseguia imaginar como ela se sentia. Helena sozinha era capaz de esgotá-la, imagina oito dela.

— Quer jantar lá em casa? — A pergunta saiu praticamente sozinha. — Temos que riscar Grey's Anatomy do nosso contrato.

Clara arregalou os olhos de leve, surpresa.

— Hoje?

— É... Tenho que cozinhar, porque tem um monte de coisa na minha geladeira que se eu não usar logo vai estragar, e fazer comida só pra mim é meio sem graça de qualquer forma, afinal, eu sou uma só e...

As palavras saíram uma depois da outra, completamente atropeladas. Cinco frases transformadas em uma só sem uma única pausa para que respirasse. Nem conseguiria, se tentasse. Não havia ar em seus pulmões e nem no mundo, porque tinha tomado uma decisão impulsiva mais uma vez.

Que ideia mais estúpida! Sério.

Sério!

— Por mim, pode ser.

Clara soltou enquanto Ana Laura tentava encontrar uma forma de fugir de si mesma. Tinha se tornado sua maior inimiga, o que era bastante complicado, porque... *Espera, pode ser?* Ela aceitou seu convite na maior naturalidade do mundo, como se fossem simples amigas e... Elas *eram* simples amigas, lembrou-se.

Não era nada de mais. Apenas um jantar. Apenas alguns episódios de série. Nada próximo do fim do mundo como sua cabeça estava tentando fazer parecer.

— Combinado... Às oito tá bom pra ti? — perguntou, arrependendo-se de cada decisão que já tomou na vida que poderia tê-la colocado ali. — A gente come cedo, assiste uns dois episódios e fim. Tu precisa abrir a cafeteria amanhã, de qualquer forma. É coisa que acaba cedo.

Clara passou a língua pelos lábios.

— Às oito parece ótimo — Havia um toque de humor em seu tom de voz.

Tinha percebido o nervosismo de Ana Laura. E estava se divertindo com a situação. Insuportável.

— Legal — respondeu, balançando o corpo para a frente e para trás.

— Legal — Clara repetiu.

Elas ainda ficaram se encarando, e Ana Laura ficou na dúvida se precisava dizer mais alguma coisa e...

— *Analááá!* — Helena berrou.

Estava parada sob o batente da porta, os bracinhos cruzados enquanto batia o pé no chão.

Ah, é.

— Estou indo! — gritou de volta, então deu um sorriso sem graça para Clara e se despediu. — Até depois.

— Até. — Ela abriu um sorriso.

Ana Laura saiu quase correndo de lá, puxando a afilhada consigo. Do jeito que vinha tomando decisões impulsivas, se passasse mais um segundo com Clara, ia acabar convidando-a para um jantar com seus pais – o que, além de ser contra as regras, era a maior loucura do mundo.

Capítulo 35

Clara

Clara sempre se considerou uma mulher inteligente, mas aquele namoro de mentira estava tirando o pior que tinha de sua capacidade lógica. Não deveria ter aceitado o convite de Ana Laura, e sabia disso no momento em que ele foi feito. Poderia ter inventado qualquer desculpa que justificasse sua recusa, e então estaria livre daquele constrangimento. Estaria na segurança de sua casa, onde pediria uma comida de aplicativo da qual se arrependeria e depois capotaria no sofá da sala.

Mas aquela brincadeira saiu do controle e perdera sua capacidade de dizer não. Tinha alguma coisa no sorriso dela quando lhe pedia alguma atrocidade que tornava o trabalho difícil demais, e a lista de *sins* que dizia ficava cada dia mais extensa.

O que mais a irritava era que aquilo era culpa sua, que foi *sua* ideia que assistissem uma série juntas. E fora sua ideia levar a porra de um vinho.

Parecia educado quando passou no mercado. Se Ana Laura cozinharia para as duas, achou que seria de bom-tom levar uma bebida. Mas, agora, parada na calçada em frente ao prédio dela… Ser educada estava beirando ao ridículo.

Enquanto esperava que ela descesse cinco andares para recebê-la, percebeu a impressão que a bebida passava – a intenção *nem tão intencional assim* que se escondia entre o líquido bordô e aquela rolha escrota.

Porra, se ao menos tivesse escolhido um vinho com tampa de rosca… Aquela garrafa não pareceria tão suspeita se tivesse optado pela bebida de sempre com sua tampa patética que gritava *sou adulto, mas não ao ponto de gastar dinheiro com um abridor*. Clara sempre comprava vinho com tampa de rosca – porque ela obviamente não era adulta o bastante para gastar dinheiro com um abridor.

Mas, por algum motivo, o corredor de sempre no mercado de sempre a deixou intimidada. Uma sensação estranha surgiu em seu peito, trazendo uma necessidade de impressionar. Quando percebeu, tinha atravessado até o outro lado do setor de bebidas, onde os vinhos ficavam em suportes de madeira idiotas e tinham rótulos com nomes tão idiotas quanto.

Era com um *desses* que esperava na porta de Ana Laura: um vinho de rótulo fresco com uma tampa de rolha fresca feito para gente mais fresca ainda.

Não. De jeito nenhum que entraria com aquele vinho. Não correria o risco de passar uma impressão *completamente equivocada.* Jogá-lo fora, no entanto, era inconcebível também. Tinha gastado naquela garrafa o valor de três do seu vinho de sempre.

Pensa, pensa, pensa.

Os segundos iam passando, e a certeza de que a qualquer momento Ana Laura apareceria naquela porta era sufocante. Que ideia merda. Que ideia estúpida.

Procurou ao redor, desesperada por um lugar onde conseguisse escondê-la. Se conseguisse deixá-la longe dos olhos de terceiros, poderia pegá-la quando estivesse indo embora. Não desperdiçaria seu precioso dinheiro, e Ana Laura jamais suspeitaria de que havia trazido aquela porcaria.

Deu alguns passos atrás, refazendo o caminho estreito de pedras que a levara até a entrada do condomínio. Vários arbustos floridos costeavam as paredes da construção, mas eram densos demais para que enfiasse a garrafa neles.

O esconderijo perfeito se mostrou como uma resposta dos deuses às suas preces mais patéticas, e o vaso de chão que tinha a altura de sua coxa era... pavoroso. Muito feio. De péssimo gosto. Do tipo que se olhava e pensava *como é possível que estejam vendendo algo assim?*, logo seguido de um honesto *como é possível que as pessoas* comprem *algo assim?* O mais estranho era o tanto que ele destoava do resto do jardim, que era até que muito bem decorado.

Foco, está perdendo um tempo que tu não tem.

A planta tinha um formato arredondado, e os galhos eram espaçados o bastante para que enfiasse seu contrabando ali. Seria perfeito. Abaixou-se diante do vaso, analisando o ângulo perfeito para encaixar o vinho. Abriu espaço com a mão, rezando para que nenhum inseto mortal a atacasse e...

— Que porra é essa? — A voz de Ana Laura a atravessou como um raio.

Na verdade, teria *preferido* que fosse um raio.

Clara ergueu o rosto em câmera lenta, adiando o que era inevitável: Ana Laura parada sob o umbral da porta, iluminada pela lâmpada do hall de entrada em seu short jeans de cintura alta e camiseta branca – como se fosse alguma aparição espiritual vinda do *outro lado.*

Levantou-se em um salto, batendo a mão livre nos joelhos rasgados de sua calça jeans – uma moda que nunca perderia a graça. O arbusto chacoalhou de forma dramática, meio que gritando um *viu só o que ela estava fazendo?* para chamar a atenção. Quis mandá-lo se calar, mas o gesto não amenizaria aquela cena ridícula.

Fala alguma coisa. Pelo amor de Deus, fala qualquer coisa!

— Eu... hum. — Seu rosto inteiro começou a pegar fogo. — Eu trouxe vinho.

Capítulo 36

Clara

Se morrer de vergonha fosse possível, aquele seria seu último dia na Terra. Queria que o chão se abrisse sob seus pés e a engolisse; que um buraco de minhoca surgisse e a sugasse para dentro dele, e só a cuspisse em outra dimensão. Queria que um caminhão desgovernado acidentalmente fosse parar naquele caminhozinho de pedras avermelhadas e passasse por cima dela.

Ana Laura a analisava com os olhos estreitados, tentando decifrar o que diabos estava acontecendo ali. Certeza que a achava louca – e nem estaria tão errada assim.

— Entra aí — ela gesticulou com a mão —, antes que meus vizinhos descubram que essa planta feia é, na verdade, um pé de vinho tinto.

Deu uma risadinha nervosa.

— Está aí uma coisa que a humanidade poderia inventar. — Tentou desconversar.

— Já inventaram. — Ela abriu um sorriso conforme Clara passava ao seu lado para dentro do prédio. — Chamam de *videira*.

Quis mandá-la à merda, mas aquele constrangimento não era culpa de ninguém além de sua. Abaixou a cabeça e seguiu em silêncio atrás dela escadaria acima. Elas e aquela garrafa de vinho patética.

Ir até ali tinha sido um erro. Uma coisa era interagirem no trabalho ou na feira ou em algum lugar *neutro*. Aquele era território de Ana Laura, o que era intimidador por si só. E ainda era contra as regras.

Passara o caminho inteiro até ali montando diálogos em sua cabeça, pensando em coisas que poderia dizer, assuntos que poderia abordar. Como boa antissocial que era.

— Como foi a aula? — Ana Laura quebrou o gelo.

Parecia que ela tinha ouvido seus pensamentos. Parecia que tinha descoberto suas paranoias e encontrado um jeito de fazê-la se sentir mais à vontade. Aquele era um assunto no qual poderia se estender por horas e horas.

— Foi... surpreendente. — Um sorriso ameaçou se desenhar em seus lábios. — Estava com mais saudade de ensinar do que me lembrava. Quis desistir umas trinta vezes antes da aula começar, mas assim que me apresentei para as crianças... — Sorriu, em definitivo ao se lembrar. — E elas pareceram gostar tanto também!

— Óbvio que gostaram — Ana Laura respondeu, olhando por cima do ombro, os cachos compridos chacoalhando às suas costas. — Isso era uma dúvida?

— Claro que era! — devaneou. — Eu poderia ter chegado lá e todas aquelas pessoinhas de um metro de altura resolverem que não iam com a minha cara. Ou que a antiga professora era mais legal. Ou que eu não sabia o que eu tava fazendo. Agradar criança é uma roleta-russa, viu? E eu não teria chance alguma contra um motim.

Ana Laura riu.

— Elas te amaram. O Trio do Terror falou de ti por todo o caminho para casa.

Incrível como a menção ao *Trio do Terror* fez surgir três rostinhos bem específicos em sua cabeça.

— É? E o que disseram?

As duas alcançaram o quinto andar e Ana Laura segurou a porta da escadaria aberta para que Clara passasse na frente. Seus ombros roçaram um no outro quando avançou, um arrepio cruzando seu corpo.

Quando a porta se fechou atrás de Ana Laura, ela respondeu:

— Primeiro, Manuela disse que tua roupa tinha *cheiro bom* — explicou, seguindo pelo hall até a terceira porta à direita. As chaves que tirou do bolso ecoaram pelas paredes verde-claro. — Depois, Olívia disse que não era tua roupa e sim o teu cabelo. O que se estendeu em uma longa discussão sobre a possibilidade de tu usar um shampoo da Barbie que vem em uma embalagem *roxinha com azul*.

Clara deu uma risada alta.

— Ah, não! — gemeu. — Elas descobriram meu segredo!

— Eu sabia! Reconheceria aquele cheiro em qualquer lugar! — Elas riram conforme Ana Laura destrancava a porta. Ela parou ali e apontou para dentro. — Entra... e pode ficar à vontade, viu?

O aroma de legumes sendo cozidos foi a primeira coisa que sentiu, seguido do que parecia ser algum incenso – embora não conseguisse identificar de quê. Ficou na dúvida se deveria tirar os sapatos – em sua casa, sempre tirava –, mas quando ela não o fez, seguiu-a de *All Star* verde e tudo.

Era um apartamento muito bonito, com chão de taquinhos e uma grande janela de vidro pela qual deveria entrar bastante luz durante o dia. À sua direita, uma bancada separava a sala da cozinha, e banquetas altas e amarelas estavam encaixadas nela. O sofá cinza-claro estava coberto por uma manta azul-turquesa – que em nada combinava com os assentos amarelos, mas tinham tudo a ver com a quantidade criminosa de plantas espalhadas pelo ambiente.

Eram muitas plantas. De verdade. Das mais variadas espécies e tamanhos. E não havia nenhuma decoração de Natal – o que era bem esquisito. Será que Ana Laura odiava o Natal? Aquele parecia um bom motivo de término, caso aquele namoro fosse real.

Ana Laura fechou a porta e passou por ela, que permaneceu congelada ali sem saber o que fazer. Por que diabos aquilo estava sendo tão difícil? Ficaram sozinhas inúmeras vezes antes. Trocou o peso de uma perna para a outra e limpou a garganta.

— O cheiro está muito bom — elogiou, erguendo os olhos tentando espiar o que era feito. — O que está preparando?

— Yakissoba. — Ela abriu um sorriso. Um sorriso bonito para caralho. — Imaginei que alguém que faz feira todo domingo às oito da manhã gostaria desse cardápio.

— Amo yakissoba. — Refletiu o sorriso dela. Na verdade, era uma de suas comidas favoritas.

As duas ficaram se encarando, mas pareceu um pouco menos constrangedor do que antes. A atenção de Ana Laura caiu sobre a garrafa de vinho.

— A gente vai beber isso aí, ou era algum experimento com meu jardim?

Clara pigarreou.

— Engraçadinha — Ela levou a bebida até a bancada.

Observou-a dar uma risada e se virar para um armário, ficando na ponta dos pés para alcançar as taças dentro dele. Sua cozinha era assustadoramente organizada. Não havia louça alguma na pia, apesar dos muitos vegetais sendo refogados em uma grande frigideira no *cooktop*. Havia colheres compridas presas em um suporte na parede, ao lado de várias xícaras coloridas separadas por tamanho em duas prateleiras de madeira.

A única coisa que destoava da arrumação perfeita era uma caneca laranja largada em uma das superfícies de mármore preto. Estava lascada e sem a alça, o que a fez supor que tinha *sofrido algum acidente* e estava ali esperando para ser jogada fora.

Ana Laura pousou duas taças na bancada que as separava e pegou a garrafa de vinho. Puxou uma gaveta embaixo da pia e tirou um abridor de garrafas de lá. Claro que ela tinha um abridor de garrafas. Ela era adulta o bastante para ter um abridor de garrafas.

— Só falta cozinhar o macarrão — avisou, girando a rolha do vinho.

— Sem pressa. Comi um sanduíche quando cheguei em casa.

— Não confia na minha comida? — Ana Laura ergueu uma sobrancelha.

Clara riu.

— Não.

Ela a mandou à merda.

Quando terminou de abrir a bebida, serviu-a e arrastou uma das taças para a frente de Clara, e ergueu sua própria, meio que aguardando um brinde. Um brinde *à quê*, quis saber. Mas não perguntaria em voz alta. Ninguém disse nada enquanto levava as taças aos lábios, e logo após o primeiro gole, Clara entendeu o motivo do preço daquele vinho.

— Nossa. — Ana Laura arregalou os olhos. — Muito melhor que os vinhos com tampa de rosca que eu costumo comprar.

Clara engasgou, e foi difícil não espirrar da bebida roxa para todos os lados.

— Vinho de tampa de rosca?

— Nunca provou? — A mulher olhou-a como se fosse maluca. — Eles são bem mais baratos, sabia? Devia experimentar.

Não rir daquele comentário foi uma tarefa quase impossível.

— Pode deixar, vou tentar qualquer dia desses.

Da próxima vez, pegaria o vinho mais barato que encontrasse. Quer dizer, se houvesse uma próxima vez. Foi estranhamente incômodo pensar que talvez não houvesse.

Ana Laura se virou para mexer o macarrão, dando goles esporádicos na bebida, enquanto Clara estava agarrada à sua taça como se ela a protegesse de todos os males do mundo. A cada segundo, ficava mais arrependida de ter ido até ali. Tinha alguma coisa estranha acontecendo com ela e não sabia explicar o quê, e a sensação parecia querer sufocá-la.

— Me alcança os pratos? — Ana Laura pediu, sem se virar para ela. — Ficam na segunda porta do balcão de baixo. *Hashis* estão na primeira gaveta. Tem um pacote de guardanapos em cima da geladeira também.

Clara assentiu, seguindo suas instruções. O esconderijo dos pratos, no entanto, ficava exatamente onde Ana Laura cozinhava – que precisou dar um passinho para o lado para abrir espaço. Ajoelhou-se ao lado dela e o mundo girou rápido demais, mas ainda não tinha bebido o bastante para que o vinho justificasse. Uma onda de calor atravessou seu corpo quando seu ombro roçou de leve na coxa exposta dela, e juntou dois pratos mais rápida que a velocidade da luz.

Suas mãos estavam suando. Por que suas mãos estavam suando?

Deixou pratos e talheres na bancada ao lado do fogão, a pedido dela, e apoiou-se na ilha da cozinha para continuar sua bebida. Longe. Bem longe dela.

— Como foi na cafeteria hoje? — perguntou, esperando que seu rosto não estampasse o que rodopiava em seus pensamentos.

— Tiveram alguns clientes, para surpresa geral da nação.

— Foi tranquilo de atender sozinha?

— Uhum. E sobrou tempo para preparar a divulgação do evento com o nome da galera selecionada e tudo o mais.

— Uma tarde produtiva, eu diria.

— Foi, realmente. — Ela desligou o fogão. — Nossa, estou tão ansiosa para que isso dê certo! Helô fica se fazendo, dizendo que está tudo bem e que tem a fotografia também. Mas sei que o Cantinho é muito mais do que só um trabalho ou as contas da casa. É o sonho dela, sabe?

Clara assentiu.

— Vai dar certo. Estamos fazendo nosso melhor — tranquilizou-a.

Ana Laura se virou e a observou por alguns segundos.

— Obrigada — disse, com um sorriso sem graça. — Por ajudar e tudo o mais.

— Capaz — respondeu, constrangida também.

Quando foi que ficaram tão envergonhadas apenas de conversarem? Aquilo estava saindo do controle.

Clara se ofereceu para ir preparando a série na TV enquanto ela finalizava a comida, tentando afastar aquela sensação esquisita. Abaixou-se diante do rack, procurando pelo controle, e deu uma risada quando o encontrou.

— Tu coleciona artesanato de crochê. *Claro* que tu coleciona artesanato de crochê.

Uma prateleira inteira tinha sido coberta por dezenas de bichinhos, dos mais diversos tamanhos. E deu um sorriso ao ver a baleia que tinha lhe dado de presente na feira ali também.

— É um caminho sem volta — Ana Laura brincou. — Um dia, tu está aprendendo a fazer uma mantinha simples e no outro, encheu pastas e mais pastas com receitas de animaizinhos que tu não tem competência nenhuma para fazer.

Clara continuava rindo.

— Aí tu compra os que não consegue fazer?

— Tipo isso — Ana Laura concordou, aproximando-se com dois pratos já servidos de yakissoba.

Ela os largou na mesinha de centro e resgatou a taça de Clara – esquecida na ilha da cozinha –, enchendo-a outra vez. Acomodou-se no sofá e ficou esperando que fizesse o mesmo.

O sofá não era muito grande, e Clara ficou nervosa ao perceber que ficariam tão perto uma da outra mesmo que se sentasse bem na outra ponta. Respirou fundo. Conseguia fazer aquilo. Era só um jantar para assistir à série, como duas amigas normais fariam. Aquele nervosismo não condizia com a relação que tinham desenvolvido uma com a outra, e não tinha certeza do porque seu estômago estava tão... Agitado.

Ana Laura colocou uma almofada no colo para amparar o prato e disse:

— Estou pronta. É bom que a série seja divertida.

Capítulo 37

Ana Laura

Clara ficava muito bonita naquela camisa cinza de botões. E Ana Laura estava ficando muito bêbada.

Aquelas duas informações, sozinhas, não significavam muita coisa. Clara tinha um bom gosto para roupas, e isso era um fato. Ana Laura bebera duas taças cheias de vinho, isso era outro fato. O problema era que, quando colocadas juntas, as coisas começavam a ficar um pouco confusas. Aquela era a única explicação que conseguia encontrar para o fato de não parar de olhar para ela.

O primeiro episódio inteiro passou sem que o absorvesse direito, porque as porcarias dos seus olhos não conseguiam parar de observá-la de soslaio. Percebeu, não com pouca surpresa, que gostava de como o rosto dela se inclinava para o lado quando estava concentrada na TV, e do som que fazia quando algum personagem dizia alguma coisa engraçada. Ana Laura acabava rindo junto sem se dar conta. Não porque tivesse ouvido a piada, mas porque gostava da risada dela.

No segundo episódio, Clara estava mais confortável também. Fazia comentários a respeito da trama e até elogiou sua comida – o que fez seu cérebro derreter por completo. O que diabos estava acontecendo com ela? Não era como se sua comida ser boa fosse uma informação nova. Ana Laura era uma ótima cozinheira, o elogio não deveria tê-la deixado tão sem jeito. Mesmo assim, ali estava ela, completamente constrangida porque uma garota tinha dito que seu jantar estava gostoso.

Ana Laura não percebeu o momento em que a distância entre elas desapareceu, mas quando o terceiro episódio chegou, suas pernas estavam dobradas sobre o assento, e seus pés estavam apoiados nos de Clara. Ela não parecia ter reparado no contato, enquanto cada pedacinho seu estava arrepiado pelo toque.

Tudo culpa daquele vinho caro – e muito bom – que Clara trouxera. E daquela maldita camisa cinza de botões que a deixava muito, muito b...

— Puta que pariu — Clara soltou, de repente —, já são onze horas!

Ela se levantou em um salto, trazendo Ana Laura de volta para a realidade. Nem percebera as horas passarem, estava ocupada demais tendo uma sequência de *gaypanics* repentinos e infundados. Quer dizer, assistiram a três episódios inteiros, era óbvio que estava ficando tarde, mas como era possível que tanto tempo tivesse se passado e não conseguisse se lembrar de um único detalhe da série?

As coisas estavam saindo de seu controle.

Clara começou a juntar os pratos e taças vazias, levando tudo até a pia.

— O que está fazendo? — Franziu a testa.

— Vou lavar isso aqui antes de ir, ué — ela respondeu, como se fosse óbvio.

— Não precisa, resolvo a louça em dois minutinhos.

Levantou-se também, a fim de tirar as coisas das mãos dela, mas as duas taças de vinho – cheias – cobraram seu preço e, na mesma velocidade em que se ergueu, a gravidade a trouxe de volta para o sofá. O mundo girou para todos os lados ao mesmo tempo.

— A regra é simples. — Clara largou as coisas na pia. — Quem cozinhou, não limpa.

Nunca ouvira falar naquela regra, mas ficou feliz por sua existência. Aquilo nunca se aplicou naquela casa.

— Sim, senhora. — Riu, erguendo as mãos em desistência.

Levantou-se de novo – mais devagar dessa vez –, e foi até ela, ajudando a recolher as coisas do fogão. Clara ficou tensa de repente, mas não entendeu o motivo. Suas costas ficaram eretas e seus ombros, travados.

Talvez fosse a bebida dando seu ar da graça nela também.

Ana Laura apoiou o quadril na bancada ao lado da pia, ficando de costas para o mármore, observando-a separar pratos de talheres de panelas e de copos, sem dizer palavra alguma. Apenas a observava, em silêncio, perguntando-se o que a teria deixado desconfortável.

Repassou a noite em sua cabeça, tentando se lembrar se deixara explícito algum dos pensamentos esquisitos que tinham tomado conta de sua cabeça, porém, não. Não tinha como Clara saber que estava obcecada pela camisa cinza de botões, nem que o vinho a tinha feito imaginar cenários muito pouco decentes em sua mente.

Mesmo assim, havia alguma coisa no ar.

Clara sentira alguma coisa.

E Ana Laura não queria que ela fosse embora sem descobrir o que era. A dúvida não a deixaria dormir e ir para a cafeteria na manhã seguinte seria motivo de ansiedade. Precisava descobrir – e logo – o que estava acontecendo.

Queria saber o que se passava na cabeça dela, mas tinha medo de perguntar. Queria falar de alguma banalidade que aliviasse o clima, mas só conseguia pensar em questões que deixariam tudo ainda mais esquisito. Queria saber a história por trás da cicatriz em seu antebraço direito, que nunca percebera até aquele momento. Queria saber como encontrou sua gata, Berenice, e quando os domingos de feira começaram a fazer parte de sua rotina. Queria saber quem eram os amigos com quem saiu naquele sábado à noite, e perguntou-se se, algum dia, teria a chance de conhecê-los.

O único som naquela cozinha era o da água caindo da torneira sobre os talheres e o bater dos pratos ensaboados conforme Clara os largava no mármore, e quis preencher o silêncio com perguntas a respeito de todas as coisas que ela gostava. Queria saber *por que* gostava de cada uma delas, e o que as tornavam tão especiais.

Quem poderia imaginar que o vinho seria uma bebida tão cheia de curiosidade.

Quando uma eternidade se passou, tomou coragem de quebrar o silêncio.

— Devia chamar teus amigos para o festival. — Foi o que disse.

— Chamei — Clara respondeu, meio triste. — Mas sabe como final de ano é, todo mundo volta pra casa da família no interior.

— Ah, o êxodo dos LGBTQIA+ que moram na cidade... — Deu uma risada.

— Exatamente.

— Uma pena, queria conhecê-los.

Merda.

— Queria?

Clara virou o rosto para ela, analisando-a. Mas Ana Laura não conseguiria explicar, nem se tentasse. Tudo o que sabia naquele momento era que elas estavam muito perto uma da outra. Muito, muito perto. E que ela estava muito, muito bêbada. E que Clara estava muito, muito bonita naquela camisa.

Foi involuntário levar seus olhos até os lábios dela, porque ela tinha lábios muito bonitos. Na verdade, Clara *inteira* era muito bonita – e não era a primeira vez que pensava isso. Tampouco era a primeira vez em que cogitava a possibilidade de beijá-la.

Pensou nisso no dia em que ela chegou na cafeteria, quando apareceu com uma flanela verde e preta de manga curta, abotoada até em cima, e calças largas de um jeans lavado. Clara tinha um piercing na sobrancelha na ocasião, mas só agora Ana Laura percebeu que ele não estava mais lá – e não fazia ideia de há quanto tempo estava sem. Não trocaram muitas palavras naquele dia, e achou que era por terem acabado de se conhecer.

As roupas, o jeito reservado, a pontinha de uma tatuagem misteriosa aparecendo sob a manga da camisa... Tudo aquilo chamou sua atenção e, naquela noite, enquanto preparava seu jantar, reviu aqueles olhos verdes de novo e de novo em sua mente.

Eram aqueles mesmos olhos que agora a analisavam, que pareciam enxergar todos os pensamentos que Ana Laura tanto se esforçava em tentar esconder. Então, não, não era a primeira vez que se imaginava beijando Clara. Mas era a primeira vez que cogitava ceder àquela vontade.

Ela estava logo ali, a menos de um passo de distância. Era só erguer seu rosto. Era só colocar as mãos no dela. Era só preencher o ar entre suas bocas com o toque pelo qual tanto ansiava naquele instante.

Clara percebeu a intensidade com que era encarada, e deixou a esponja dentro da pia ao seu virar. Sua cabeça tombou para o lado, como sempre fazia quando estava pensando, e a lateral de seu quadril se apoiou na bancada.

— O que foi? — perguntou. Mas sua voz estava meio rouca, de um jeito que Ana Laura nunca tinha ouvido. De um jeito que a levava a creditar que a mulher sabia *exatamente* o que foi.

Porra, o efeito que aquele tom teve sobre Ana Laura foi criminoso. A ONU deveria ser notificada a respeito dos perigos dele.

E de garrafas de vinho caro.

Respirou fundo, erguendo seus olhos até que encontrassem os dela.

— Acho que tu sabe o que foi.

Tentou deixar sua voz minimamente rouca como a dela estava, mesmo sabendo que *sedução* não era uma de suas habilidades.

Clara trocou o peso de um pé para o outro, analisando cada detalhe de seu rosto.

Ela tinha entendido, né? Tinha plena consciência de que não era capaz de manter longe de sua expressão todas as coisas que aconteciam dentro de sua cabeça. Nem ao menos estava tentando.

Não mais.

Então, de certo, Clara deveria ter entendido.

Havia uma energia estática no espaço entre seus corpos puxando Ana Laura na direção dela. Não tinha certeza de quando dera aquele passo que as afastava, tudo o que sabia era que, agora, restava apenas um filete de ar separando seu peito do dela.

Os olhos dela eram duas incógnitas, e era impossível ter certeza do que poderia estar acontecendo dentro de sua cabeça. Ana Laura pousou uma mão em seu ombro, o contato, mesmo quente, enviando um arrepio por toda a sua pele.

Clara prendeu a respiração, mas não se afastou.

Ia realmente fazer isso? Beijá-la bem ali, na sua cozinha? Seu coração parecia uma escola de samba dentro de seu peito e sua mão tremia, mesmo apoiada nela. Não conseguia pensar direito enquanto a mulher a encarava naquela intensidade.

— Isso é totalmente contra as regras do nosso contrato — ouviu-se dizer, mas seus pés já ficavam em ponta conforme levava sua boca na direção da dela.

— Sim — Clara concordou, o hálito com cheiro de vinho tinto roçando em seu nariz.

Ainda assim, ela não se afastou. Certo, ela tinha entendido.

O mundo inteiro poderia estar em chamas que Ana Laura não teria percebido. Não havia nada além delas e daquela camisa cinza e da vontade perturbadora de descobrir a sensação de ter os lábios dela nos seus.

Quando a distância entre suas bocas se desfez, por fim, o arrepio se transformou em um choque elétrico. Seu coração parecia ter parado de bater e Ana Laura, esquecido como respirar.

Clara, no entanto, não retribuiu o beijo. Ela ficou completamente parada, os lábios colados nos dela sem exercer movimento algum.

E se, com aquele *sim*, ela quisesse dizer que não queria beijá-la? E se Ana Laura tivesse lido os sinais de forma completamente errada? Porque, apesar de não ter se afastado, todo o corpo de Clara estava agindo como se não quisesse estar ali.

Estava parada, congelada, talvez pensando "*que porra é essa?*", enquanto Ana Laura percebia que tinha acabado de estragar tudo. O acordo, o plano, o festival, a amizade recém conquistada.

Era por isso que tinham feito regras, porra! Para evitarem aquele tipo de coisa!

Afastou-se com pressa, buscando nos olhos dela qualquer coisa que pudesse explicar o que acabara de acontecer. Estavam arregalados, do tamanho do mundo inteiro, e não havia nenhuma resposta neles.

Merda.

Merda, merda, merda.

Capítulo 38

Ana Laura

Seus pés mal tocaram o chão de volta quando a mão de Clara alcançou sua nuca, impedindo-a de se afastar demais. Ana Laura tinha tantas perguntas que gostaria de fazer, tantas coisas que precisava entender, mas, em um segundo, estava se afastando, com medo de ter passado do limite e, no outro, Clara a estava puxando de volta.

Diferente da primeira vez, não houve hesitação alguma quando seus lábios se encontraram. Clara manteve uma mão em seu pescoço, enquanto a outra passava por sua cintura e colava sua barriga na dela. E Ana Laura, por sua vez, levou as suas até as bochechas dela.

Era a primeira vez que tocava seu rosto, a primeira vez que sentia sua ele sob os dedos. Era macia, quente. Tinha cheiro de sabonete de erva doce.

Clara tinha gosto de vinho e de chiclete de melancia. Tinham jantado juntas e, mesmo assim, ela tinha gosto de chiclete de melancia. Sua língua era suave quando encontrava a de Ana Laura, curiosa, exploratória, buscando a melhor forma de se mover ali. O mundo girou para todos os lados ao mesmo tempo, encaixando-as de um jeito que nem parecia possível.

Elas estavam se beijando. Clara e Ana Laura. As duas mulheres que mal conversavam e que, de repente, namoravam de mentira.

Ficaram assim por segundos. Por horas inteiras. Ana Laura não tinha como saber – e nem queria.

Quando se afastaram, suas respirações estavam sincronizadamente desreguladas. Seus peitos subindo e descendo a uma velocidade preocupante, faltando no mundo inteiro ar para controlá-los. Elas se encararam de bocas abertas, assimilando o que tinham acabado de fazer como duas crianças que acabaram de ser pegas fazendo algo que não deviam.

Silêncio.

Não havia constrangimento, no entanto. Era só… silêncio. Precisava dizer alguma coisa, né? Qual era o protocolo para *acabei de beijar minha namorada de mentira que, na verdade, eu não poderia beijar?*

— Acho que vamos precisar jogar aquele contrato fora. — Ouviu-se dizer.

Uma gargalhada preencheu o apartamento, enquanto Clara jogava a cabeça para trás.

— É, somos incompetentes demais para seguir as regras dele. — O rosto dela estava corado, mas não parecia ser de vergonha. — Eu tinha uma louça para lavar, Ana Laura! Como que eu vou me concentrar pra terminar isso, agora?

— Sério que tu vai continuar lavando a louça? — questionou, rindo.

— Óbvio! Continua suja!

Ana Laura riu ainda mais.

— Estava pensando nela enquanto me beijava, né?

— Com toda a certeza! Segurei tua cintura imaginando a esponja cheia de detergente.

Sua mão encontrou o braço dela em um soquinho leve, que Clara respondeu com uma risadinha.

— A gente podia beber mais um vinho antes de tu ir.

Não havia nenhuma chance de que deixasse Clara ir embora tão cedo.

— Não, não. — Balançou a cabeça. — Amanhã é dia útil e sou eu quem vou abrir a cafeteria. Chega de vinho pra mim.

Ana Laura murchou um pouquinho.

— Entendi.

Percebendo sua decepção, Clara cutucou-a com o cotovelo.

— Relaxa, vou te beijar mais um pouco antes de ir.

— Insuportável — xingou, sentindo o rosto arder de vergonha.

Aquele tinha sido o *pós-beijo* mais estranho de toda a sua vida. Não um estranho ruim, apenas… tranquilo. Simples. Elas estavam arrumando a cozinha e então se beijaram. E, então, estavam arrumando a cozinha outra vez.

Ana Laura foi até a mesinha de centro, juntando os guardanapos que ficaram para trás.

— Isso aqui é pra lavar ou pra jogar fora? — Clara perguntou por cima do ombro.

Não entendeu de imediato, e precisou se virar para ver do que ela estava falando. Com as mãos ensaboadas e a expressão curiosa, segurava uma caneca laranja sem alça e lascada.

Tinha se esquecido de que ela estava na bancada. Tinha esquecido que tentara jogá-la fora outra vez naquela manhã – e que tinha falhado. Vê-la nas mãos de Clara, no entanto, deixou tudo ainda mais ridículo.

Ela e Aline nunca foram compatíveis, e levou mais de um ano para enxergar aquilo. O amor não tinha sido feito para machucar, dissera uma garota com quem saiu uma vez. Sorriu ao se lembrar daquele dia. Sorriu ao perceber que era a garota bem ali na sua frente.

Ela e Clara tinham se beijado, e tinha sido legal. E queria beijá-la de novo.

A mesma Clara que dançava e que dava aulas para crianças. Que fazia feira todo domingo de manhã e sabia que Ana Laura gostava de artesanato de crochê. A mesma Clara que estava bem ali, com sua camiseta cinza de botões e expressão confusa.

Clara não fazia ideia do que a caneca significava e, de repente, teve vergonha de contar. Não porque achasse que ela faria alguma piada, e sim porque era uma grande besteira. E percebeu que era ridículo estar usando se tempo para pensar naquela caneca quando poderia está-lo usando para beijar a mulher que a segurava.

E porra, queria muito – *muito* – beijar a mulher que a segurava.

Que desperdício enorme pensar em Aline naquele momento. E juntando toda a coragem que tentou ter há meses, respondeu:

— Pode jogar fora.

Capítulo 39

Clara

Fazia quatro dias desde que ela e Ana Laura tinham se beijado pela primeira vez, e era a única coisa que faziam quando ficavam sozinhas desde então. Elas se beijavam quando se encontravam na cafeteria pela manhã e nos intervalos em que Heloisa saía para buscar Helena na escola. Elas se beijavam quando não havia ninguém para atender e, às vezes, se escondiam na cozinha quando a dona da cafeteria ainda estava por lá.

O tempo passava, o dia acontecia, e tudo em que Clara conseguia pensar era na boca dela tocando a sua. Estava obcecada, viciada. Era como se beijar Ana Laura fosse a única coisa que existia para se fazer. E estava completamente surpresa com isso. Não era desse jeito que beijos funcionavam com ela.

Clara simplesmente não se dera conta que *poderia* beijá-la até que, bem, estivesse acontecendo. Seria mentira dizer que não tinha pensado nisso, porque tinha. Claro que tinha. Quando se abaixou ao lado dela para pegar os pratos na cozinha. Quando os pés dela se apoiaram nos seus no sofá. Em cada olhar de soslaio que lhe lançava enquanto assistiam série juntas. Mas entre a possibilidade de um beijo e um de verdade, havia uma centena de coisas. Só precisou de um segundo para assimilar.

— Para de me olhar assim — Ana Laura repreendeu-a.

Ela estava na frente do balcão de atendimento com os braços apoiados na madeira e o rosto inclinado para o lado. Seus cabelos encaracolados estavam presos com uma *xuxinha* cor-de-rosa, meia dúzia de cachos caindo em torno de seu rosto como a moldura de um quadro. E Clara a estava encarando a sabe-se lá quanto tempo.

— *Assim* como? — questionou, já sabendo que iria se arrepender.

— Como se soubesse como é me beijar.

Clara deu uma gargalhada.

— Não consigo, não agora que eu descobri como é.

Ela se transformou em um pimentão.

— Então, seja legal comigo, ou não vai ganhar outro.

Clara revirou os olhos, dando um gole no café largado diante dela. Estava frio, e só Deus sabe há quanto tempo estava parado ali.

Aquela frase ficou martelando em sua cabeça: *não vai ganhar outro*. Queria beijá-la de novo, disso tinha certeza. Mas e aí? O que faria com isso? O que diabos significava? Odiava aquelas dúvidas, e era por isso que não se envolvia com ninguém.

Exceto que, dessa vez, parecia diferente. Beijar Ana Laura não a deixava constrangida, não a deixava envergonhada. E continuava a beijando porque queria, porque era bom, não porque *era o certo a se fazer* – como sempre acontecia. Esquisito pensar em como aquilo tinha começado. O festival aconteceria no próximo sábado, e as duas tinham conseguido quebrar quase todas as regras do acordo que fizeram. Ao longo de *duas semanas*. O papelzinho dobrado em sua carteira era uma grande piada.

— Nosso tempo está acabando — Ana Laura comentou, parecendo uma resposta aos seus pensamentos.

Sim, estava mesmo. E aquilo entre elas – o que quer que fosse –, chegaria ao fim. Pensar nisso deixou um gosto ruim em sua boca, mesmo que fosse o combinado desde o começo.

— É — respondeu, meio fraco —, está mesmo.

— A galera que selecionamos já confirmou presença, fizemos aquele *post* anunciando o evento e... — Ela começou a tagarelar. — Essa é nossa última semana para divulgar. Acho que precisamos nos empenhar um pouquinho mais nisso.

Só então Clara entendeu.

— Ah, está falando da organização do festival?

— Sim, ué. — Ela franziu o cenho. — Do que achou que eu estava falando?

— De nada. — Balançou a mão com desdém. — Sabe se a Helô conseguiu o equipamento de som emprestado?

— Foi atrás disso hoje de manhã. — Ela sorriu. — Está acontecendo mesmo. Semanas de planejamento e, finalmente, está acontecendo.

Estava. E esperava do fundo do seu coração que desse certo. Tinha se apegado ao emprego, tinha se apegado ao espaço, tinha se apegado... Soltou o ar com força. Estava sendo dramática e precisava parar com isso.

— Vou na cozinha organizar algumas coisas — informou, começando a se afastar. Precisava pensar, organizar sua cabeça.

Ana Laura abriu um sorriso.

— Isso foi um convite?

Ordinária.

E todo o seu plano de *parar com isso* e organizar a cabeça se dissolveu. Teria tempo para pensar depois. Sozinha. Por enquanto, Ana Laura estava bem ali e queria beijá-la de novo. Como Clara também queria.

Abriu um sorriso travesso, passando os dedos pelos cabelos e ajeitando-os para trás.

— Sempre é. — Piscou para ela e seguiu sem olhar para trás, esperando que ela a acompanhasse.

Clara não tinha certeza de como Ana Laura tinha ido parar em cima da mesa de mármore da cozinha, tampouco de como as pernas dela acabaram pressionadas em torno de sua cintura. A única coisa que sabia – e a única com a qual se importava – era que isso deixava a boca dela na altura exata para encontrar a sua, e que seu quadril se encaixava perfeitamente ao dela.

Elas se beijavam como se o mundo dependesse disso, como se naqueles lábios se sustentasse o ar e o tempo e tudo que havia de vivo. Aquilo não era muito *parar com isso* da sua parte, mas não estava nem aí. Ana Laura tinha os dois braços envolvendo seu pescoço, o tronco colado no seu, e um gosto de melancia na língua de um chiclete que, na verdade, era seu. Era só com isso que se importava.

Um universo inteiro se concentrava só nelas duas, em cada som e em cada respiração ofegante. Elas eram as únicas pessoas no mundo inteiro e…

A porta da cafeteria se abriu lá fora.

Em um segundo, estavam grudadas uma na outra e, no outro, em lados opostos da cozinha. Clara passou as mãos pela camiseta preta, alisando qualquer amassado que pudesse ter nela. Ana Laura esfregou os lábios com o punho e arrumou alguns cachos que fugiram para fora do penteado.

Elas se encararam por um segundo, vermelhas em cada milímetro do rosto. Era uma pena que saíssem dali, que deixassem para trás aquela realidade paralela na qual nada poderia alcançá-las. O planeta Terra tinha acabado de chamar e elas precisavam atender.

Deram uma risadinha em sincronia e marcharam para o salão da cafeteria sem dizer uma única palavra. Estavam ficando boas naquilo – em não falar. Tinham descoberto uma utilidade muito mais interessante para o uso de suas bocas.

Ana Laura parou de andar de repente, fazendo com que Clara quase trombasse nela. Ela congelara no lugar, a atenção colada na figura parada na porta.

Aline.

Era *sempre* Aline.

— Oi — a mulher cumprimentou.

— E aí? — Clara devolveu, seca, quando Ana Laura não disse nada.

Ela nem parecia respirar.

Aline trocou o peso de um pé para o outro.

— Recebi o e-mail de vocês — explicou, falando baixo. Tinha se esquecido como seu sotaque era forte. — Com o resultado da seleção para o evento.

Ana Laura seguia em completo silêncio, fitando sua ex-namorada com uma expressão indecifrável, enquanto Clara, parada ao seu lado, só conseguia encará-las.

— Ficou alguma dúvida? — soltou, pousando a mão de leve na cintura da colega, que sentiu estremecer. Com beijo ou sem beijo, elas ainda fingiam namorar.

— Não. — Aline balançou a cabeça, os cabelos compridos acompanhando o movimento. — Só fiquei surpresa, na verdade. Não achei que fossem mesmo me selecionar.

— Já te ouvi cantando. — Ana Laura finalmente encontrou sua voz. — Vai ser legal para o evento.

As palavras pareceram automáticas, sem vida.

— Legal para o evento — ela repetiu, mordendo o lábio inferior. — Esse foi o único motivo?

Então, Clara entendeu. Entendeu a mensagem equivocada que selecioná-la para o festival tinha passado. Ana Laura acreditava que não chamá-la faria parecer que não a tinha superado, enquanto Aline viu a decisão como... bem, a mesma coisa.

Ana Laura percebeu isso também.

— Aline, o que tu esperava que fosse?

Ela nem se mexia ao seu lado, em completo choque com a presença da ex-namorada, mas sua voz era firme. O que quer que se passasse em sua cabeça, estava fazendo um ótimo trabalho em guardar para si.

Clara, por outro lado, sabia carregar toda a sua irritação estampada no rosto.

— Analá, será que a gente podia...

— ... conversar? — ela interrompeu. — Não mudei de ideia desde a última vez, nós não temos nada para conversar. E já falei para não me chamar assim. Tu não me deve coisa nenhuma. — A voz de Ana Laura se elevou um pouco. — Não mais. Eu merecia explicações há um ano, quando tu me traiu. Mas tu pareceu tranquila em só pegar tuas coisas e ir embora da minha vida, e agora não tem direito nenhum de me pedir de volta um espaço nela.

Aline ficou desconcertada com as palavras. Ela não disse nada de imediato, processando o que ouvira. Clara cogitou que fosse melhor deixá-las sozinhas.

— É por isso que acha que estou aqui? — Aline questionou, chocada. — Que vim te implorar pra gente voltar?

Os tons de vozes começaram a se erguer, uma querendo ser mais ouvida que a outra.

Clara definitivamente não queria fazer parte daquilo. As duas estavam tão compenetradas que nem perceberam conforme ela dava vários passos para trás e se enfiava de volta na cozinha.

Ainda conseguia vê-la sentada na bancada, onde estivera minutos mais cedo, observando-a com seus olhos castanhos e aquele meio sorriso de quem sabia de cada pensamento que se passava em sua cabeça. Não tinha ideia de como ela fazia aquilo.

Suspirando, sentou-se ali sozinha. De um dia para o outro, a todo segundo que passavam juntas, Clara pensava em beijar Ana Laura. E quando *não* estavam juntas, ficava esperando que se encontrassem de novo para poder beijá-la outra vez. Era como se alguém tivesse acabado de adicionar a *DLC Beijos* em sua cabeça e essa fosse sua nova missão.

— *E por que está aqui, então?* — A voz de Ana Laura atravessou as paredes.

Não fazia parte dos seus planos ouvir aquela conversa. Nem tinha certeza de como se sentia a respeito da ex-namorada da garota que estava beijando ter… *Não*. Linha de pensamento perigosa.

— *Porque eu levei quase um ano inteiro para entender tudo o que tinha feito contigo* — respondeu a outra.

Uma risada sem humor ecoou, e Clara conseguia imaginar exatamente qual expressão estava no rosto de Ana Laura.

— *Ah, que bom que tu finalmente teve esse grande esclarecimento.*

Clara começou a balançar as pernas, as mãos apoiadas ao lado do corpo enquanto olhava para o teto. Ele parecia bem interessante naquele momento.

— *Eu fui uma filha da puta, eu sei! Mas eu preciso que tu entenda que eu estava cansada.* — Dava para ouvir Aline puxando uma cadeira e se sentando conforme falava. — *Estava longe de casa há tempo demais, e todos os meus amigos eram os teus amigos e…*

— Aquela *era tua casa!* — Ana Laura praticamente gritou.

— *Sabe o que eu quis dizer! Só precisava fazer alguma coisa impulsiva para variar!*

— *E a solução foi* transar com outra mulher? — Ela estava indignada. — *Essa é a tua definição de* fazer alguma coisa?

— *Não vim até aqui brigar.* — Aline suspirou ruidosamente. — *Mas talvez tenha sido ingenuidade minha pensar que seríamos capazes de conversar como duas adultas.*

— *Não me venha com esse papo de conversar como adultas. Não pode aparecer aqui esperando que eu aja como se tudo tivesse terminado bem entre a gente.*

Um suspiro alto. De quem? Não fazia ideia.

— *Escuta, eu só quero te pedir desculpas.*

Silêncio. Por um segundo, por dois, depois dez.

— *Me pedir desculpas?*

— *É. Pela traição e por ter ido embora e por todas as coisas que aconteceram antes disso.* — Sua voz tremeu, talvez estivesse chorando. — *Pelos cinco anos em que te deixei fazer tudo por mim sem nunca fazer nada em troca.*

— *Pena que tenha demorado tanto tempo para perceber isso.*

— *Eu sei.*

— *A questão é que tu deixou um estrago tremendo quando foi embora* — Ana Laura prosseguiu. — *Não foi pouca coisa. Eu levei muito tempo pra começar a te superar e, quando tu apareceu aqui de volta...* — Ela riu, sem jeito. — *Se tu soubesse as coisas que eu fiz quando descobri que tu tinha voltado...*

— *Tipo fingir um namoro?*

Clara quase caiu da bancada. Como ela tinha descoberto aquilo?

— *Do que tu está falando?* — O tom de Ana Laura não era muito tranquilizador.

— *Eu te conheço bem melhor do que tu pensa, Analá...* — Uma pausa. — *Quero dizer, Ana Laura. Não tem uma única foto de vocês em lugar nenhum, e tu sempre adorou um textão no Instagram. A Helô nem segue aquela garota em lugar nenhum. Também tem o fato de que...*

Aquela garota? Quando foi que Clara se transformou em *aquela garota?*

— *Isso não é da tua conta* — Ana Laura cortou. — *Então, não importa. Me desesperei quando descobri que tu tinha voltado. Tive medo de reviver aquele pesadelo todo de novo e de deixar que tu me machucasse outra vez. Mas a real é que o ponto é justamente esse: tu* não vai *conseguir me machucar de novo. Se tem uma coisa que percebi nesses últimos dias é que não sinto falta de ti, e acho que tenho liberdade para admitir que isso me surpreendeu. Das coisas que vivemos? Sim. Das viagens e das risadas e das tardes de filme. Senti falta do que tínhamos juntas. Da vida que estávamos construindo. Mas de ti? Da Aline? Nem um pouco.*

— *Se está tentando fazer com que eu me sinta mal...*

— *É só a verdade. Perceber isso me fez respirar fundo pela primeira vez desde que tu fechou a porta da* minha *casa.* — Sua voz era tão firme que nem parecia a pessoa que praticamente derreteu quando Aline apareceu na cafeteria da primeira vez. — *Então, assim: eu te desculpo. De verdade. Mas não quero manter nenhum tipo de contato contigo.*

Clara ficou sem palavras. Aline, pelo jeito, também.

Passaram-se alguns segundos até que a ex de Ana Laura dissesse alguma coisa.

— *Certo. Tudo bem.*

— *É, tudo bem.*

— *Inclusive, acho que é melhor eu não aparecer aqui no sábado.*

Ana Laura suspirou alto, e Clara simplesmente sabia que ela estava esfregando as mãos no rosto. Como era possível que a tivesse decorado tão rápido?

— *Pode vir, se quiser. Te escolhemos porque tu é boa nisso, e tu sempre gostou desse tipo de evento. Mas se preferir ficar em casa...*

— *Vou fazer isso. Está muito claro que nem tua amizade vou conseguir manter e...*

— *Aline, nós nunca fomos amigas. Nós nem sabemos ser amigas uma da outra.*

— *Eu sei, mas eu gostava tanto da gente! Sinto falta disso. Não do namoro, mas de ter alguém que me entenda.*

— *Sentir falta de ter alguém é bem diferente de sentir falta* de mim. *Não sou remédio para solidão.*

— *Tudo bem* — Aline concluiu, arrastando a cadeira outra vez. — *Era só isso que eu tinha para dizer.*

— *Tchau* — seco.

— *Te cuida.*

Ana Laura não devolveu a gentileza. A porta da rua se abriu e fechou em instantes e a cafeteria ficou em completo silêncio. Clara ainda esperou mais alguns minutos para voltar para lá. Talvez Ana Laura precisasse de algum tempo sozinha para se recompor, talvez quisesse chorar ou qualquer coisa assim.

Quando retornou, Ana Laura estava de costas para a cozinha, a postura impassível. Sua respiração, no entanto, parecia controlada. Ainda encarava a porta de entrada, como se enxergasse o espectro de Aline nela.

— Está tudo bem? — Clara perguntou, apreensiva.

Mas quando Ana Laura se virou e olhou para ela, não parecia triste. Não parecia irritada e nem afetada. Parecia aliviada, como se tivesse tirado todo o peso do mundo das costas.

— Melhor do que eu imaginei que ficaria em todas as vezes que fantasiei com um pedido de desculpas — admitiu, soando mais surpresa do que seu rosto entregava.

— Foram muitas?

— Foram. — Ela abaixou os olhos, constrangida.

— Ei. — Clara se aproximou, seu corpo parando a centímetros do dela. — Não tem que sentir vergonha por não aceitar menos do que tu merece.

Ana Laura ergueu o rosto para enxergá-la. As mãos esticadas ao lado do corpo pareciam inquietas, e Clara colocou as suas na cintura dela como se desse permissão para o toque.

— Ela sabia sobre a gente — falou baixinho, os olhos fixos em sua boca.

— Eu ouvi. — Apertou sua pegada de leve.

— Uma pena, a gente se esforçou tanto pra dar certo.

Ana Laura ficou na ponta dos pés e roçou a ponta de seu nariz na bochecha de Clara. Uma onda elétrica atravessou seu corpo na mesma hora.

— Isso é uma mentira gigantesca... A única regra do nosso acordo que a gente respeitou foi a de assistir Grey's Anatomy juntas.

— E olha onde isso levou a gente — a garota zombou, porque foi aquela noite que resultou no primeiro beijo delas.

— E olha onde isso levou a gente — repetiu, achando graça também. — Isso significa que não estamos mais namorando de mentira?

A pergunta embrulhou seu estômago conforme pairou no ar.

Ana Laura refletiu um instante, suas mãos subindo pelos braços de Clara e pousando em torno de seu pescoço. O toque dela era morno e confortável. As palavras que saíram de sua boca não condiziam com o gesto.

— É, acho que não estamos mais namorando de mentira.

— Ótimo. — Clara tirou uma coragem sabe-se-lá de onde para dizer: — Porque estava louca para te levar em um encontro de verdade. O que vai fazer na quinta-feira à noite?

Capítulo 40

Ana Laura

Ana Laura odiava primeiros encontros. Primeiros encontros representavam o momento em que duas pessoas interessadas uma na outra decidiam passar tempo juntas, com a intenção *romântica* de se conhecerem melhor. O problema de conhecer alguém, no entanto, era o fato de que... bem, os envolvidos não se conheciam. Um primeiro encontro era cheio de silêncios embaraçosos e de perguntas que poderiam tocar em feridas alheias e de risadas forçadas.

Era como marcar na agenda um evento para se pisar em ovos.

Um primeiro encontro com Clara, porém, era diferente. Elas já se conheciam. Já tinham passado por conversas constrangedoras e aberto seus corações uma para a outra sobre seus medos e problemas e sonhos. Mas diferentemente do que deveria, aquilo tornava tudo ainda mais difícil.

Tinha sido tão fácil das outras vezes, quando os encontros eram de mentira! Quando não havia expectativa alguma... Agora, porém, enquanto se arrumava, Ana Laura era *feita* delas. Queria que fosse um bom encontro, queria que se divertissem, queria que desse certo.

Em encontros de mentira, não precisava se preocupar com o que ia vestir, com o que ia dizer, ou se precisava depilar as pernas. Era impossível se frustrar quando não estava esperando nada.

Ana Laura esfregou o rosto com as mãos. Estava sendo patética. Seria como em todas as outras vezes em que estiveram juntas, com a única diferença de que se beijariam no final da noite. Talvez no início também.

Isso se Ana Laura, de fato, comparecesse ao encontro.

Para o qual estava *atrasada*.

A culpa, no entanto, era de Clara. Estava parada em frente ao seu roupeiro tentando decidir o que vestir havia quarenta minutos, mas era difícil tomar uma decisão quando nem sabia para onde iriam.

— *Confia em mim.* — Ela tinha dito. — *Só passa lá no estúdio umas seis e meia. E coloca roupas confortáveis.*

Roupas confortáveis. O que diabos ela queria dizer com *roupas confortáveis*?

Ana Laura achava vestidos confortáveis. Achava macacões confortáveis. Será que era nisso que Clara estava pensando? Ou será que ela pretendia levá-la para fazer trilha e a roupa ideal seria *legging* e blusa de academia?

Deus, que não seja trilha!, implorou. Odiava fazer trilha. Eram perigosas e cheias de mosquitos. E aranhas. E cobras. E estava fazendo 32 ºC naquele fim de tarde pavoroso. Estremeceu ao pensar na temperatura que a aguardava lá fora.

Para piorar, não poderia nem ao menos pedir sugestões para sua melhor amiga. Para Helô, as duas já eram um casal há quase três semanas. Não faria sentido pedir ajuda para escolherem uma roupa quando elas mesmas tinham saído todas juntas dias atrás.

— Inferno de garota — xingou para as pilhas de roupas. — Não custava nada ser mais específica do que isso.

Desistindo de tentar decifrar o que Clara queria dizer, puxou seu macacão de malha laranja-coral. Tinha alças finas, botões no busto e pernas no estilo pantalona. *Confortável.*

Eram seis horas da tarde e já deveria ter saído de casa, então não perdeu muito tempo enchendo-se de maquiagem ou inventando penteados muito complexos — seus cachos estavam volumosos e soltinhos, do jeito que gostava, e emoldurou-os com sua inseparável tiara vermelha.

Borrifou seu perfume favorito duas vezes e jogou uma bolsa por cima do ombro. Suas mãos suavam enquanto amarrava os cadarços do tênis branco, e rezou para que realmente não fossem fazer trilha, pois isso acabaria eles. Sentiu-se mais ridícula do que nunca.

Estava mesmo indo se encontrar com Clara.

Clara, que conhecia sua melhor amiga e sua mãe, e para quem tinha contado sobre seus problemas familiares e sobre sua história com Aline. Clara, que sabia como fazê-la rir como ninguém.

Esfregou as palmas nas calças do macacão e respirou fundo, acalmando-se. Contou até dez, depois até vinte, e, por fim, tomou coragem para chamar seu Uber.

Para o completo choque de todos os envolvidos, roupas confortáveis eram, sim, roupas de academia. Clara a esperava na porta do estúdio em calças de moletom e uma camiseta branca, os cabelos soltos se enrolando em seu pescoço. Tinham crescido naquelas últimas semanas, as voltinhas nas pontas começando a se transformar em ondas mais definidas.

— Está bonita — ela disse, vendo Ana Laura caminhar em sua direção. — Muito, muito bonita.

Sabia que estava. Sabia como aquela cor combinava com seu tom de pele e como o corte da peça desenhava seu corpo realçando cada detalhe seu. Ainda assim, ficou envergonhada. Abaixou os olhos e alguns cachos caíram sobre seu rosto. Clara estendeu a mão para colocá-los atrás de sua orelha.

— Fiquei na dúvida a respeito do que diabos eram *roupas confortáveis* — comentou, tentando não transparecer a vergonha na voz.

— Podia ter me perguntado. — Ela deu uma risada, estendendo-lhe a mão para que fossem para dentro do estúdio. — Mas essa está perfeita.

Ana Laura foi acolhida pelo ar-condicionado da recepção, o alívio instantâneo tomando conta dela. Gostava das cores e do clima do verão, mas não era a maior fã do calor que vinha com ele. Luzinhas de Natal cruzavam cada canto das paredes, e um minipinheiro estava largado na mesa da secretária.

— Para onde vamos? — perguntou, deixando sua bolsa em uma das poltronas vazias.

— Lugar nenhum. — Ela abriu um sorriso conspiratório. — Nosso encontro vai ser aqui.

Não tinha ninguém lá além das duas, sabia que era Clara quem fechava o espaço nas quintas-feiras, mas não esperava por aquela resposta.

— Aqui?

Ela era uma mulher de gostos simples, mas um encontro no trabalho? Muitas perguntas começavam a se formar em sua cabeça.

A expressão animada de Clara vacilou por um segundo, e sentiu-se culpada por questionar o plano antes mesmo de saber o que era. Mas ela se recuperou rapidamente.

— Não sou muito boa com essa coisa de primeiros encontros — explicou, caminhando na direção da porta que dava para a sala de dança. Ela parou com a mão na maçaneta, esperando que Ana Laura a acompanhasse.

Ana Laura deu uma risadinha, surpresa por perceber que aquelas neuras não eram só suas. Nenhuma experiência era individual, de fato.

— Estava preocupada com isso, também — admitiu, seguindo-a. — Antes de sair de casa.

— Pois é... — Ela ajeitou as costas. — E escolher lugares para um primeiro encontro estava me deixando maluca! Nós fomos na feira e fomos jogar sinuca e assistimos à série juntas, mas... Sei lá, o peso era diferente. E aqueles eram lugares que eu estava acostumada a frequentar. Fiquei bastante nervosa tentando descobrir o lugar perfeito para te levar.

Ela estava vermelha, aquilo era certamente algo difícil para ela dizer em voz alta.

— Também não saberia onde te levar num primeiro encontro. — Tentou amenizar o nervosismo dela.

— Decidi te trazer para cá porque é um lugar no qual eu já me sinto confortável. Espero que se sinta assim também.

Ao dizer isso, ela abriu a sala e desapareceu lá dentro. Seguiu-a meio desconfiada, mas tudo fez sentido ao passar pelo batente da porta.

Ana Laura estivera naquela salinha dezenas de vezes. Assistia a aulas e apresentações de Helena, buscava-a quase toda semana, mas agora, nem parecia o mesmo lugar.

A sala cheirava à canela, seu aroma de incenso favorito, mas tinha certeza absoluta que nunca contara isso para Clara. Nenhuma das luzes principais fora acesa, deixando nas mãos das luzinhas de Natal a iluminação do jantar. Os reflexos amarelados deixavam tudo com um ar romântico, aconchegante e, bem no meio do piso de taquinhos, um piquenique tinha sido montado.

Uma toalha grande quadriculada de branco e azul fora estendida, coberta por velas redondinhas que explicavam a origem do cheiro de canela. Havia bandejas espalhadas com queijos, torradinhas, molhos e outros petiscos sem carne. Frutas em potinhos. Uma garrafa de vinho – de tampa de rosca. Duas taças.

Era como um piquenique daqueles que se via nos filmes, daqueles que ninguém nunca fazia na vida real. Só que ao invés de ser ao ar livre, era ali. E era de verdade, feito para ela.

Capítulo 41

Ana Laura

Ana Laura era uma mulher de detalhes, de intenções, e aquele jantar era cheio das duas coisas. Cada pedacinho tinha sido pensado com cuidado e para ela. Para *elas*. Havia esforço e carinho em cada vela, em cada pratinho, em cada fatia de queijo picado que Clara espetara um palitinho amarelo.

— Fez tudo isso pra mim — sussurrou, paralisada.

Não era uma pergunta, era mais uma forma de assimilar

— Fiz — ela respondeu mesmo assim, tirando o celular do bolso e mexendo em alguma coisa.

As caixas de som soltaram um estalo e uma canção começou a tocar. Baixa, apenas para o ambiente, permitindo que suas vozes não fossem abafadas pelo barulho. Ainda assim, reconheceu a voz que saía pelos alto-falantes. Aurora, sua cantora favorita do mundo todo, contava uma história de amor.

— Como...? — Foi difícil encontrar palavras. Sentia-se lisonjeada com tamanho carinho.

— Gostou?

Ela estava parada bem ao lado de onde o piquenique fora montado, em pé no cantinho da toalha. Seus olhos evitavam os de Ana Laura, e ela apertava os dedos entre as mãos. Estava nervosa. Nervosa por sair com ela.

Aproximou-se devagar, temendo que, ao menor dos movimentos, ela saísse correndo. Ou se dissolvesse em fumaça. Parou a centímetros dela, subindo na ponta dos pés e deixando um beijo em sua bochecha. Clara estremeceu.

— Eu amei. Foi a coisa mais legal que já fizeram pra mim.

Que tom de vermelho vinha depois de... *muito vermelho*? Ana Laura não sabia, mas foi daquela cor que o rosto de Clara ficou. Ela parecia capaz de explodir a qualquer segundo.

— Preciso admitir que tive uma ajudinha — murmurou, ainda sem conseguir olhar para ela.

— Ajudinha?

— Quando a noite acabar, vai receber uma mensagem exigindo relatório completo da tua melhor amiga.

— *A Helô* te ajudou! — praticamente gritou, arregalando os olhos.

— Fica tranquila. — Clara por fim encontrou seu rosto. Ela pousou as costas do dedo em sua bochecha, acariciando seu rosto. — Deixei de fora a parte que é nosso *primeiro* encontro.

— Aquela safada. — Deu uma risadinha. — Já está de segredinhos com minha melhor amiga, quem poderia imaginar...

— Precisava de ajuda com o cardápio. — Ela puxou-a pela mão para que se sentassem. — Não sabe quantas vezes recomecei essa porcaria de molho pesto.

— *Tu* fez o pesto? — Era seu molho favorito no mundo inteiro.

— Tentei. — Ela desviou o olhar outra vez.

Aquilo ia muito além de *intenção e detalhes*.

As duas tiraram seus calçados e ficaram só de meias sobre a toalha, acomodando-se cada uma em uma ponta, de frente para a outra.

Pegou uma torradinha da cestinha e encheu-a do molho. Fez suspense antes de morder, enquanto Clara a observava em expectativa. Estava assustadoramente gostoso.

— Nunca vai me convencer que é a primeira vez que fez pesto na vida — murmurou com a boca cheia.

— Na verdade, é a quarta vez — brincou, preparando sua própria torradinha. — As primeiras tentativas deram errado.

Ana Laura riu. Não conseguia tirar os olhos dela, não conseguia parar de analisá-la como se para ter certeza de que era de verdade. Era inexplicável o que três semanas eram capazes de fazer. Inexplicável que estivessem ali, em um primeiro encontro como aquele, depois de toda a história que as envolvia.

Queria dizer a ela que aquilo era incrível. Dizer a ela que se houvesse um concurso de melhores primeiros encontros, aquele levaria o prêmio de primeiro lugar. Dizer que estava feliz que aquela amizade inesperada tivesse se transformado naquilo — o que quer que fosse. Mas não conseguiu.

Falar do que sentia era estranho, depois de tanto tempo. E não queria apressar as coisas. Tinha apressado tudo tantas vezes antes que aprendera sua lição.

Não cometeria o mesmo erro de novo.

— Ana Laura — Clara chamou, e havia algo em seu tom que tornou impossível não encará-la.

Ela sorria. Aquele sorriso tímido de sempre, que escondia mais do que demonstrava. Gostava muito dele.

— Oi — respondeu, de repente, tímida também.

O peso de todos os mundos estavam no verde dos olhos dela. Ela buscava por palavras certas, procurava um jeito de dizer o que suas pupilas dilatadas já faziam por si só. Ana Laura sabia o que ela falaria antes que a frase deixasse sua boca.

— Eu acho que gosto de ti.

A confissão flutuou entre elas, sólida, densa. Quase palpável. Brilhava como se fosse um letreiro neon, mas era delicada como as luzinhas amarelas da decoração. O peito de Ana Laura parecia cheio de borboletas.

— Acha? — perguntou baixinho, com a certeza de que ela também era capaz de ouvir seu coração batendo.

— Uhum — Clara assentiu. Parecia prestes a derreter por entre as frestas do chão de taquinhos.

Era óbvio que não *achava* porcaria nenhuma, era óbvio que sabia. Assim como era óbvio que aquele era o mais próximo que conseguia chegar de dizer como se sentia. Ana Laura era capaz de entender seu medo, ela o sentia, também. Medo de admitir o que se passava dentro dela sem saber se o sentimento seria bem aceito, se seria valorizado. *O amor não foi feito pra te fazer mal*, Clara tinha dito. Mas se não fosse amor, só a machucaria outra vez.

E era cedo demais para saber se, algum dia, seria.

A coragem dela, no entanto, serviu como gatilho para a sua e, mesmo sem ter certeza de quase nada, admitiu em voz alta o pouco que sabia:

— Eu também gosto de ti.

Os ombros de Clara pesaram de alívio, a expressão dela se iluminando mil vezes mais que os pontinhos brilhantes nas paredes. Ela abandonou sua torradinha e se levantou, estendendo a mão para Ana Laura.

— Vem cá.

Achou que ela a puxaria para um beijo. Achou que a puxaria para abraçá-la. Achou muitas outras coisas quando colocou seus dedos nos dela, mas nenhuma de suas teorias envolviam o que ela fez.

— Confia em mim? — Clara perguntou, enquanto a puxava para longe do piquenique.

— Acho que sim. — Franziu o cenho. O que ela estava aprontando?

— Acha como eu acho que gosto de ti ou acha *acha*?

Ana Laura riu.

— Não tenho a menor ideia do que isso significa.

— Ok. Só me acompanha.

Clara segurou-a pela cintura e girou-a no chão, suas meias brancas se arrastando pelo piso até que parasse de frente para o espelho da sala – e de costas para ela. Era quase uma cabeça mais alta que Ana Laura, que a observava pelo reflexo, confusa.

— O que vai fazer?

— Sabe dançar? — A boca dela estava muito perto de sua orelha, e sua pele inteira se arrepiou com a pergunta. Lá estava o aroma de enxaguante bucal e chiclete de melancia, outra vez.

— Não.

Aquilo era sério? Porque, se fosse, seria um desastre. Ana Laura era *incapaz* de dançar.

— Dança comigo mesmo assim?

— É uma ideia muito, muito ruim — avisou, erguendo uma sobrancelha.

Clara riu. Foi uma risada diferente das outras que conhecia, mais grave e rouca.

— Não esquece que ensinar a dançar é meu trabalho.

Ah, ela não tinha esquecido, muito embora tentasse ao máximo não pensar nisso. Imaginar Clara dançando ia muito além do termo *gaypanic*.

A música de fundo tinha mudado. Ao invés de Aurora, a voz de outra moça ecoava pela sala. Era meio triste, mas bonita mesmo assim.

♪ *And if the sky falls from heaven above*
Oh I know I had the best time falling into love 𝄞

Clara apoiou as mãos em sua cintura, firmes, mas delicadas, e começou a balançar de leve de um lado para o outro. Seus olhos estavam fixos nos dela, um sorriso bobo desenhado no rosto.

Dançar com ela foi esquisito no início. Sentia-se como um bonecão de posto sendo balançado por um vento forte. Era desengonçada, não tinha ritmo. Mas *ela* sabia o que estava fazendo, e levou-a consigo, um passo de cada vez.

Os movimentos foram se tornando mais naturais, mais intuitivos, e estar dentro dos braços dela lhe dava a segurança de que precisava para que se soltasse e se entregasse ao momento. Clara segurou sua mão e girou-a novamente, até que parassem de frente uma para a outra.

Os olhos dela eram os mais bonitos do mundo. O sorriso dela, também. E Ana Laura não conseguia parar de encará-la. Não *queria* parar de encará-la.

𝄞 *I'd spend a lifetime giving you my heart*
I swear that I'll be your forever 'till forever falls apart ♩

A música seguia. Elas também. Sincronizadas com as palavras de alguém disposto a arriscar tudo por amor.

Ana Laura colocou seus braços em torno do pescoço dela, e continuaram dançando como fariam nas páginas de um romance, ou na cena de um filme, ou no refrão de uma música. Dançar com ela era como escrever poesia, e cada movimento rimava perfeitamente como anterior.

Ergueu o rosto para alcançar o dela. Sem poder ficar na ponta dos pés por causa da dança, teve que esperar até que Clara abaixasse o seu para que seus lábios se encontrassem.

O beijo que deram foi diferente de todos os outros. Não veio acompanhado de surpresa, de nervosismo, de dúvida. Aquele beijo não parecia um *será?* Ele tinha gosto de *eu acho que gosto de ti*.

Elas se beijaram e dançaram por muito tempo, o mundo inteiro se resumindo àquelas seis palavrinhas.

Eu acho que gosto de ti. A música mudou.

Eu acho que gosto de ti. Elas rodaram em torno de si mesmas.

Eu acho que gosto de ti. Um beijo na testa.

Eu acho que gosto de ti.

Dois rostos vermelhos de tanto dançar, dois sorrisos que completavam um ao outro.

— Esse é o melhor primeiro encontro que já tive — admitiu baixinho, a voz falhando com a respiração acelerada.

— É o meu também. — Clara pousou um beijo em sua bochecha.

Elas se acomodaram na toalha outra vez, e Clara pegou a garrafa de vinho. Ana Laura não pôde deixar de brincar:

— Tampa de rosca?

— Descobri essa preciosidade com uma garota que saí uma vez. — Ela riu, servindo a bebida nas duas taças.

— Era uma garota esperta.

— E gata. Gata pra caralho.

Ana Laura deu um soco de leve em seu braço, constrangida.

— Engraçadinha.

— Ei! — ela reclamou quando o líquido bordô respingou para todos os lados.

As duas riram.

Não tinham parado de rir desde que chegaram ali. Como não pararam de rir na noite em que assistiram à série e naquela mesa de sinuca no bar. Estranho como tudo acontecia, como *elas* aconteceram. Mesmo sem saber ao certo o que sairia dali. Mesmo que tudo o que tivessem fosse um *eu acho que gosto de ti*.

Era bom o bastante, por enquanto.

Capítulo 42

Clara

Clara não acreditava em destino. Tampouco acreditava em carma ou em energia ou em toda aquela baboseira de *lei da atração*. As coisas aconteciam como aconteciam de forma randômica, consequência de nada além de uma série de coincidências e aleatoriedades da vida. Amores predestinados não existiam. Lugar certo na hora certa não existia. Castigos e punições cósmicas, também não. Sempre teve certeza disso, pelo menos, até o dia do festival.

Naquela manhã, Clara esqueceu-se de todas as suas crenças – ou melhor, de sua falta de superstição –, e convenceu-se de que aquele dia era sua penitência por todas as coisas ruins que fizera ao longo de sua vida. Por todas as vezes em que dissera aos amigos que já estava chegando no bar, quando na verdade, recém tinha saído do banho. Pela vez em que falsificou a assinatura de sua mãe depois de tirar nota baixa em uma prova de química. E todas aquelas em que desmarcou coisas em cima da hora por causa de algum imprevisto que, na realidade, significava querer ficar sozinha em casa vendo filme. Sua lista de crimes desse tipo era imensa e, talvez, tudo o que deu errado no dia do festival fosse culpa sua.

Faltavam três horas para o início do evento e, até aquele momento, a lista de pequenas tragédias já enchia uma mão. O ar-condicionado da cafeteria resolveu tirar folga justo no dia mais quente do mês e se recusava a gelar o ambiente – em pleno dezembro de *Forno Alegre*. O fornecedor dos salgados do cardápio estava duas horas atrasado e não atendia ao telefone – e não havia mais do que meia dúzia de empadas de queijo no mostruário. Ana Laura travava uma batalha de vida ou morte com os equipamentos de som que seriam usados pelos artistas. Heloisa andava para cima e para baixo com sua unidade de criança pendurada nas pernas, porque sua mãe – e babá – estava doente e não poderia cuidar de Helena. E Clara, bem, Clara colecionava seu próprio catálogo de desastres – nos quais estava dando tudo de si para não pensar.

Talvez aquele fosse o tal dia do Juízo e ela estava em débito com *qualquer-que-fosse-a-entidade-responsável-por-esse-tipo-de-coisa*.

— Alguém pode, *por favor* — choramingou Ana Laura, com umas três cores diferentes de fios nas mãos —, ligar pro moço que nos emprestou isso aqui e perguntar como funciona?

Seu rosto era de completo desespero, e parecia muito mais perto de incendiar a cafeteria em um curto-circuito do que de solucionar o problema do amplificador. Continuava linda, ainda assim, principalmente naquele vestido vermelho. Ela tinha encarnado uma personalidade *Mamãe-Noel-De-Verão*, com um vestidinho rodado na altura do meio da coxa, e presilhas de plástico brancas nas laterais do cabelo. Um cinto preto marcava sua cintura, evidenciando cada uma de suas curvas, e os cachos cheios envolviam seu rosto como uma moldura envolvia uma pintura renascentista.

Ocorreu-lhe que era uma pena para os artistas da Grécia Antiga que Ana Laura ainda não existisse, não haveria Vênus de Milo que chegasse aos pés de uma escultura dela.

— Eu ligo — Helô respondeu, com o celular apoiado no ouvido há, pelo menos, quarenta minutos —, assim que encontrar alguma bondosa alma que venha dar uma olhada no ar-condicionado ainda hoje!

Clara queria dar mais de si para o festival, queria que seu foco estivesse todo no evento ao qual se dedicara tanto para organizar. Queria ajudar Heloisa, porque sabia da importância que aquele dia tinha para ela. Queria tirar os problemas de Ana Laura, que já se preocupava demais em solucionar tudo que havia de errado no mundo. Queria ser mais útil, prestativa, mas sua cabeça estava em outro lugar: o resultado do vestibular que saíra no dia anterior.

Ela não tinha conseguido. Depois de meses de preparação e de estudo, de toda a expectativa que colocara em cima daquilo, seu sonho tinha ido por água abaixo. Como era possível que tivesse falhado naquilo que era a coisa mais importante para ela? O que isso dizia a seu respeito? Seus amigos tentaram consolá-la, claro. Disseram que o plano B ainda estava de pé, que a segunda opção de universidade era boa também e que aquele não era o fim do mundo.

Não era, de fato. Mas sua segunda opção fica muito – muito – longe dali. Quando fez o vestibular para a Universidade de Santa Maria, não cogitou de verdade ir para lá. Era só por precaução, não era para *precisar de verdade* daquilo. E, de repente, todos os seus planos de futuro tinham mudado. Logo agora que conseguira voltar ao seu emprego dos sonhos, logo agora que parecia estar chegando em *algum lugar* com Ana Laura.

Clara queria gritar. Chorar. Espernear tal qual uma criança que implorava por um doce no mercado. E ainda precisava contar para sua namorada-de-mentira-por-quem-estava-se-apaixonando que o que quer que fosse aquilo entre elas não tinha futuro nenhum. Porque ela iria embora. Porque tinha falhado.

— *Puta que pariu, finalmente!* — Heloisa berrou, assustando a todos ao seu redor. — Consegui um técnico! Pra daqui a quarenta minutos!

— É um milagre de Natal. — Ana Laura riu, erguendo as mãos para o alto. — Agora, só falta a gente resolver o resto!

— Te acalma, Analá! Não elogia, que o universo cobra! — a dona da cafeteria repreendeu.

— Mãe, o que é *puta*? — A voz fina de Helena preencheu o ambiente.

Estava pendurada em uma banqueta do balcão de atendimento, entretendo-se com alguma brincadeira que só acontecia dentro da cabeça dela. Os cabelos tinham sido prendidos em duas marias-chiquinhas, e usava um vestidinho azul de alças finas que quase alcançava seu joelho. Havia tanto glitter espalhado por seu rosto que Clara não se surpreenderia se ela tivesse atirado os brilhos para o alto e ficado embaixo para que caíssem nela.

— Olha aí, o universo cobrando — Helô resmungou, abaixando-se para ficar com o rosto na altura da filha. Ela pegou as mãos dela nas suas, olhou no fundo de seus olhos e abaixou seu tom de voz ao responder: — É um segredo da nossa família, pergunta pra tua vó um dia desses. Mas não conta isso pra ninguém, entendeu?

Helena balançou a cabeça com força, categórica, enquanto uma gargalhada aguda saída de Ana Laura ecoava. A menina se afastou saltitante, indo brincar com as bolinhas do pinheiro.

— Isso vai dar problema, tu sabe, né? — Ana Laura comentou, ainda rindo. — Ela vai chegar na escola contando pra todo mundo o tal segredo da família.

— Heloisa do futuro resolverá isso. — A dona da cafeteria ergueu as mãos. — A de hoje tem problemas demais. Analá, vai comigo na cozinha, por favor. Preciso de ajuda com a comida *que já chegou*.

— Nada do fornecedor ainda? — Clara questionou, terminando de varrer o chão.

— Nada. — Ela suspirou alto. — Esse evento *precisa* dar certo, só pelo estresse que me deu.

As duas desapareceram na cozinha, tagarelando sobre qualquer coisa, enquanto Clara permaneceu ali em sua missão de limpeza. Ficou cantarolando a música que tocava baixinho no ambiente, esforçando-se para se distrair. *Spoiler*: não estava funcionando. A todo instante, a lista da universidade voltava à sua mente. A sensação de rolar nome a nome em busca do seu e não encontrá-lo sufocando seu peito.

Quem era ela sem aquilo com o que sempre sonhou?

A porta da cafeteria se abriu.

— Ainda não estamos atendendo — explicou, erguendo o rosto.

Um homem adentrou o espaço. Era negro de pele clara e tinha os cabelos grisalhos, e observava a todos os lados como se estivesse fascinado pelo lugar. Seus olhos eram de um castanho-claro um tanto familiar, mas antes que tivesse tempo de reconhecê-los, outra voz falou:

— Pai?

Ana Laura surgiu pela porta da cozinha, uma expressão de puro choque no rosto. Um sorriso foi se formando conforme a compreensão vinha, e ela atravessou correndo a bancada de atendimento na direção do recém-chegado.

— Laurinha! — Ele espelhou a expressão dela.

Agora que sabia quem era, as semelhanças se tornavam óbvias. Tinham o mesmo formato do rosto, o mesmo olhar, até o sorriso era igual. Sua única herança da mãe era a altura.

— O que o senhor está fazendo aqui? — Ana Laura questionou, dando um abraço apertado nele.

— Tu estava tão ocupada nessas últimas semanas com esse tal evento que seria estúpido da minha parte não vir participar! — As palavras saíram meio abafadas com o rosto dele enterrado no cabelo da filha. — E já estava mais do que na hora de conhecer a cafeteria, né?

Poderia ser apenas uma impressão, mas os olhos dela estavam marejados. Considerando o breve encontro que tivera com a mãe dela — e tudo o que ouviu ao seu respeito depois —, conseguia entender o porquê.

— Estava! — Ela o soltou, ainda o encarando nos olhos. Então, sua testa se franziu. — Minha mãe veio contigo?

— Ah, não. — Ele riu, sem graça. — E nem ficou muito feliz que eu esteja aqui. Mas isso é problema dela.

— Só imagino — respondeu, vaga. Logo animou-se outra vez. — Sério, que bom que o senhor veio! Estava com saudades.

— Eu também, Laurinha. Eu também!

Laurinha era um apelido inesperado. Fofo, sim. Porém bastante inesperado.

Clara permaneceu em silêncio, como se nem estivesse ali. Não tinha muita certeza de como funcionaria a dinâmica daquilo. Quem era ela? Colega? Amiga? *Alguma coisa*? Melhor não tomar iniciativa nenhuma de interação, que deixasse para Ana Laura decidir.

Mas ela nem parecia ter percebido que não estavam só os dois na cafeteria, de tão animada que estava. Pendurada no pescoço do pai, subia e descia a mão por seu ombro fazendo carinho. Estava realmente muito feliz.

— Senta aí, fica à vontade! — ofereceu, como se não o visse há séculos. Talvez fosse algo perto disso. — Quer alguma coisa? Um café, uma água?

— Estou bem, filha — tranquilizou-a com um sorriso ainda maior. — Não quero atrapalhar. Na verdade, tem alguma coisa que *eu* possa fazer para ajudar?

Foi como se Ana Laura estivesse esperando por aquelas palavras desde o dia em que nasceu.

— Sabe fazer aquela porcaria funcionar? — Apontou para o equipamento de som, em expectativa.

— É igualzinho o que tem lá no restaurante! — ele assentiu, já indo na direção da caixa de som.

E Clara ficou ali parada, enquanto assistia a *Instituição Pai de Menina* tirar o terno cinza e pendurá-lo em uma cadeira. Poucos segundos depois, o homem estava ajoelhado no palco improvisado mexendo em botões e fios coloridos.

Era muito melhor naquilo que a filha. Ana Laura, por sua vez, estava congelada no lugar, observando o pai resolver o problema que a tinha atormentado a manhã inteira e parecia nem acreditar que ele estava ali. A sensação era de que estava atrapalhando a privacidade dos dois, de que aquele deveria ser um momento apenas deles para colocarem a saudade em dia.

Clara lentamente foi se afastando e desapareceu na cozinha.

Capítulo 43

Ana Laura

Ana Laura era uma entusiasta quase fanática do destino. Apostava todas as suas fichas em incensos e na canela que soprava na porta de casa todo início de mês, e tinha certeza de que eles eram os responsáveis por cada coisa boa que acontecia em sua vida. A lei da atração era uma verdade absoluta e *acaso* era uma palavra que não existia em seu vocabulário.

Era por isso que tinha colocado tanta expectativa naquele festival de música: o universo não seria cruel o bastante para deixar que ele desse errado. Se não por ela – ou pela turmalina negra que carregava no bolsinho da frente de sua mochila –, por Heloisa. Sua melhor amiga merecia que tudo desse certo. Ela era dedicada e ela era uma pessoa boa. Era uma sonhadora em um mundo onde quase todos tinham perdido as esperanças em algo bom.

Mas de todas as coisas extraordinárias que esperara para aquele dia, encontrar seu pai não era uma delas.

Definitivamente.

Fernando estava igualzinho à última vez em que se viram – e igualzinho a todas as outras vezes que se encontraram ao longo dos anos. Ele nunca mudava, nunca envelhecia. Seus cabelos já eram grisalhos desde que ela era criança – *culpa sua,* ele dizia –, e o corte nunca mudou. Sempre vestiu os mesmos estilos de roupas, nas mesmas cores e nos mesmos cortes, e sempre trazia no rosto o mesmo sorriso.

Deus, como ela sentiu saudade daquele sorriso!

E como sentiu saudade daquele abraço. Foi quase impossível manter o controle quando se viu dentro dos braços de seu pai pela primeira vez em sabe-se lá quanto tempo. Nem parecia verdade. Mas a sensação ainda era igual, o perfume ainda era igual. As cócegas que a barba dele deixou em seu pescoço… *igual.* Ele tinha ido até seu trabalho e o tinha feito porque estava com saudades.

Foi doloroso perceber o quanto dele tinha perdido ao longo dos anos. O quanto *que deixou* perder. Seu pai não tinha culpa dos seus problemas com a mãe, mas Ana Laura permitiu que eles afastassem os dois.

Aquilo não poderia continuar acontecendo.

— Ela só quer o teu bem — ele disse, praticamente deitado no palco da cafeteria, enquanto procurava os encaixes corretos daquele mar de fios coloridos da caixa de som. — Só que na cabeça dela, o teu bem é... bom, o que *ela* quer.

Ana Laura se sentou no chão, inclinando a cabeça no mesmo ângulo da dele. Vendo-o arrumar o aparelho, já nem parecia tão complicado assim.

— Eu sei. — Suspirou. — Só que é muito cansativo.

Fernando não disse nada de imediato, parecia escolher suas próximas palavras. Ele se sentou de repente, o que só poderia significar que o que ele tinha para dizer era sério. Ana Laura se preparou para a bomba, mas o que saiu de sua boca em nada tinha a ver com Julia.

— Aquela ali é a tua namorada? — indicou discretamente com o queixo na direção de Clara.

Ela estava ocupada fazendo alguma coisa atrás do balcão, e só então percebeu que seu pai estava ali há bons vinte minutos e nem sequer tinha apresentado os dois.

Ana Laura não soube responder a pergunta.

Quer dizer, as duas *com certeza* não namoravam, mas se não namoravam, aquilo era o quê? Como se chamavam duas pessoas que fingiram um namoro falso e perceberam que se gostavam de verdade e tiveram um encontro perfeito dois dias atrás e que se beijaram todas as vezes em que ficavam sozinhas desde então?

Como seu pai sequer cogitara que eram próximas? Não fazia ideia.

— O quê?

— Tua mãe fez um longo discurso sobre o teu motivo pra não querer sair da cafeteria ser um *rabo de saia*.

Claro que fez.

Julia era atenta demais para a dinâmica das duas ter passado despercebida.

— A gente só está... *saindo* — explicou, lembrando das palavras de Heloisa na noite em que contou a ela sobre as duas. Quando tudo ainda era mentira.

— Ela é muito bonita — seu pai elogiou.

— Eu sei. — Ana Laura sorriu, virando o rosto na direção dela.

Gostava da camisa preta de mangas curtas que ela estava usando – embora nunca tivesse tido coragem de contar isso –, e gostava ainda mais quando ela a combinava com o boné cinza que escondia seus cabelos curtos.

— Posso falar com ela? — pediu, os olhos brilhando como os de uma criança.

— Falar sobre o quê? — Desesperou-se.

Mas Fernando deu de ombros.

— Qualquer coisa, ué. Sobre o evento, sobre a semana, perguntar o que ela gosta de fazer... Só pra conhecer a menina.

Ele abaixou a cabeça, envergonhado, e Ana Laura quis abraçá-lo de novo. Seu pai sempre foi uma pessoa incrível, e nunca fez com que ela se sentisse menos amada com nenhuma de suas decisões. O tanto que sua mãe tentava interferir em sua vida, era o mesmo tanto no qual ele a apoiava. E isso era o mais importante.

Deu uma risadinha antes de responder.

— Pode. Mas não assusta ela.

— Assustar? — Ele levou as mãos ao peito, inocente. — Eu jamais faria isso.

Estava pronta para fazer uma piadinha quando Heloisa bateu palmas no meio da cafeteria, atraindo a atenção para si como se houvesse uma multidão ali — e não apenas cinco pessoas.

— Gente, seguinte: logo a galera que vai se apresentar vai chegar e eu vou ficar completamente maluca. — Todos riram. — Então, antes que isso aconteça, quero agradecer vocês. Por ajudarem a organizar esse evento, por estarem aqui hoje, por terem acreditado que o Cantinho era um lugar que merecia ser salvo. E independente do que aconteça com a cafeteria depois do festival, quero que saibam que vocês são muito importantes pra mim. Todos vocês.

Ela terminou seu discurso com a voz embargada, e Ana Laura a conhecia bem o bastante para saber que estava muito perto de desabar no choro – assim como sabia que ela *odiava* chorar em público.

— Boiola! — gritou, querendo fazê-la rir e se recompor.

A única resposta que sua melhor amiga lhe deu foi lhe mostrar o dedo do meio. Fernando deu uma gargalhada ao seu lado.

— Estava com saudade dela também.

Semanas de organização não a tinham preparado o bastante para aquele evento. Quer dizer, ela tinha, sim, implorado para toda e qualquer entidade do universo para que tudo desse certo e que tivessem muitos clientes e que fosse tudo incrível, mas... Bom, *ser incrível* era exaustivo!

Ana Laura nunca viu tanta gente na cafeteria. Fazia horas que corria de um lado para o outro, pulando de mesa em mesa e de pedido em pedido, sem descanso algum. Até seu pai foi colocado no serviço, porque ela, Helô e Clara não dariam conta.

— Vou precisar contratar mais gente — sua melhor amiga disse em certo momento, mas não foi nem de perto uma reclamação. Ela estava extasiada, ainda sem acreditar que havia esperança de verdade no final das contas.

Os artistas que foram se apresentar também eram ótimos, e todos trouxeram amigos ou parentes – ou os dois – que tinham trazido seus próprios amigos e parentes. Foi preciso até mesmo colocar mais mesas no salão para acomodar toda aquela gente. Eles faziam seus pedidos e olhavam maravilhados para Ana Laura ao confessar: *eu não conhecia este lugar!*, e tudo o que ela poderia fazer era dar uma risadinha e responder que: *bom, espero que gostem!*

Tinha sido uma ótima ideia aproveitar a decoração de Natal, também. Todo o evento tinha aquele clima comemorativo de final de ano, cheio de luzes e de risadas e cheiro de biscoitinhos de mel em formato de pinheirinhos – ideia de Heloisa.

E para completar a sequência de vitórias daquele dia, Aline realmente não tinha dado as caras. A conversa entre elas foi incisiva, mas ainda temia que sua ex acordasse naquela manhã com vontade de atormentá-la. Não aconteceu.

Não queria ter de lidar com ela, independente das desculpas que lhe dera e da descoberta – surpreendente – de que não sentia mais nada além de indiferença. Não queria tê-la por perto e ponto-final.

Havia até mesmo se esquecido das pequenas tragédias que começaram aquele dia, porque todas tinham se resolvido antes do evento ter início. Levaria elas como pequenos testes de paciência para encarar o movimento da tarde.

Uma mulher de olhos cinzentos e cabelos cor-de-areia na altura dos ombros cantava no palco acompanhada de seu violão. Tinha a voz suave, parecida com a de um anjo, e contava triste a história de um amor perdido e sobre todos os pores do sol que agora era obrigada a ver sozinha. Ana Laura não se lembrava da ficha de inscrição dela, talvez tivesse sido Clara.

— Encontrei uma substituta para a garota que desistiu de tocar — Heloisa surgiu ao seu lado e sussurrou, como se tivesse lido a pergunta em seus pensamentos. Superpoder de melhor amiga.

Não tinha contado a ela que *a garota que desistiu* era Aline. Não tinha nem encontrado um jeito de dizer que sua ex fora selecionada, para início de conversa. Por sorte, foi poupada do sermão.

— Ela é muito boa.

— Uhum.

— Nunca vi tanta gente aqui — Ana Laura comentou, sorrindo de orelha a orelha.

— Nem eu. — Sua amiga mal conseguia conter sua animação. Era possível perceber em seu tom de voz que tudo o que ela queria fazer era sair gritando de alegria por aí.

— Vai ser o suficiente pra gente continuar por um tempo?

Estava com medo da resposta para aquela pergunta. Um dia de movimento não faria milagres por uma cafeteria às moscas. Mas a resposta que recebeu tranquilizou um pouco seu coração.

— Precisamos ver o impacto que o evento vai ter nos próximos dias, mas é bem promissor. — Ela pegou discretamente sua mão e apertou de leve ao repetir: — Bem promissor.

Era inacreditável o que uma simples ideia era capaz de fazer. Queria ter pensado naquilo antes, queria que tivessem planejado aquele evento meses atrás e poupado tanto tempo de preocupação. E aquilo só aconteceu graças à Clara, que foi quem encontrou aquela solução.

Procurou-a com os olhos pela cafeteria.

Mal conseguiram conversar naquele dia, tamanho era o movimento no lugar. Seria estranho dizer que estava até com saudade dela? Riu sozinha, ainda surpresa em perceber que estava realmente se apaixonando por ela.

Fazia muito tempo que não tinha a sensação de começar a gostar de alguém, que não tinha o friozinho na barriga e aquela animação de estar conhecendo cada detalhezinho de uma pessoa.

Clara, no entanto, estava distraída atendendo um casal. Trazia uma expressão séria no rosto – uma que não condizia com a comemoração que aquele dia merecia. Ela estava meio estranha de manhã, mas supôs que tinha a ver com os problemas que surgiram. No entanto, todos eles tinham sido resolvidos e seu rosto continuava fechado.

Ela ergueu os olhos e Ana Laura abriu um sorriso tímido, mas não recebeu outro em resposta. Será que tinha feito alguma coisa? Puxou em sua memória qualquer coisa que pudesse ter dito de errado, que pudesse tê-la deixado chateada.

Quando Clara terminou o atendimento e voltou para a cozinha, Ana Laura foi atrás. Deixou que a porta se fechasse e esperou alguns segundos. A mulher mal ergueu o rosto para falar com ela.

— Oi — disse baixinho, ainda mexendo na máquina de café.

— Aconteceu alguma coisa? — questionou, tensa.

— Não. — Ainda sem contato visual.

— Tem certeza?

Clara finalmente parou o que estava fazendo e se virou para ela, soltando o ar com força.

— Não.

— Me conta. — Cruzou os braços, na esperança de que isso a fizesse parecer mais despreocupada.

— É uma longa história — ela fez uma pausa —, e E tem gente demais lá fora pra gente conseguir conversar direito. Conversamos mais tarde, pode ser?

Tentou encontrar qualquer pista em seu tom que pudesse indicar ter a ver com ela, mas era um grande mistério. Tirou uma coragem de lugar nenhum para perguntar:

— Tem a ver com a gente?

A gente.

Será que havia, de fato, um *a gente*? Talvez Ana Laura tivesse se emocionado, talvez meia dúzia de beijos às escondidas na cozinha não significassem nada para Clara além de... *beijos às escondidas na cozinha.*

Ela arregalou os olhos e sua voz saiu alguns tons esganiçada.

— Não! *Não.* — Clara deu um passo na sua direção. — Não tem nada a ver contigo, é coisa minha.

— Tem certeza?

Odiava parecer desesperada.

— Absoluta, prometo — continuou tranquilizando-a. — A gente conversa melhor depois que o evento acabar e eu te explico tudo. Mas não noia com coisa à toa.

Funcionou estranhamente bem. Era até esquisito alguém que não alimentava suas paranoias, que esclarecia tudo antes que se tornasse um problema.

Muito adulto da parte dela, pensou.

— Tudo bem. — Assentiu com a cabeça.

Clara terminou de preparar o pedido e se aproximou com a bandeja.

— Aproveita o evento. — Ela pousou um beijo em sua testa. — É uma vitória tua, também.

E saiu.

Capítulo 44

Ana Laura

O dia mais quente do mês terminou em uma noite fresca. Eram quase nove horas e a brisa na calçada soprava para longe todo o calor que fizera durante a tarde. Todos os músicos já tinham se apresentado, aproveitado e se despedido, e a maioria dos clientes também retornara para suas casas.

Ana Laura observava o céu estrelado sentada na mureta da cafeteria, sentindo o ventinho em seu rosto. O braço de seu pai envolveu seus ombros.

— Estou tão orgulhoso de ti, Laurinha. — Sentado ao seu lado, repetia aquela frase pela milésima vez no dia.

Era a primeira vez em muito tempo que ouvia o apelido sem ressentimentos. Que o diminutivo de como se chamava não soava como um diminutivo de quem era.

— Obrigada, pai. — Ela apoiou a cabeça nele, inspirando o perfume que trazia tantas memórias de infância. — Significou muito pra mim que o senhor tenha vindo.

— Eu devia ter vindo antes. — Sua voz saiu triste. — Não devia ter deixado que as coisas chegassem ao ponto que chegaram.

Os olhos de Ana Laura arderam.

— Não fala assim, pai. Foi culpa minha, também. O senhor sempre chamava, sempre insistia para que eu visitasse vocês e… — as palavras falharam conforme ela tentava não começar a chorar — eu nunca ia.

O abraço de Fernando se tornou ainda mais forte.

— Por isso que eu devia ter vindo, filha. Sei bem como é a relação entre tu e tua mãe. — Ele pausou, procurando pelas sentenças certas. — Ficava tentando consertar isso, insistindo para fazermos algo todos juntos, mas essa coisa entre vocês duas… Só vocês vão conseguir resolver. Eu não poderia ter deixado que isso afastasse a gente também. Se tu não ia até lá, eu deveria ter vindo até aqui.

Ana Laura ficou em silêncio, temendo que ao tentar falar desandasse no choro. Não queria que ele se sentisse daquela forma.

— Almoça comigo semana que vem. — Forçou-se a dizer, a voz embargada.

— Claro que sim, Laurinha. — Ele pousou um beijo no topo de sua cabeça.

— E na outra também. E na outra — enfatizou — Ao invés de me ligar uma vez por semana para saber como vão as coisas, a gente sai pra almoçar.

— Parece perfeito.

Eles ficaram quietos, ainda abraçados, olhando lá ao longe os carros passarem na avenida. Fernando tinha uma expressão de quem queria lhe dizer mais alguma coisa, mas não sabia como.

— Pode falar, pai — incentivou, muito embora temesse o que sairia dali.

Ele ainda demorou alguns segundos.

— Eu... meio que fiz uma coisa — Sua voz saiu baixinha, conspiratória.

Ana Laura ficou preocupada.

— Ih, lá vem...

— Calma, é coisa boa — seu pai riu — Quer dizer, pelo menos, eu acho que sim.

As pausas dramáticas a estavam deixando ansiosa.

— Pai, pelo amor de Deus, fala logo!

— Tinha um rapaz lá no restaurante essa semana — ele começou, olhando-a apenas de soslaio — Ele é de São Paulo e veio pra cá a trabalho.

— Certo...?

Ela não tinha ideia de para onde aquela conversa estava indo.

— Dei teu contato pra ele — Fernando explicou, por fim — Ele estava reclamando que tinha vindo dar uma olhada nas coisas na sede da editora dele e que não ficou muito satisfeito com o que viu.

— Espera, o quê?

— Ele está precisando de tradutores, falei que tu te forma no ano que vem. — Fernando torceu os dedos entre as mãos, envergonhado. — Não custava nada, né? Se receber o contato de um tal de Alexandre Rodrigues, é ele.

— Pai, agradeço muito, mas...

— Sei que tu não está tão feliz assim com a faculdade, não como era antes. — Seu pai apertou o abraço ao seu redor. — Mas estudar é assim mesmo. É cansativo e, por vezes, bem chato. Só pensei que, talvez, colocar tudo em prática outra vez te fizesse lembrar do motivo de ter escolhido esse caminho.

Foi impossível conter uma risada. Seu pai via a situação da mesma forma que ela. Só tinha um problema...

— Não posso abandonar a cafeteria agora — repetiu a mesma desculpa de sempre. — Se as coisas melhorarem, como parecem prestes a melhorar, Helô vai precisar de toda a ajuda possível e...

— Precisa parar de colocar os sonhos dos outros antes dos teus, meu amor. — Cortou-a, cirúrgico. — Entendo a relutância de voltar para o nosso restaurante, mas isso não significa que não pode ir atrás de outras possibilidades.

— O Cantinho também é importante pra mim, sabe disso.

— Sei, sim, Laurinha. E tenho certeza de que tu consegue encontrar e treinar alguém que vá cuidar bem dele no teu lugar, se tu sair.

Ana Laura pensou naquilo por alguns instantes. Sabia que ele tinha razão.

Sua desculpa sempre fora não poder abandonar Heloisa porque as coisas estavam indo mal, mas se estavam prestes a melhorar... Que justificativa usaria em vez dessa? Lançou um olhar por cima do ombro, para a fachada do seu lugar favorito no mundo.

O Cantinho nunca precisara dela, percebeu de repente. Era ela quem precisava dele.

Foi Ana Laura quem transformou aquele espaço em tudo para si, pois sua vida estava tão bagunçada na época que precisava preencher os espaços vazios com qualquer coisa que encontrasse. Aquela cafeteria tinha salvado sua sanidade, sua vida. E o peso disso fazia com que se sentisse em dívida com ela.

Mas ela tinha seguido em frente.

As coisas tinham melhorado.

E era hora de deixá-las tomarem novos rumos.

Seria grata para todo o sempre ao lugar que a acolheu como uma casa, quando a sua já não parecia um lar. E tinha certeza que Helô entenderia.

Suspirando, pousou um beijo no ombro de seu pai ao responder.

— Tudo bem. Se esse cara entrar em contato comigo, faço uma entrevista.

Ficou surpresa que a possibilidade tenha feito seu estômago se agitar. Quase estava ansiosa para isso.

Ana Laura se desenrolou do abraço de Fernando e voltou a olhar para a cafeteria. Lá dentro, Helô e Clara atendiam aos últimos clientes, e conseguia ver a exaustão em seus rostos de longe.

— Acho que preciso voltar lá pra dentro — desculpou-se. — Ainda temos que arrumar tudo depois que o pessoal for embora.

Ele assentiu, sorrindo.

— Vai lá, Laurinha. — Ele olhou o relógio em seu pulso. — Tenho que voltar pra casa, antes que tua mãe apareça aqui perguntando por que estou demorando tanto.

Ana Laura deu uma risada seca, esfregando os punhos nos olhos para secar as lágrimas que tanto se esforçara em segurar.

— Meu Deus, não, por favor.

Os dois se levantaram e se abraçaram. Era um final perfeito para um dia – quase – perfeito.

— Tchau, filha. — Fernando deu um beijo em sua bochecha.

— Tchau, pai. E obrigada por ajudar a gente hoje.

— Não precisa agradecer.

Ela ficou ali, parada na calçada, observando-o se afastar. E ainda o observava conforme entrava em seu carro e ia embora. Ele buzinou de leve ao passar por ela, que ergueu o braço e acenou.

Aproveitou os últimos segundos sozinha, sabendo que, quando entrasse, o mundo seria outra vez gritos e conversas e barulhos. Não que não gostasse daquele som – não quando ele significava que a cafeteria sobreviveria. Era só que estava tudo tão tranquilo ali fora e havia tanto para se pensar...

Sem falar que, assim que todos fossem embora, teria algo para conversar com Clara. Algo que Clara prometeu não ter a ver com elas, mas que era sério o suficiente para perturbá-la o dia inteiro. Esperava que não fosse nada muito ruim.

Respirando fundo, Ana Laura se virou na direção da...

— Oi! — uma voz gritou do outro lado da rua. Uma voz que ela conhecia muito bem.

Ana Laura permaneceu congelada no lugar conforme Aline atravessava ao seu encontro.

Capítulo 45

Ana Laura

Ela tinha dito que não apareceria ali.

Ela tinha prometido que… *Porra*, claro que Aline não cumpriria sua palavra. Depois de todo aquele tempo, depois de tudo o que aconteceu, tinha sido ingênua demais por achar que o faria. Confiar em uma promessa dela era o maior tipo de estupidez, descobrira isso bastante tempo atrás.

Enquanto Aline atravessava a rua, Ana Laura olhava de um lado para o outro, certificando-se de que aquilo não era algum tipo de pegadinha. Procurou câmeras e pessoas da TV, perguntando-se se não se tratava de algum *reality show* maluco – uma versão sáfica de *De Férias Com o Ex*, ou algo assim.

Como ela tinha simplesmente se materializado ali?

Sua ex-namorada deu um pulinho no meio-fio e subiu na calçada, os cabelos presos em um rabo de cavalo balançando sobre seus ombros nus. Conhecia a jardineira jeans que vestia – era a sua favorita, como dissera tantas vezes ao longo do tempo. Não era coincidência que Aline a vestisse, mas foi satisfatório perceber que ao olhar para ela assim, não sentira… nada.

— Não vou tomar muito do teu tempo — Aline começou, parando bem à sua frente.

— Disse que não apareceria aqui — devolveu, com um tom irritado.

— Não, eu disse que não me apresentaria no fest… — Ela suspirou. — Não importa. Desculpa. Mas eu precisava vir.

— Sinto informar que já está acabando. — Não estava disposta à falsas cortesias, nem a fingir normalidade ao lidar com ela. — Todo mundo se apresentou e, logo, a cafeteria vai fechar.

— Não vou entrar. — Aline abaixou os olhos, constrangida. — Só precisava resolver uma coisa antes de ir embora de vez.

Ana Laura franziu o cenho.

— De vez?

Odiou-se por fazer aquela pergunta. Não que se importasse com a resposta – não mais –, apenas foi vencida pela curiosidade. Só poderia esperar que Aline entendesse isso.

— Vou voltar pra Rio Grande amanhã. — Ela apontou para um carro estacionado mais adiante, quase na esquina. — Com a minha irmã.

Não era o mesmo carro do qual se lembrava, e talvez por isso não o tenha percebido ali até então. Jaqueline, irmã mais velha de Aline, estava sentada distraída atrás do volante, balançando a cabeça no ritmo do que quer que ouvisse lá dentro. Elas eram muito parecidas, as duas, e se Ana Laura não soubesse da diferença de idade, jamais diria que não eram irmãs gêmeas.

— Achei que tinha se mudado para cá.

Ela coçou o queixo, parecendo ponderar como responder aquilo.

— Era o plano — admitiu por fim —, mas não daria certo. Fui boba de pensar que minha antiga vida estaria aqui esperando por mim, mesmo depois de um ano inteiro. Acontece que nada mais é igual. Todo mundo seguiu em frente.

— Está falando de mim? — arriscou.

— Também. — O rosto dela ficou vermelho como um tomate. — Mas não só isso. Longe, na verdade, de ser só isso. Meus amigos, que juravam estar morrendo de saudade, nem arrumaram tempo pra saírem comigo quando cheguei. As oportunidades de emprego por aqui não são tão melhores assim do que lá. No fim das contas, não faz sentido nenhum eu ficar.

Era meio triste, se parasse para pensar. Não que todos tivessem seguido em frente – se tinha algo que Ana Laura aprendera nas últimas semanas era que não se prender ao passado era a melhor coisa do mundo –, e sim ser aquela que não o fez.

— Entendi. — Era óbvio que não diria aquilo para ela.

— De qualquer forma, depois da nossa última conversa, percebi que ainda tínhamos uma questão muito grande para resolver.

Tinham?

Ana Laura não conseguia pensar em nada.

— É? — Tentou não parecer muito curiosa.

— Pode ir até o carro comigo? Preciso te devolver uma coisa.

Olhou-a desconfiada. Não parecia uma boa ideia.

— Não deixei nada meu contigo.

— Não deixou, mesmo. — Ela apertou os dedos entre as mãos. — Mas eu levei mesmo assim. É rapidinho — insistiu, misteriosa. — Não vou te sequestrar nem nada do tipo.

Uma risada a contragosto escapou de sua garganta.

— Sei que não. Eu grito bem alto.

As duas riram juntas, e o som soou muito esquisito. Nem nisso elas combinavam.

Não fazia ideia do que ela poderia querer, mas parecia seguro acompanhá-la. Um dia, Ana Laura seria morta pela própria curiosidade – e estupidez.

— Cometi muitos erros contigo que já são tarde demais para resolver — a ex-namorada disse, conforme atravessavam a rua na direção do carro —, mas esse, eu consigo.

Elas pararam diante da porta dos bancos de trás, e Jaqueline apenas abaixou o vidro e cumprimentou com a cabeça.

— Oi, Analá. — Sorriu.

Ao fundo, a voz de Anavitória soava baixinho – foi difícil segurar a risada.

— Ela não gosta que a chamem assim — Aline corrigiu.

— Está tudo bem. — Ana Laura balançou a mão.

Nunca tivera nenhuma inimizade com Jaqueline, na verdade gostava bastante dela. E ela não era responsável pelos erros da irmã.

— Enfim. — Aline abriu a porta do carro e mostrou o motivo de todo aquele mistério.

— Está brincando, né? — Foi a única coisa que conseguiu responder.

Deveria estar sonhando. Não era possível que aquilo estivesse acontecendo de verdade.

— Não. — A mulher esticou a mão e pegou a caixinha de transporte do banco do passageiro. — Não devia tê-la levado comigo.

Batatinha berrou assim que reconheceu seu cheiro, e a caixinha de transporte chacoalhou de um lado para o outro conforme a gata se revirava lá dentro.

Ana Laura se ajoelhou no chão, deixando o rosto na altura da portinha. Ela estava igual a como se lembrava! Ergueu os olhos e encarou-a desconfiada.

— Não é uma desculpa para continuar falando comigo, né?

— Não. Prometo que não. — Uma pausa. — Ela estava morrendo de saudade de ti. Eu acabaria voltando para devolvê-la uma hora ou outra, só fui orgulhosa demais para admitir que ela era mais tua do que minha.

Levantando-se, Ana Laura estendeu a mão para pegar sua filha de volta. Era a segunda vez naquela noite que tentava não chorar.

— Certo. Obrigada, então. — O peso da caixinha de transporte foi a melhor sensação do mundo. Não agradeceria a ela pelo gesto.

Puta merda, tinha morrido de saudades daquela gata!

— Boa sorte com… a vida — Aline disse, dando um passo para trás.

— Tu também. — Ana Laura pensou um pouco antes de prosseguir. — Não te desejo nada de mal, Aline, mas espero nunca mais precisar te ver.

Não era hora de contar mentiras. Depois de tudo o que passaram, Ana Laura tinha o direito de ser o mais honesta que conseguisse.

— Nunca foi do teu feitio querer coisas ruins para alguém. — Aline deu de ombros, já do outro lado do carro e pronta para entrar no banco ao lado da irmã.

— Na verdade, eu já quis que teu cabelo tivesse corte químico — admitiu, com um sorriso fraco.

— Porra! — Sua ex arregalou os olhos. — Ainda bem que não aconteceu!

— É.

— Bom, então é isso. — Aline respirou fundo. — Tchau. E cuida bem dela.

— Vou cuidar, sim. Boa viagem pra vocês.

Jaqueline acenou com a mão enquanto sua irmã entrava no carro, e Ana Laura começou a dar as costas para as duas. Não ficou para vê-las se afastarem, como fizera com o pai. Não se importava o bastante para isso, não quando seu mundo inteiro estava na caixinha de transporte em suas mãos. E pela segunda vez, Aline foi embora de sua vida – com a promessa de que agora seria para sempre.

— Oi, minha princesa — Ana Laura praticamente gritou, com uma voz fininha de criança.

Ela apoiou a caixinha na mureta e tirou Batatinha lá de dentro, que se enrolou em seu pescoço miando desesperada.

— Também morri de saudade de ti, meu amor. — Sua voz estava embargada.

Ana Laura adentrou a cafeteria com a gata em uma mão e a caixa de transporte na outra.

— O que, diabos, é isso? — Heloisa berrou, assim que viu a cena.

— Recuperei minha filha. — E explicou toda a cena que acabara de acontecer.

— Se ela aparecer aqui outra vez… — Heloisa começou.

— Ela não vai — garantiu, sentindo o peso daquela verdade abandonar seus ombros. — Não mais.

A movimentação atraiu a atenção de Helena, que passara o festival inteiro em uma mesinha lá no fundo brincando com seus livrinhos e lápis de cor.

— Batatinha! — Ela veio correndo, se pendurando nas pernas de Ana Laura. — Posso brincar com ela, dinda? *Por favor*!

Era impossível dizer que não para aquele tonzinho – ainda mais quando combinado com o olhar do Gato de Botas no filme do Shrek.

— Claro, meu amor. — Ela alcançou o bichinho para a menina, que o segurou com todo o cuidado. — Só não leva para a cozinha.

— Pode deixar, Analá! — Ela saiu saltitante enchendo Batatinha de beijinhos e abraços, enquanto a gata miava e pedia por socorro.

— Pobre Batatinha — Helô gargalhou.

Enquanto isso, Clara fechava a conta dos últimos clientes ainda no estabelecimento, olhando de canto de olho para toda a situação. Trazia um sorrisinho no canto dos lábios, mas sua expressão corporal ainda estava tensa. Esperou até que o casal fosse embora e se aproximou, aproveitando que sua gata estava sob posse da pestinha de cinco anos.

— Um final feliz, pelo jeito — Clara brincou, estendendo a mão em sua direção.

— Sim — concordou, aceitando o gesto. — Quer aproveitar que a Dupla Dinâmica está entretida com Batatinha e conversar?

A mulher apertou os lábios, respirando fundo.

— Certo.

Clara a puxou na direção da cozinha, seu polegar desenhando círculos em sua palma.

— Pode me contar — falou baixinho, assim que ficaram sozinhas. — Quem sabe, não consigo te ajudar?

— Acho muito difícil. — Ela deu uma risada sem graça nenhuma, então disse a última coisa que Ana Laura esperava ouvir: — Meu bem, eu estou indo embora.

Capítulo 46

Clara

— Vinte e três pessoas precisam desistir da vaga para eu conseguir ficar aqui em Porto Alegre — Clara explicou, apoiada no balcão da cozinha. — Não posso me dar ao luxo de perder a matrícula em Santa Maria pela *possibilidade* de fazer a graduação aqui.

Tinha passado os últimos quinze minutos contando para Ana Laura a respeito do vestibular. Não fazia parte dos seus planos falar sobre aquilo naquele dia, mas, então, percebeu o quanto a tinha preocupado com seu comportamento ao longo do dia. Não foi sua intenção, e vê-la perguntar se o problema era relacionado a *elas* partiu seu coração. Por isso, precisava explicar a situação.

E foi um alívio enorme contar a ela – muito maior do que tinha imaginado.

Mas Ana Laura percebeu de imediato que, apesar de Clara ter dito que não, era um assunto que as envolvia de certa forma. Aquela vaga em Santa Maria significava que ela precisava se mudar. Logo agora, que as duas estavam… bom, não tinha certeza *do que* elas estavam – mas com certeza estavam *alguma coisa*.

Clara moraria longe de sua família, de seus amigos, dela. Precisaria trocar de emprego e… Deus, ela nem sabia como olharia para Marlene quando lhe contasse que ela tinha feito todo aquele esforço para conseguir uma turma na qual não daria aulas por mais de um mês. O mundo inteiro tinha virado de cabeça para baixo e não sabia nem por onde começar a arrumar.

Começar uma vida do zero era aterrorizante.

— Olha, nem é tão longe assim, se parar pra pensar. — Ana Laura apoiou-se no balcão bem ao lado dela. Seus braços e ombros se tocavam por inteiro. — Algumas horas de ônibus e, tcharãm, tu está com teus amigos e tua família e…

Ela parou sua frase no meio.

— … e contigo. — Clara cutucou-a de leve.

As duas riram.

— E comigo. Sério. — Ana Laura colocou sua mão na dela, encarando bem no fundo de seus olhos. — Estou feliz que tu passou lá. Não era o plano original, mas, sei lá, é uma aventura, né?

Uma aventura.

Foi impossível não rir. Não fazia sentido que houvesse alguém no mundo tão otimista daquele jeito.

— Ainda não processei a informação direito pra ficar feliz. — A sensação, pra mim, ainda é de não ter conseguido.

— Meu bem — ok, era a primeira vez que Ana Laura a chamava assim. Muito embora a própria Clara usasse o apelido desde sempre —, tu passou na porra da Federal! Não era tua primeira opção, mas tu *passou na porra da Federal*!

Clara apenas piscou, absorvendo as palavras dela. Ana Laura tinha razão.

Puta merda, ela tinha razão! Estivera tão ocupada focando naquilo que tinha perdido, que nem dera a importância correta para o que conquistara.

— Caralho. — Arregalou os olhos. — *Caralho!*

— Agora sim! — Ana Laura riu, batendo palminhas. — Essa é a reação certa para alguém que passou no vestibular!

Clara ecoou uma risada com a dela e envolveu-a pela cintura. Ana Laura ergueu os olhos conforme era puxada contra seu corpo.

— Vai me visitar mesmo que eu esteja lá longe? — perguntou baixinho, sua atenção fixa na boca dela.

— Se tu me convidar, vou. — Ana Laura ergueu uma sobrancelha.

— Então, já vai preparando uma mala.

Clara deixou um beijo em cada bochecha. Sentiria falta dela. Seria muito esquisito não vê-la todas as manhãs ligada no 220 V – como se não tivesse acabado de acordar – e tagarelando sobre cinco assuntos ao mesmo tempo. Qualquer que fosse o emprego que arrumasse lá, não teria a mesma energia. Sem falar que... elas continuariam aquilo à distância? Será que Ana Laura gostava dela ao ponto de passar por isso?

— A gente vai dar um jeito — ela garantiu, como se lesse seus pensamentos. — Esse é mais um recomeço, e é para uma coisa boa.

Clara se lembrou da conversa que tiveram em uma manhã de feira – que parecia ter acontecido décadas atrás –, quando ela lhe disse que a vida era cheia de recomeços e que isso não era o fim do mundo. Lembrava-se em detalhes daquele *não encontro* – de como Ana Laura estava bonita nele. Foi a primeira vez que pararam para se conhecer de verdade, que conversaram sério sobre seus sonhos e medos e preocupações.

Adoraria dizer que se apaixonou por ela naquele banco de praça. Adoraria que pudesse contar aquela história aos amigos dizendo que soube bem ali, vendo seus cachos iluminados pelo sol, que tinha encontrado o que nem sabia que procurava. Mas seria mentira.

Apaixonou-se por Ana Laura de pouquinho em pouquinho, centenas de vezes ao longo dos dias. Apaixonou-se por ela em cada risadinha e provocação, e no tom desafinado com que berrava as músicas da cafeteria. Em cada dancinha que fazia quando chegava um novo pedido de tortinhas de limão.

Não havia algo específico que olhasse e dissesse: "*é isso, foi isso que fez com que eu me apaixonasse por ela*", porque tinha se apaixonado pela soma de todas as coisas que Ana Laura era.

— Sim — concordou, aproximando seus lábios dos dela. — É mais um recomeço.

Capítulo 47

Ana Laura

3 SEMANAS DEPOIS

O pequeno apartamento parecia um cenário de guerra.

Havia caixas de todos os tamanhos espalhadas pelo piso acinzentado. Cada cadeira de madeira escura acomodava uma sacola de roupas ou um eletrodoméstico ou uma pilha de livros. Sacos de lixo com embalagens vazias decoravam todos os cantos da sala iluminada por um janelão de vidro. E tinha Berenice, que fazia escândalo dentro da caixinha de transporte em cima da mesa.

— Onde eu enfio isso daqui? — Juliana berrou, parada no meio da bagunça com uma caixa quase do seu tamanho nas mãos.

— Lá no quarto! — Clara gritou de volta, colocando apenas a cabeça para fora do banheiro onde limpava.

Era ridículo o tanto que estava bonita. E era ainda mais ridículo como Ana Laura se admirava com o rosto dela sempre que o via. Parecia que, ao perder contato visual, sua mente se esquecia dos pequenos detalhes e, quando se encontravam outra vez, era uma surpresa nova. Porra, tinha se transformado na maior cadelinha de mulher que já pisou na Terra!

Mas não era sua culpa se o cabelo dela tinha crescido. Nem se ele ondulava ainda mais nas pontas agora que lhe alcançavam os ombros ou que uma mechinha sempre caísse diante dos olhos verdes de um jeito adorável. Também não era sua culpa que a regata cinza e justa caísse tão bem nela, e ainda exibisse por completo a tatuagem de um navio pirata – que descobriu ser referência do livro favorito dela – que alugara um triplex em sua cabeça por semanas inteiras e agora conhecia cada detalhezinho de cor. Era absurdo ter levado tanto tempo para reparar no quanto Clara era maravilhosa.

As duas tinham chegado em Santa Maria duas noites antes, e alugaram um Airbnb até que o apartamento novo de Clara estivesse organizado – o que tinham esperança de que acontecesse naquele dia.

O espaço era uma graça, e já conseguia imaginar grandes cortinas coloridas na janela da sala e quadros nas paredes marrom-claras e fiozinhos de luz decorando até mesmo o móvel da TV. Também ficava perto do campus da universidade e de um mercado e de uma cafeteria – todas as coisas que, em sua cabeça, eram essenciais para viver em paz.

Exceto que ficava muito longe *dela*.

Ana Laura já tinha se relacionado à distância uma vez, e não tinha dado muito certo. Sem falar que, bem, ela e Clara nem estavam namorando ou qualquer coisa do tipo. Depois da patacoada daquele namoro de mentira, decidiram que aproveitariam o tempo que tinham para se conhecerem direito, sem fingimentos, para verem como as coisas se desenrolariam. Mas apesar de tudo parecer bem – estavam arrumando a casa dela juntas, porra! –, não tinham oficializado nada. Tentava muito não ser paranoica, não deixar que as coisas que lhe aconteceram no passado interferissem na sua relação atual, mas às vezes era difícil não procurar nelas duas os sinais que ignorou em seu namoro com Aline.

Para sua sorte, nunca encontrou nenhum. Nem encontraria, repetiu a si mesma. Clara não era Aline. Clara gostava dela e não faria as coisas que sua ex tinha feito. Dariam um jeito de funcionarem à distância, e tinham prometido se visitarem em toda e qualquer oportunidade que aparecesse em suas agendas – o que seria mais fácil para Ana Laura do que para Clara.

Aquele tal Alexandre Rodrigues tinha lhe contatado por e-mail dois dias antes do Natal, perguntando se ela tinha disponibilidade para uma entrevista na primeira semana de Janeiro. Seu pai estava certo quanto à urgência dele em substituir quem-quer-que-fosse a pessoa com quem tinha se frustrado na visita à Porto Alegre, e lá estava ela, apenas uma semana de distância de começar um emprego novo como tradutora de uma editora focada em livros acadêmicos.

Era estranho como a possibilidade de trabalhar em sua área tinha reacendido algo dentro dela. De repente, viu-se ansiosa para exercer a profissão que lhe tirara tantas noites de sono, e motivada até mesmo para sua pesquisa de TCC – que seria desenvolvida em breve.

E o melhor de tudo: sua vaga era em *home office*. O que significava que teria tempo para treinar a atendente que tomaria seu lugar na cafeteria – e a que tomaria o lugar de Clara também.

Foi um chororô tremendo quando contou a novidade para Heloisa.

— Não acredito que vai aposentar teu avental — ela resmungou, com os olhos brilhando. Mas logo depois, puxou Ana Laura para um abraço apertado. — Estou *tão orgulhosa* de ti! Tinha tanto medo do que aconteceria contigo se a cafeteria fechasse!

— Tu? Tinha medo do que aconteceria *comigo*? — chocou-se, porque sua maior preocupação era, justamente, o que aconteceria *com ela*.

— Óbvio! Por vezes, achava que tu gostava mais do Cantinho do que eu! É bom saber que está encontrando teu caminho!

E foi isso. Logo depois, abriram uma garrafa de vinho e beberam até amanhecer.

— Essas daqui são as últimas! — Sam adentrou o apartamento trazendo uma mala de rodinhas e uma mochila pendurada em cada ombro.

Elu e Juliana chegaram naquela mesma manhã, acompanhados de um carro lotado com as coisas de Clara. Passaram o dia inteiro ajudando ela e Ana Laura a organizarem o básico para tornar o ambiente minimamente habitável.

— Nem sei como agradecer vocês! — Clara saiu do banheiro secando as mãos na bermuda de moletom. — Sério, faço um jantar bem legal pra todo mundo quando a casa estiver pronta.

Juliana olhou ao redor e abriu um sorriso.

— Isso pode ser a qualquer momento entre hoje e daqui a três meses.

— Ei! — Clara reclamou. — Eu sou bem organizada, tá?

Todos os presentes sabiam que era questão de ponto de vista. Se comparada à Ana Laura, por exemplo, ela era a mulher mais bagunceira que existia no mundo todo.

— É, sim, meu bem. — Deu tapinhas no ombro dela. — A gente sabe.

Ela revirou os olhos quando Juliana ergueu a mão para que Ana Laura lhe desse um *high five*. Gostava dos amigos dela. Naquelas semanas, tivera tempo de conhecê-los um pouco melhor, e eles até a levaram no tal bar drag do qual tanto fizeram propaganda — e em uma dezena de outros bares LGBTQIA+ da cidade, só para provarem sua opinião de que nenhum deles era tão legal quanto. Estavam certos, no final das contas.

Apoiando as mãos na cintura, Sam soltou o ar com força, cansade.

— Ainda precisa de alguma coisa, Cla?

— Só que todas essas tralhas acabem magicamente dentro dos móveis. — Deu uma risadinha. — Tem certeza de que não querem ficar por aí hoje? Está quase escurecendo e são quatro horas até Porto Alegre!

— Uma proposta tentadora. — Juliana sorriu, agradecida. — Mas tenho uma entrevista de emprego amanhã cedo.

— Uma entrevista? — Clara franziu o cenho.

Foi Ana Laura quem respondeu, abrindo ela mesma um sorriso gigante.

— Indiquei ela para minha vaga lá no Cantinho!

— E nem me contou?! — ela praticamente gritou.

— Era pra ser uma surpresa. — Ana Laura fez uma cara maquiavélica. — Foi o jeito que encontrei de colocar em prática nosso plano de juntá-la com Heloisa.

Fazia semanas que as duas falavam sobre aquilo. Juliana combinava de um jeito assustador com sua melhor amiga, e assumiu como missão secundária do mês – perdendo apenas para a mudança de Clara –, fazer com que elas percebessem que eram o amor da vida uma da outra.

— Ouvi dizer que ela gosta de girassóis — Clara comentou, como quem não quer nada.

— Vão se foder, vocês duas! Parem de tentar estragar meu emprego novo antes mesmo dele se tornar meu emprego novo — Juliana xingou, enquanto Sam começava a rir. Mas ela estava sorrindo também, porque sabia que elas estavam certas.

As risadas foram se dissipando no ar, até restarem apenas olhares trocados entre os quatro amigos.

— Eu vou morrer de saudade de vocês! — Clara admitiu, atirando os braços no pescoço de Juliana. — Tentem não se divertir demais sem mim!

— Não vamos. — Sam fez um biquinho. — O foda é que não vamos.

Ana Laura foi até o quarto mexer em algumas coisas, fingindo estar ocupada para dar espaço aos amigos para se despedirem. Trocou algumas caixas de lugar, fez barulho com algumas sacolas e, depois de uns dez minutos, voltou para a sala como se nada tivesse acontecido.

Três rostos vermelhos a cumprimentaram.

— Estamos indo — Juliana disse, aproximando-se para abraçá-la.

Levou mais uns quinze minutos até que conseguissem chegar no carro e terminassem de se dar tchau, e então restaram apenas Clara e Ana Laura na calçada acompanhando o golzinho vermelho seguir até a avenida e desaparecer em uma esquina.

— Está tudo bem? — perguntou quando retornaram ao apartamento, envolvendo a cintura de Clara e puxando-a para si.

— Está, sim — ela suspirou. — Acho que só agora está caindo a ficha do tanto que vou sentir falta deles.

— E de mim? — Passou o nariz no pescoço dela, fazendo carinho.

— Também. — Os braços dela pousaram sobre seu ombro, transformando o mundo inteiro em cheiro de chiclete de melancia. Então, riu. — Mas só um pouquinho.

Cutucou-a com o cotovelo. Deus, era assustadora a facilidade com que ela tinha Ana Laura em sua mão.

Nas poucas semanas que tiveram para organizar a mudança, as duas passaram tanto tempo juntas que – em tempo lésbico – equivaleria a uns três anos de relacionamento. Clara devolveu seu apartamento na primeira oportunidade que encontrou, e foi de mala e gato para a casa de Ana Laura. Foi divertido brincar de casinha com ela, sem falar que era uma cozinheira surpreendentemente boa.

Berenice tinha odiado conhecer Batatinha, mas não era culpa dela. A frajolinha de Ana Laura, apesar de adulta, tinha a energia acumulada de cinco filhotes, e atormentava a coitada da gata em toda e qualquer oportunidade que surgia. Mas depois de perceber que era uma batalha perdida, acabou aceitando a nova irmã – já até dormiam enroladas uma na outra. Pena que foram separadas tão rápido.

Ana Laura afastou um pouco o corpo do dela, levando o indicador até o rosto de Clara e desenhando linhas por ele inteiro.

— Depois que minha pesquisa do TCC estiver mais ou menos encaminhada e eu tiver me adaptado ao trabalho novo — começou —, posso ficar um tempo aqui contigo… se quiser.

— Chega a ser ridículo tu sugerir que eu não gostaria. Mas não vai te atrapalhar?

Ela negou com a cabeça.

— Trago meu notebook, meu gato e apareço na tua porta, *como quem não quer nada*. Vou ficar em completo silêncio por muitas horas ao longo dos dias, mas, pelo menos, consigo uns beijinhos entre elas.

Clara riu.

— Parece um ótimo plano. — Pousou um beijo no topo de sua testa. — Para alguém que *não quer nada*.

Deixou outro beijo mais abaixo, ao lado de seu olho esquerdo. E depois outro em sua bochecha e em seu nariz e do outro lado do rosto. Um beijo no queixo e os lábios pararam a milímetros de tocar os seus. Eles pairaram ali, sem fazer movimento algum, provocando-a. Ana Laura pressionou seu corpo contra o dela e acabou com a distância entre suas bocas.

E como era bom beijá-la! Elas completavam uma a outra como nunca tinha visto antes, e se encaixavam de um jeito que parecia que tinham sido feitas juntas e separadas depois. Gostava do seu cheiro e do seu toque e de seu gosto e…

Clara a afastou, parecendo enxergar o fundo de sua alma. Afastou alguns cachinhos que caíram sobre seu rosto, escondendo-os atrás de sua orelha. Seu olhar era profundo, carinhoso, afetuoso.

— Namora comigo.

As palavras flutuaram entre elas.

Era a segunda vez que um pedido de namoro acontecia entre elas, mas o momento em nada tinha a ver com a ocasião anterior. Não se tratava de um jogo. Não se tratava de uma brincadeira. E não havia nenhuma dúvida ali.

Todas as paranoias que tivera, nas quais tentara encaixar as duas em uma forma que pertencia ao passado, pareceram ridículas. Fariam funcionar apesar da distância e da saudade e de tudo o mais que pudesse surgir no caminho. Afinal, se Clara não tivesse dado aquele passo, ela o teria feito. Não conseguia se imaginar indo embora na tarde seguinte sem poder chamá-la de sua namorada.

Sem poder chamá-la de *sua,* ponto.

Ficou na ponta dos pés e buscou pelos lábios dela outra vez, deixando que os seus roçassem ali ao responder com toda a certeza que tinha em si.

— Uhum.

Epílogo

Clara

4 MESES DEPOIS

Não chorar no trabalho tinha se tornado uma missão quase impossível. Não havia um único dia no qual adentrasse a sala de dança – que nem ao menos era a mesma – e a imagem dela e de Ana Laura dançando juntas não voltasse aos seus pensamentos. Parecia ter acontecido há anos, décadas, vidas inteiras.

Estava morrendo de saudades. Era injusto como o tempo passava diferente de acordo com a distância em que se encontravam uma da outra. Cada dia longe se arrastava pelo tempo de dez, enquanto cada momento juntas desaparecia em um piscar de olhos. Àquela altura, recusavam-se até mesmo a irem dormir na noite que precedia seu último dia. Passavam as madrugadas de despedida lutando contra o sono, não porque acreditassem que aquilo impediria o tempo de passar, mas porque qualquer instante a mais que pudessem aproveitar, seria uma lembrança extra que as manteria sãs quando se separassem.

Não que estivesse funcionando. Fazia quase um mês que não se viam, mas doía como se fosse um ano inteiro. Tinha perdido a capacidade até mesmo de respirar fundo, como se seus pulmões não conseguissem mais se encher por completo sem ela. Sua vida se transformara em uma contagem regressiva, e mal reconhecia a versão que tinha sido antes de se apaixonar por Ana Laura. Nem ao menos se lembrava de como era o mundo antes disso – nem fazia questão.

Naquele dia, no entanto, foi ainda mais difícil de controlar as lágrimas. Fizera a contagem certinho. Marcara a data no calendário. Organizara a casa e fora ao mercado e até mesmo comprara aquele incenso de canela horroroso só porque sabia que sua namorada gostava. Tudo porque sabia que, ao fim da tarde, quando saísse do trabalho, iria até a rodoviária da cidade encontrar-se com ela.

Mas enquanto um Uber a levava da universidade até o estúdio de dança – o lugar onde Marlene a tinha indicado para uma conhecida, resultando em seu novo emprego –, uma mensagem de Ana Laura piscou na tela e arruinou sua sexta-feira.

E seu fim de semana.

E a semana que se seguiria.

Tivera um problema com seu TCC, o que a obrigava a passar os próximos dias com a cara enfiada em sua pesquisa para resolvê-lo. Nem cogitou insistir para que ela viajasse, sabia muito bem que as duas eram incapazes de serem produtivas no dia em que se encontravam. A saudade acumulada sempre cobrava seu preço e ele era horas e horas ininterruptas de carinho enroladas no sofá – chegou ao ponto de que já nem se davam ao trabalho de escolher algo para colocar na TV, pois não dariam atenção a nada além de uma à outra. Mas isso significava que todo o tempo que ficaram separadas ainda não tinha chegado ao fim.

Seus planos de um final de semana perfeito teriam de ficar para a semana seguinte – se tivessem sorte –, e isso estava exigindo muito de seu autocontrole. Houveram duas turmas, quinze crianças e vinte minutos de ônibus entre ela e o momento em que chegou em casa, o único lugar no qual poderia chorar à vontade.

Mal tinha fechado a porta de seu apartamentinho quando sentiu as lágrimas explodirem de seu peito e caírem por seu rosto. Fazia tanto tempo que não se viam, que não restava nem ao menos uma peça de roupa ou um travesseiro ou qualquer outra coisa que ainda pudesse ter o cheiro dela para matar a saudade.

Era apenas Clara e o peito apertado, implorando para voltar a respirar.

Berenice se esfregava em suas canelas, como sempre fazia quando via que ela estava triste, e miava baixinho tentando consolá-la. Sabia bem como era servir de apoio emocional para uma humana instável.

Depois de um banho quente, já enrolada em seu roupão felpudo, decidiu que viveria seu fim de semana como uma viúva. Dentro das cobertas, com a gata no colo, e chorando cada vez que se lembrava de sua namorada – o que acontecia de trinta em trinta segundos.

Encolheu-se no sofá e ligou a TV, colocando Grey's Anatomy para passar enquanto escolhia alguma comida no aplicativo. Viúvas não tinham tempo para cozinhar, estavam ocupadas demais sofrendo pelo amor perdido.

A série passava na sua frente sem que ela a processasse, servia mais como som ambiente enquanto amaldiçoava o destino e o acaso e o universo e qualquer outra entidade na qual conseguia pensar. O rosto de Ana Laura estava em todos os personagens na tela, lembrando-a das vezes em que assistiram ao programa juntas. Ela estava nos porta-retratos da estante e nas polaroides da parede. Ela estava na coleirinha laranja de crochê que fizera para Berenice.

Havia felicidade sem Ana Laura, claro. Amava seu curso na faculdade e amava cada uma das crianças de seu trabalho novo e amava sua casa e amava cada rolê de universitários que dava com seus novos amigos na saída das aulas. Mas sempre que alguém dizia algo engraçado, olhava para o lado para ver se ela tinha achado graça também. Sempre que via um lugar bonito, pensava no tanto que ela teria amado vê-lo. E toda vez em que…

A campainha do apartamento tocou.

Clara franziu o cenho, olhando para a tela do celular. Não havia avisos de que a comida saíra para a entrega, e tampouco tinha amizade com qualquer um de seus vizinhos.

Desconfiada, caminhou devagar até a porta e apoiou o rosto na madeira. Não ouviu som nenhum vindo do outro lado. Praguejou baixinho, xingando o dono do apartamento que nunca se dera ao trabalho de instalar um olho-mágico.

— Quem está aí? — falou contra a porta. Nada, ainda. — Oi? Está me ouvindo?

Silêncio.

Contou um segundo, depois dois e depois três. Dando de ombros, começava a se afastar quando a campainha tocou outra vez.

Gritou com o susto. Seu coração disparou dentro do peito, uma onda de adrenalina atravessando seu corpo. Devia ser alguma criança engraçadinha aproveitando sua sexta-feira à noite.

Resmungou sozinha, prometendo que descobriria quem era o adulto responsável por ela conforme destrancava a chave na fechadura. Tinham escolhido um dia ruim para provocá-la.

Com trinta e sete xingamentos na ponta da língua, escancarou a porta.

Seus olhos se arregalaram e as palavras fugiram quando não encontraram nenhuma criança do outro lado. Ao invés disso, parada diante dela estava a mulher mais bonita do mundo. A mulher mais bonita do mundo que carregava consigo uma mala de rodinhas e uma caixinha de transporte.

Berenice disparou do sofá no segundo em que sentiu o cheiro de Batatinha.

— Oi — Ana Laura sussurrou.

— O quê…? Quero dizer, achei que tu…?

Não conseguia falar. Mal conseguia pensar. Será que estava sonhando?

— Quis te fazer uma surpresa. — Sua namorada abriu um sorriso. *Aquele* sorriso. — A história do TCC foi só uma desculpa.

Deus, como ela estava bonita! Sempre se surpreendia com o tanto que Ana Laura era bonita. Chegava a ser injusto existir alguém assim.

Milhares de perguntas giravam dentro de sua cabeça, e seus olhos passavam dela para Batatinha. Seu coração batia tão forte que tinha certeza de que ela era capaz de ouvi-lo.

— Quanto tempo vai ficar? — A única frase completa que conseguiu formar.

Lágrimas transbordaram de Ana Laura, mas ela não parecia triste. Na verdade, estava radiante.

— Quanto tempo me quiser.

O que ela queria dizer com aquilo? No que dependesse de Clara, Ana Laura ficaria…

— Pode ser para sempre? — soltou baixinho.

Ela riu. Puta merda, como amava aquele som! Sentira tanta falta dele!

— Pode. — Seus olhos brilharam e em nada tinha a ver com as lágrimas que escorriam por suas bochechas. — Tenho algumas coisas pra resolver ainda, mas conversei com a minha orientadora e posso continuar minha pesquisa tranquilamente daqui. E o Alexandre disse que, pra ele, não faz diferença de em qual cidade eu estou, desde que entregue os materiais dentro do prazo.

— Isso significa que...? — Clara se sentia incapaz de terminar uma frase.

— ... que tenho trinta dias pra devolver meu apartamento. E pra trazer minhas coisas pra cá. Não, vinte e oito dias. Avisei a imobiliária dois dias atrás.

A promessa que Ana Laura fizera no dia da mudança para Santa Maria voltou para sua mente.

— Então, veio mesmo para ficar?

— Só se me quiser aqui... E se me ajudar a descobrir como enfiar cinquenta vasos de plantas na tua casa.

— Planejou tudo isso sozinha? E tua família?

Ela abriu ainda mais seu sorriso.

— Meu pai está radiante. Desde que aceitei o trabalho como tradutora e que ele percebeu que isso está me fazendo bem, nada tira o sorriso do rosto dele. Mesmo que isso signifique voltar às ligações semanais em vez dos nossos almoços. — Sua expressão murchou um pouquinho — E minha mãe... Bom, sabe como ela é. Ficou feliz quando saí da cafeteria, mas ainda não aceitou bem o fato de que não foi para trabalhar no restaurante. Tem coisas que não vão mudar nunca, mesmo.

— Sinto muito. — E sentia, de verdade.

— Não precisa — Ana Laura deu de ombros. — Estou fazendo meu TCC, estou trabalhando na minha área e não trabalho mais no Cantinho. De certa forma, ela conseguiu quase tudo o que queria.

Clara ouviu cada palavra com atenção, e ainda assim, não conseguia processá-las direito.

Ana Laura estava ali. O amor da sua vida estava ali dizendo que elas poderiam viver juntas e que nunca mais sentiriam saudade uma da outra.

Era inacreditável demais.

Utópico demais.

Seus olhos estavam cheios de lágrimas, e os de Ana Laura transbordaram também.

— Senti tanto a tua falta, meu bem! — admitiu, a voz embargada.

— Eu também — Ela riu entre as lágrimas. — Vai me convidar para entrar?

— Só se prometer nunca mais ir embora — sussurrou, envolvendo sua cintura e puxando-a para si.

Estava ansiosa por aquele beijo. Ele teria gosto de saudade, como todos os seus primeiros beijos tinham, mas seria diferente, ainda assim. Depois dele, não haveria mais nenhum beijo de despedida. Mais nenhum beijo de tchau.

Ana Laura parecia ter percebido isso também.

— Combinado.

FIM

Agradecimentos

O primeiro sentimento que tive após pensar neste livro foi medo.

Eu explico: quem já me conhece, sabe como são as histórias que eu costumo contar. Pilhas de traumas e de choro e mensagens de leitores ameaçando bater na minha porta com um chinelo na mão.

Mas Ana Laura é diferente de tudo o que eu já publiquei: é leve, é divertido, é romance do primeiro ao último parágrafo. E eu tive medo que meus leitores se deparassem com essa proposta e não gostassem do que eu prometia. Meu primeiro agradecimento não poderia ser para ninguém além deles: os que me leem desde o começo, e que compraram essa ideia junto comigo – mesmo tão longe de tudo o que estavam acostumados a receber de mim. Obrigado por continuarem aqui, vocês mudaram a minha vida.

Agradeço também à equipe da Qualis que, assim como meus leitores, acreditou no potencial que essa história tinha – e no meu. Bianca Jung, tu foi a primeira pessoa com quem conversei dentro da editora, e me fez sentir tão em casa que nem parecia que eu tinha acabado de chegar. Simone Fraga, obrigado por me receber e me acolher tão bem. Englantine… (gritos de desespero), obrigado por tirar desse livro o melhor que ele tinha para oferecer. Vou levar teus ensinamentos para todos os meus trabalhos daqui para frente – e desculpa pelo capítulo de 8 mil palavras, foi sem querer.

Também seria injusto agradecer aos meus antigos leitores e deixar de fora aqueles que acabaram de chegar. Oi, muito prazer, espero que tenham gostado da estadia. Espero que tenham encontrado nessas páginas a leveza que eu tentei passar, e que tenham se divertido. Obrigado por estarem aqui, e serão sempre bem-vindos para voltar.

Maria Luisa, Ana Laura nunca existiria se não fosse por ti. Essa história é uma carta de amor, e através dela eu te agradeço. Obrigado por me mostrar que amar é uma manhã de primavera, e por me levar para conhecer o mundo contigo. Este livro foi escrito em dez cidades diferentes, seis delas foram por tua causa – e duas por causa da Taylor Swift. Escrever é muito melhor sabendo que tu vai ler.

Marina Dutra, Nadja Lírio, Natália Avila... o processo é bem menos estressante quando posso contar com vocês. Obrigado por lerem e apoiarem e opinarem em tudo. Por deixarem minhas histórias – e minha vida – melhores.

Por último, agradeço a mim mesmo. Por ter começado e por não ter desistido. Eu não cheguei aqui sozinho, mas dei o primeiro passo mesmo quando ainda não sabia onde pisar.

Eu encontrei o caminho.